作家散文
典藏

陈忠实 著

# 陈忠实散文

作家出版社

图书在版编目（CIP）数据

陈忠实散文/陈忠实著. -- 北京：作家出版社，2023.7
（作家散文典藏）
ISBN 978-7-5212-2361-3

Ⅰ.①陈… Ⅱ.①陈… Ⅲ.①散文集–中国–当代
Ⅳ.①I267

中国国家版本馆CIP数据核字（2023）第113467号

### 陈忠实散文

丛书策划：路英勇　张亚丽
出版统筹：启　天　省登宇
作　　者：陈忠实
责任编辑：韩　星　苏红雨
装帧设计：TT Studio　孙惟静
出版发行：作家出版社有限公司
社　　址：北京农展馆南里10号　　邮　　编：100125
电话传真：86-10-65067186（发行中心及邮购部）
　　　　　86-10-65004079（总编室）
E-mail:zuojia@zuojia.net.cn
http://www.zuojiachubanshe.com
印　　刷：北京盛通印刷股份有限公司
成品尺寸：142×210
字　　数：255千
印　　张：10.25
版　　次：2023年7月第1版
印　　次：2023年7月第1次印刷
ISBN　978-7-5212-2361-3
定　　价：48.00元

作家版图书，版权所有，侵权必究。
作家版图书，印装错误可随时退换。

# 目 录

## 第一辑 原上少年

| | |
|---|---|
| 第一次投稿 | 3 |
| 晶莹的泪珠 | 9 |
| 蚕 儿 | 17 |
| 儿时的原(节选) | 26 |
| 旦旦记趣 | 39 |
| 生命之雨 | 44 |
| 收获与耕耘 | 51 |
| 我经历的狼 | 57 |

## 第二辑 一缕秦腔弦音

| | |
|---|---|
| 原下的日子 | 69 |
| 难忘一渠清流 | 77 |
| 麦 饭 | 82 |
| 六十岁说 | 85 |
| 回家回家 | 89 |
| 三九的雨 | 93 |
| 我的秦腔记忆 | 97 |

愿白鹿长驻此原　　　　　103
汽笛·布鞋·红腰带　　　107

## 第三辑　一段人生，一路风景

鲁镇纪行　　　　　　　　115
再到凤凰山　　　　　　　120
天之池　　　　　　　　　124
太白山记　　　　　　　　128
口红与坦克　　　　　　　131
神秘一幕　　　　　　　　134
伊犁有条渠　　　　　　　139
林中那块阳光明媚的草地　144

## 第四辑　顿生诗情上高崖

一株柳　　　　　　　　　155
告别白鸽　　　　　　　　158
拜见朱鹮　　　　　　　　167
家有斑鸠　　　　　　　　171
种菊小记　　　　　　　　175
火晶柿子　　　　　　　　178
两株玉兰树　　　　　　　186
遇合燕子，还有麻雀　　　191

## 第五辑　白鹿原头信马行

父亲的树　　　　　　　　201
家之脉　　　　　　　　　209

| 别路遥 | 212 |
| 默默此情谁诉 | 215 |
| 难忘一种鸟叫声 | 220 |
| 毛乌素沙漠的月亮 | 223 |
| 解读一种人生姿态 | 228 |
| 一九八〇年夏天的一顿午餐 | 239 |

## 第六辑　活出一种人生姿态

| 喝茶记事 | 249 |
| 一个人的邮政代办点 | 253 |
| 最初的晚餐 | 259 |
| 饭事记趣 | 262 |
| 白墙无字 | 278 |
| 接通地脉 | 282 |
| 何谓良师 | 286 |
| 何谓益友 | 301 |
| 陷入与沉浸 | 314 |

第一辑　原上少年

## 第一次投稿

背着一周的粗粮馍馍，我从乡下跑到几十里远的城里去念书，一日三餐，都是开水泡馍，不见油星儿，顶奢侈的时候是买一点杂拌咸菜；穿衣自然更无从讲究了，从夏到冬，单棉衣裤以及鞋袜，全部出自母亲的双手，唯有冬来防寒的一顶单帽，是出自现代化纺织机械的棉布制品。在乡村读小学的时候，似乎于此并没有什么不大良好的感觉；现在面对穿着艳丽、别致的城市学生，我无法不"顾影自卑"。说实话，由此引起的心理压抑，甚至比难以下咽的粗粮以及单薄的棉衣遮御不住的寒冷更使我难以忍受。

在这种处处使人感到困窘的生活里，我却喜欢文学了；而喜欢文学，在一般同学的眼里，往往是被看作极浪漫的人的极富浪漫色彩的事。

新来了一位语文老师，姓车，刚刚从师范学院毕业。第一次作文课，他让学生们自拟题目，想写什么就写什么。这是我以前所未遇过的新鲜事。我喜欢文学，却讨厌作文。诸如《我的家庭》《寒假（或暑假）里有意义的一件事》这些题目，从小学作到中学，我是越作越烦了，越作越找不出"有意义的一天"了。新来的车老师让我们想写什么就写什么，我有兴趣了，来劲了，就把过去写在小本上的两首诗翻出来，修改一番，抄到作文本上。我第一次感到了作文的兴趣而不再是活受罪。

我萌生了企盼，企盼尽快发回作文本来，我自以为那两首诗是杰出的，会震一下。我的作文从来没有受过老师的表扬，更没有被当作范文在全班宣读的机会。我企盼有这样的一次机会，而且正朝我走来了。

车老师抱着厚厚一摞作文本走上讲台，我的心无端地慌跳起来。然而四十五分钟过去，要宣读的范文宣读了，甚至连某个同学作文里一两句生动的句子也被摘引出来表扬了，那些令人发笑的错句病句以及因为一个错别字而致使语句含义全变的笑料也被点出来，终究没有提及我的那两首诗，我的心里寂寒起来。离下课只剩下几分钟时，作文本发到我的手中。我迫不及待地翻看了车老师用红墨水写下的评语，倒有不少好话，而末尾却悬下一句："以后要自己独立写作。"

我愈想愈觉得不是味儿，愈觉不是味儿愈不能忍受。况且，车老师给我的作文没有打分！我觉得受了屈辱。我拒绝了同桌以及其他同学伸手要交换作文的要求。好容易挨到下课，我拿着作文本赶到车老师的房门口，喊了一声："报告——"

获准进屋后，我看见车老师正在木架上的脸盆里洗手。他偏过头问："什么事？"

我扬起作文本："我想问问，你给我的评语是什么意思？"

车老师扔下毛巾，坐在椅子上，点燃一支烟，说："那意思很明白。"

我把作文本摊开在桌子上，指着评语末尾的那句话："这'要自己独立写作'我不明白,请你解释一下。"

"那意思很明白,就是要自己独立写作。"

"那……这诗不是我写的?是抄别人的?"

"我没有这样说。"

"可你的评语这样子写了!"

他冷峻地瞅着我。冷峻的眼里有自以为是的得意,也有对我的轻蔑的嘲弄,更混含着被冒犯了的愠怒。他喷出一口烟,终于下定决心说:"也可以这么看。"

我急了:"凭什么说我抄别人的?"

他冷静地说:"不需要凭证。"

我气得说不出话……

他悠悠抽烟:"我不要凭证就可以这样说。你不可能写出这样的诗歌……"

于是,我突然想到我的粗布衣裤的丑笨,想到我和那些上不起伙的乡村学生围蹲在开水龙头旁边时的窝囊,就凭这些瞧不起我吗?就凭这些判断我不能写出两首诗来吗?我失控了,一把从作文本上撕下那两首诗,再撕下他用红色墨水写下的评语。在要朝他摔出去的一刹那,我看见一双震怒得可怕的眼睛。我的心猛烈一颤,就把那些纸用双手一揉,塞到衣袋里去了,然后一转身,不辞而别。

我躺在集体宿舍的床板上,属于我的那一绺床板是光的,没有褥子也没有床单,唯一不可或缺的是头下枕着的这一卷被子,晚上,我是铺一半再盖一半。我已经做好了接受开除的思想准备。这样受罪的念书生活还要再加上屈辱,我已不再留恋。

晚自习开始了,我摊开了书本和作业本,却做不出一道习题来,捏着笔,盯着桌面,我不知做这些习题还有什么用。由于这件事,期末我的操行等级降到了"乙"。

打这以后，车老师的语文课上，我对于他的提问从不举手，他也不点我的名要我回答问题，校园里或校外碰见时，我就远远地避开。

又一次作文课，又一次自选作文。我写下一篇小说，名曰《桃园风波》，竟有三四千字，这是我平生写下的第一篇小说，取材于我们村子里果园入社时发生的一些事。随之又是作文评讲，车老师仍然没有提到我的作文，于好于劣都不曾提及，我心里的底火又死灰复燃。作文本发下来，揭到末尾的评语栏，连篇的好话竟然写下两页作文纸，最后的得分栏里，有一个神采飞扬的"5"字，在"5"字的右上方，又加了一个"+"号，这就是说，比满分还要满了！

既然有如此好的评语和"5+"的高分，为什么评讲时不提我一句呢？他大约意识到小视"乡下人"的难堪了，我猜想，心里也就膨胀了愉悦和报复，这下该有凭证证明前头那场说不清的冤案了吧？

僵局继续着。

入冬后的第一场大雪是夜间降落的，校园里一片白。早操临时取消，改为扫雪，我们班清扫西边的篮球场，雪下竟是干燥的沙土。我正扫着，有人拍我的肩膀，一仰头，是车老师。他笑着。在我看来，他笑得很不自然。他说："跟我到语文教研室去一下。"我心里疑虑重重，又有什么麻烦了？

走出篮球场，车老师的一只胳膊搭到我肩上了，我的心猛地一震，慌得手足无措了。那只胳膊从我的右肩绕过脖颈，就搂住我的左肩。这样一个超级亲昵友好的举动，顿然冰释了我心头的疑虑，却更使我局促不安。

走进教研室的门，里面坐着两位老师，一男一女。车老师说："'二两壶''钱串子'来了。"两位老师看看我，哈哈笑了。我不知所以，脸上发烧。"二两壶"和"钱串子"是最近一次作文里我的又一篇小说中两个人物的绰号。我当时顶崇拜赵树理，他的小说的人物都有外号，极有趣，我总是记不住人物的名字而能记住外号。我也给我的人物用上外号了。

车老师从他的抽屉里取出我的作文本，告诉我，市里要搞中学生作文比赛，每个中学要选送两篇。本校已评选出两篇来，一篇是议论文，初三一位同学写的，另一篇就是我的作文《堤》了。

啊！真是大喜过望，我不知该说什么了。

"我已经把错别字改正了，有些句子也修改了。"车老师说，"你看看，修改得合适不合适？"说着又搂住我的肩头，搂得离他更近了，指着被他修改过的字句——征询我的意见。我连忙点头，说修改得都很合适。其实，我连一句也没听清楚。

他说："你如果同意我的修改，就把它另外抄写一遍，周六以前交给我。"

我点点头，准备走了。

他又说："我想把这篇作品投给《延河》。你知道吗，《延河》杂志？我看你的字儿不太硬气，学习也忙，就由我来抄写投寄。"

我那时还不知道投稿，第一次听说了《延河》。多年以后，当我走进《延河》编辑部的大门深宅以及在《延河》上发表作品的时候，我都情不自禁地想到过车老师曾为我抄写投寄的第一篇稿。

这天傍晚，住宿的同学有的活跃在操场上，有的遛大街去了，教室里只有三五个死贪学习的女生。我破例坐在书桌前，摊开了作文本和车老师送给我的一沓稿纸，心里怎么也稳定不下来。我感到愧悔，想哭，却又说不清是什么情绪。

第二天的语文课，车老师的课前提问一提出，我就举起了左手，为了我的可憎的狭隘而举起了忏悔的手,向车老师投诚……他一眼就看见了,欣喜地指定我回答。我站起来后,却说不出话来,喉头哽塞了棉花似的。自动举手而又回答不出来,后排的同学哄笑起来。我窘急中又涌出眼泪来……

我上到初三时,转学了,暑假办理转学手续时,车老师探家尚未回校。后来,当我再探问车老师的所在时,只说早调回甘肃了。当我第一次在报刊上发表处女作的时候,我想到了车老师,应该寄一份报纸去,去慰藉被我冒犯过的那颗美好的心!当我的第一本小说集出版时,我在开着给朋友们赠书的名单时又想到车老师,终不得音讯,这债就依然拖欠着。

经过多少年的动乱,我的车老师不知尚在人间否?我却忘不了那淳厚的陇东口音……

# 晶莹的泪珠

我手里捏着一张休学申请书朝教务处走着。

我要求休学一年。我写了一张要求休学的申请书。我在把书面申请交给班主任的同时,又口头申述了休学的因由,发觉口头申述因为穷而休学的理由比书面申述更加难堪。好在班主任对我口头和书面申述的同一因由表示理解,没有经历太多的询问便在申请书下边空白的地方签写了"同意该生休学一年"的意见,自然也签上了他的名字和时间。他随之让我等一等,就拿着我写的申请书出门去了,回来时那申请书上就增加了校长的一行签字,比班主任的字签得少自然也更简洁,只有"同意"二字,连姓名也简洁到只有一个姓,名字略去了。班主任对我说:"你现在到教务处去办手续,开一张休学证书。"

我敲响了教务处的门板。获准以后便推开了门,一位年轻的女先生正伏在米黄色的办公桌上,手里提着长杆蘸水笔在一厚本表册上填写着什么,并不抬头。我知道开学报名时教务处最忙,忙就忙在许多要填写的各式表格上。我走到她的办公桌前鞠了一躬:"老师,给我开一张休学证书。"然后就把那张签着班主任和校长姓名和他们意见的申请书递放到桌子上。

她抬起头来，诧异地瞅了我一眼，拎起我的申请书来看着，长杆蘸水笔还夹在指缝之间。她很快看完了，又专注地把目光留滞在纸页下端班主任签写的一行意见和校长更为简洁的意见上面，似乎两个人连姓名在内的十来个字的意见批示，看去比我大半页的申请书还要费时更多。她终于抬起头来问：

"就是你写的这些理由吗？"

"就是的。"

"不休学不行吗？"

"不行。"

"亲戚全都帮不上忙吗？"

"亲戚……也都穷。"

"可是……你休学一年，家里的经济状况也不见得能改变，一年后你怎么能保证复学呢？"

于是我就信心十足地告诉她我父亲的精确安排计划：待到明年我哥哥初中毕业，父亲谋划着让他投考师范学校，师范生的学杂费和伙食费全由国家供给，据说还发三块钱零花钱。那时候我就可以复学接着念初中了。我拿父亲的话给她解释，企图消除她对我能否复学的疑虑："我伯伯说来，他只能供得住一个中学生；俺兄弟俩同时念中学，他供不住。"

我没有做更多的解释。我的爱面子的弱点早在此前已经形成。我不想再向任何人重复叙述我们家庭的困窘。父亲是个纯粹的农民，供着两个同时在中学念书的儿子。哥哥在距家四十多里远的县城中学，我在离家五十多里的西安一所新建的中学就读。在家里，我和哥哥可以合盖一条被子，破点旧点也关系不大。先是哥哥接着是我要离家到县城和省城的寄宿学校去念中学。每人就得有一套被褥行头，学费杂费伙食费和种种花销都空前增加了。实际上轮到我考上初中时已不再是考中秀才般的荣耀和喜庆，反而变成了一团浓厚的愁云忧雾笼罩在家室屋院的上空。我的行装已不能像哥哥那样有一套新被子新褥子和新床单，被简化到只能有一条旧被子卷成小卷儿背进城市里的学校。我的那一绺床板终日裸露着缝隙宽大的木质板面，晚上就把被子铺一半再盖上一半。我也不能像哥哥那样由父亲把一整袋面粉送交给学生灶，而只能是每周六回家来背一袋杂面馍馍到学校去，因为学校灶上的管理制度规定一律交麦子面，而我们家总是短缺麦子而苞谷面还算宽裕。这样的生活我并未意识到有什么不好，因为背馍上学的学生远远超过能搭得起灶的学生人数。每到三顿饭时，背馍的学生便在开水灶的一排供水龙头前排起五六列长队，把掰碎的各色馍块装进各自的大号搪瓷缸子里，用开水浸泡后，便三人一堆五人一伙围在乒乓球台的周围进餐，佐菜大都是花钱买的竹篓咸菜或家制的腌辣椒，说笑和争论的声浪甚至压倒了那些从灶房领取炒菜和热饭的"贵族阶层"。

这样的念书生活终于难以为继。父亲供给两个中学生的经济支柱，一是卖粮，一是卖树，而我印象最深的还是卖树。父亲自青年时就喜欢栽树，我们家四五块滩地地头的灌渠渠沿上，是纯一色的生长最快的小叶杨树，稠密到不足一步就是一棵，粗的可做檩条，细的能当椽子。父亲卖树早已打破了先大后小先粗后细的普通法则，一切都是随买家的需要而定，需要檩条就任其选择粗的，需要椽子就让他们砍伐细的。所得的票子全都经由哥哥和我的手交给了学校，或是换来书籍课本和作业本以及哥哥的菜票我的开水费。树卖掉后，父亲便迫不及待地刨挖树根，指头粗细的毛根也不轻易舍弃，把树根劈成小块晒干，然后装到两只大竹条笼里挑起来去赶集，卖给集镇上那些饭馆药铺或供销社单位。一百斤劈柴的最高时价为一元五角，得来的块把钱也都经由上述的相同渠道花掉了。直到滩地上的小叶杨树在短短的三四年间全部砍伐一空，地下的树根也掏挖干净，渠岸上留下一排新插的白杨枝条或手腕粗细的小树……

我上完初一第一学期，寒假回到家中便预感到要发生重要变故了。新年佳节弥漫在整个村巷里的喜庆气氛与我父亲眉宇间的那种根深蒂固的忧虑形成强烈的反差，直到大年初一刚刚过去的当天晚上，父亲便说出了谋划已久的决策："你得休一年学，一年。"他强调了一年这个时限。我没有感到太大的惊讶。在整个一个学期里，我渴盼星期六回家又惧怕星期六回家。我那年刚交十三岁，从未出过远门，而一旦出门便是五十多里远的陌生的城市，只有星期六才能回家一趟去背馍，且不要说一周里一天三顿开水泡馍所造成的对一碗面条的迫切渴望了。然而每个周六在吃罢一碗香喷喷的面条后便进入感情危机，我必须说出明天返校时要拿的钱数，一元班会费或五角集体买理发工具的款项。我知道一根丈五长的椽子只能卖到一元五角钱，一丈长的椽子只有八角到一元的浮动价。我往往在提出要钱数目之前就折合出来这回要扛走父亲一根或两根椽子，或者是多少斤树根劈柴。我必须在周六晚上提前提出钱数，以便父亲可以从容地去借款。每当这时我就看见父亲顿时阴沉下来的脸色和眼神，同时，夹杂着短促的叹息。我便低了头或扭开脸不看父亲的脸。母亲的脸色同样忧愁，我似乎可以看；而父亲的脸眼一旦成了那种样子，我就不忍对看或者不敢对看。父亲生就的是一脸的豪壮气色，高眉骨大眼睛，统直的高鼻梁和鼻翼两边很有力度的两道弯沟，忧愁蒙结在这样一张脸上似乎就不堪一睹……我曾经不止一次地产生过这样的念头，为什么一定要念中学呢？村子里不是有许多同龄伙伴没有考取初中仍然高高兴兴地给牛割草给灶里拾柴吗？我为什么要给父亲那张脸上周期性地制造忧愁呢……父亲接着就讲述了他得让哥哥一年后投考师范的谋略，然后可以供我复学念初中了。他怕影响一家人过年的兴头儿，所以压在心里直到过了初一才说出来。我说："休学。"父亲安慰我说："休学一年不要紧，你年龄小。"我也不以为休学一年有多么严重，因为同班的五十多名男女同学中有不少人都结过婚，既有孩子的爸爸，也有做了妈妈的，这在二十世纪五十年代初并不奇怪，解放后才获得上学机会的乡村青年不限年龄。我是班里年龄最小个头最矮的一个，座位排在头一张课桌上。我轻松地说："过一年个子长高了，我就不坐头排头一张桌子咧——上课扭得人脖子疼……"父亲依然无奈地说："钱的来路断咧！树卖完了——"

老师放下夹在指缝间的木制长杆蘸水笔，合上一本很厚很长的登记簿，站起来说："你等等，我就来。"我就坐在一张椅子上等待，总是止不住她出去干什么的猜想。过了一阵儿她回来了，情绪有些亢奋也有点激动，一坐到她的椅子上就说："我去找校长了……"我明白了她的去处，似乎验证了我刚才的几种猜想中的一种，心里也怦然动了一下，她没有谈她找校长说了什么，也没有说校长给她说了什么。她现在双手扶在桌沿上低垂着眼，久久不说一句话。她轻轻舒了一口气，仰起头来时我就发现，亢奋的情绪已经隐退，温柔妩媚的气色渐渐回归到眼角和眉宇里来了，似乎有一缕淡淡的无能为力的无奈。

她又轻轻舒了口气，拉开抽屉取出一本公文本在桌子上翻开，从笔筒里抽出那支木杆蘸水笔，在墨水瓶里蘸上墨水后又停下手，问："你家里就再想不下办法了？"我看看那双带着忧郁气色的眼睛，忽然联想到姐姐的眼神。这种眼神足以使任何被痛苦折磨着的心平静下来，足以使任何被痛苦折磨得心力交瘁的灵魂得到抚慰，足以使人沉静地忍受痛苦和劫难而不至于沉沦。我突然意识到因为我的休学致使她心情不好这个最简单的推理。而在校长班主任和她中间，她恰好是最不应该产生这种心情的。她是教务处的一位年轻职员，平时就是在教务处做些抄抄写写的事，在黑板上写一些诸如打扫卫生的通知之类的事，我和她几乎没有说过话，甚至至今也记不住她的姓名。我便说："老师，没关系。休学一年没啥关系，我年龄小。"她说："白白耽搁一年多可惜！"随之又换了一种口吻说，"我知道你的名字也认得你。每个班前三名的学生我都认识。"我的心情突然灰暗起来而没有再开口。

她终于落笔填写了公文函，取出公章在下方盖了，又在切割线上盖上一枚合缝印章，吱吱吱撕下并不交给我，放在桌子上，然后把我的休学申请书抹上糨糊后贴在公文存根上。她做完这一切才重新拿起休学证书交给我说："装好。明年复学时拿着来找我。"我把那张硬质纸印制的休学证书折叠了两番装进口袋。她从桌子那边绕过来，又从我的口袋里掏出来塞进我的书包里，说："明年这阵儿你一定要来复学。"

我向她深深地鞠了躬就走出门去。我听到背后咣当一声闭门的声音，同时也听到一声"等等"。她拢了拢齐肩的整齐的头发朝我走来，和我并排在廊檐下的台阶上走着，两只手插在外套的口袋里。走过一个又一个窗户，走过一个又一个教室的前门和后门，校园里和教室里出出进进着男女同学，有的忙着去注册去交费，有的已经抱着一摞摞新课本新作业本走进教室，还有从校门口刚刚进来的背着被卷馍袋的迟来者。我忽然心情很不好受，在争取到了休学证后心劲松了吗？我很不愿意看见同班同学的熟悉的脸孔，便低了头匆匆走起来，凭感觉可以知道她也加快了脚步，几乎和我同时走出学校大门。

学校门口又拥来一拨偏远地区的学生，熟悉的同学便连连问我："你来得早！报过名了吧？"我含糊地笑笑就走过去了，想尽快远离正在迎接新学期的洋溢着欢跃气浪的学校大门。她又喊了一声"等等"。我停住脚步。她走过来拍了拍我的书包："甭把休学证弄丢了。"我点点头。她这时才有一句安慰我的话："我同意你的打算，休学一年不要紧，你年龄小。"

我抬头看她，猛然看见那双眼睫毛很长的眼眶里溢出泪水来，像雨雾中正在涨溢的湖水，泪珠在眼里打着旋儿，晶莹透亮。我迅即垂下头避开目光。要是再在她的眼睛里多驻留一秒，我肯定就会号啕大哭。我低着头咬着嘴唇，脚下盲目地拨弄着一块碎瓦片来抑制情绪，感觉到有一股热辣辣的酸流从鼻腔倒灌进喉咙里去。我后来的整个生命历程中发生过多少这种酸水倒流的事，而倒流的渠道却是从十四岁刚来到的这个生命年轮上第一次疏通的。第一次疏通的倒流的酸水的渠道肯定狭窄，承受不下那么多的酸水，因而还是有一小股从眼睛里冒出来，模糊了双眼，顺手就用袖头揩掉了。我终于仰起头鼓起劲儿说："老师……我走咧……"

她的手轻轻搭上我的肩头："记住，明年的今天来报到复学。"

我看见两滴晶莹的泪珠从眼睫毛上滑落下来，掉在脸鼻之间的谷地上，缓缓流过一段就在鼻翼两边挂住。我再一次虔诚地深深鞠躬，然后就转过身走掉了。

……

二十五年后，卖树卖树根（劈柴）供我念书的父亲在癌病弥留之际，对坐在他身边的我说："我有一件事对不住你……"

我惊讶得不知所措。

"我不该让你休那一年学！"

我浑身战栗，久久无言。我像被一吨烈性梯恩梯炸成碎块细末儿飞向天空，又似乎跌入千年冰窖而冻僵四肢冻僵躯体也冻僵了心脏。在我高中毕业名落孙山回到乡村的无边无际的彷徨苦闷中，我曾经猴急似的怨天尤人："全都倒霉在休那一年学……"我一九六二年毕业恰逢中国经济最困难的年月，高校招生任务大大缩小，我们班里剃了光头，四个班也仅仅考取了一个个位数，而在上一年的毕业生里我们这所不属重点的学校也有百分之五十的学生考取了大学。我如果不是休学一年当是一九六一年毕业……父亲说："错过一年……让你错过了二十年……而今你还算熬出点名堂了……"

我感觉到炸飞的碎块细末儿又归结成了原来的我，冻僵的四肢自如了，冻僵的躯体灵便了，冻僵的心又喳喳喳跳起来的时候，猛然想起休学出门时那位女老师溢满眼眶又流挂在鼻翼上的晶莹的泪珠儿。我对已经跨进黄泉路上半步的依然向我忏悔的父亲讲了那一串泪珠的经历，我称呼伯伯的父亲便安然合上了眼睛，喃喃地说："可你……怎么……不早点给我……说这女先生哩……"

我今天终于把几近四十年前的这一段经历写出来的时候，对自己算是一种虔诚祈祷，当各种欲望膨胀成一股强大的浊流冲击所有大门窗户和每一个心扉的当今，我便企望自己如女老师那种泪珠的泪泉不致堵塞更不敢枯竭，那是滋养生命灵魂的泉源，也是滋润民族精神的泉源哦……

# 蚕　儿

从已经开花的粗布棉袄里撕下一疙瘩棉花，小心地撕开，轻轻地扯大，把那已经板结的棉套儿撕扯得松松软软。摊开，再把铜钱大的一块缀满蚕籽儿的黑麻纸铺上，包裹起来，装到贴着胸膛的内衣口袋里，暖着。在老师吹响的哨声里，我慌忙奔进由关帝庙改成的教室，坐在自个从家里搬来的大方桌的一侧，把书本打开。

老师驼着背，从油漆剥落的庙门口走进来，站住，侧过头把小小的教室扫视一周，然后走上搬掉了关老爷泥像的砖台。教室里顿时鸦雀无声，只有我的邻桌小明的风葫芦嗓门里，发出吱吱吱的出气声。

"一年级写大字，三四年级写小字，二年级上课。"

老师把一张乘法表挂在黑板上，用那根溜光的教鞭指着，领我们读起来：

"六一得六……"

我念着，偷偷摸摸胸口，那软软的棉团儿，已经被身体暖热了。

"六九五十四。"

胸口上似乎有毛毛虫在蠕动，痒痒儿的，我想把那棉团掏出来。

瞧瞧老师，那一双眼睛正盯着我，我立即挺直了身子……

难以忍耐的期待中，一节课后，我跑出教室，躲在庙后的房檐下（风葫芦说蚕儿见不得太阳），展开棉团儿，哎呀！出壳了！在那块黑麻纸上，趴着两条蚂蚁一样的小蚕，一动也不动。两颗原是紫黑的蚕籽儿变成了白色，旁边开着一个小洞。我取出早已备好的小洋铁盒，用一根鸡毛把小蚕儿粘起来，轻轻放到盒子里的蒲公英叶子上。再一细看，有两条蚕儿刚刚咬开外壳，伸出黑黑的头来，那多半截身子还卡在壳儿里，吃力地蠕动着。

"叮……"上课的哨儿响了。

"二年级写大字……"

写大字，真好啊！老师给四年级讲课了。我取出仿纸，铺进影格，揭开墨盒……那两条小蚕儿出壳了吧？出壳了，千万可别压死了。

我终于忍不住，掏出棉团儿来。那两条蚕儿果然出壳了，又有三四条咬透了外壳。我取出鸡毛，揭开小洋铁盒。风葫芦悄悄蹿过来，给我帮忙，拴牛也把头挤过来了……

"哐"的一声，我的头顶挨了重重的一击，眼里直冒金星，几乎从木凳上翻跌下去，教室里立时腾起一片笑声。我看见了老师，背着的双手里握着教鞭，站在我的身后。慌乱中，铁盒和棉团儿都掉在地上了。我忍着头顶上火烧火燎的疼痛，眼睛仍然偷偷瞄着扣在地上的铁盒。

老师的一只大脚伸过来，从我坐的木凳旁边伸到桌子底下去了。一下，踩扁了那只小洋铁盒；又一脚，踩烂了包着蚕籽儿的棉团儿……我立时闭上眼睛，那刚刚出壳的蚕儿啊……

老师又走回四年级那第一排桌子的前头去了。教室里静得像空寂的山谷。

放学了,我回到家里,一进门,妈就喊:"去,给老师送饭去!"

又轮着我们家管饭了。我没动,也没吭声。

"噢!像是受了罚!"妈妈看着我的脸,猜测说,"保险又是贪耍,不好好写字!"

我仍然立在炕边,没有说话。

妈妈顺手摸摸我额头上的"毛盖儿",惊奇地睁大了眼睛:"哎呀!头上这么大的疙瘩?"她拨开头发,看着,叫着,"渗出血了!这先生,打娃打得这样狠!头顶上敢乱打……"

我的眼泪流下来了。

"不打不成材!"父亲在院子里劈柴,高声说,"学生哪有不挨板子的?"

妈妈叹口气:"给老师送饭去。"

"我不去!"

"去!"父亲威严地命令,"老师在学堂,就是父母,打是为你学好!"

我一手提着装满小米稀饭的陶瓷罐,一手提着竹篮,竹篮里装着雪白的蒸馍、菜碟、辣碟,走出了街门。这样白的馍馍,我大概只有在过年过节时才能尝到的。

进了老师住的那间小房子,我鞠了躬,把罐和竹篮放到桌子上,就退出门来,站在门外的土场上等,待老师吃完,再去取……

"来!"从小房里发出一声传呼,老师吃完了。

我进了小房,去收拾那罐儿碟儿。

老师挡住我的手,指着花碟子,说:"把这些东西带回去,不准丢掉……"

我一看,那盛过咸菜的花碟里,扔着一块馍,上面夹着没有揉散的碱面团儿；另有稀饭中的一个米团儿，不过指头大，也被老师挑出来。我立时觉得脸上发烧，这是老师对管饭的家长最不光彩的指责……

妈妈看见了，一下子跌落在板凳上，脸色羞愧极了。

父亲瞅着，也气得脸色铁青，一把抓起"展览"着碱团儿和米团儿的花碟子，一扬手，摔到院子里去了。

后晌上学的时候，风葫芦在村口拉住我，慷慨地说："我再给你一块蚕籽儿！"

我心里冷得很："不要咧。"

"咋咧？"

"我不想……养蚕儿咧！"

没过几天，学校里来了一位新老师，分了班，把一二年级分给新来的老师教了。

他很年轻，穿一身列宁式制服，胸前两排大纽扣，站在讲台上，笑着给我们介绍自己："我姓蒋……"说着，他又转过身，从粉笔盒儿里捏起一截粉笔，在木头黑板上，端端正正写下他的名字，说："我叫蒋玉生。"

多新鲜啊！往常，同学们像忌讳祖先的名字一样，谁敢打问老师的姓名呀！四十个学生的初级小学，只有一位老师，称呼中是不必挂上姓氏的。新老师一来，自报姓名，这种举动，在我的感觉里，无论如何算是一件新奇事。他一开口，就露出两只小虎牙，眼睛老像是在笑："我们先上一节音乐课。你们都会唱什么歌？"

大家你看看我，我看看你，没有人回答。我们啥歌也不会唱，从来没有人教给我们唱歌。我只会哼母亲教给我的那几句"绣荷包"。

蒋老师把词儿抄在黑板上，就领着唱起来："解放区的天是明朗的天……"

没有丝毫音乐训练的偏僻山村的孩子,一句歌词儿,怎么也唱不协调。我急得张不开口,喉咙里像哽着一团什么东西,无端地落下一股泪水。好久,在老师和同学的歌声中,哽在喉咙里的硬团儿,渐渐融化了,心里清爽了,张着嘴,唱起来:

"解放区的天是明朗的天……"

我爬上村后那棵老桑树,摘了一抱最鲜最嫩的桑叶,扔给风葫芦,就往下溜,慌忙中,松了手,摔到地上,半天爬不起来,嘴里咸腻腻的,一摸,擦出血了,烧疼烧疼。

"你俩干什么去了?"蒋老师吃惊地说。

我俩站在教室门口,低下头,不敢吭声。

"脸上怎么弄破了?"他走到我跟前。

我把头勾得更低了。

他牵着我的胳膊朝他住的小房子走去。这回该吃一顿教鞭了!我想,他不在教室打,关在小房子打起来,没人看见……

走进小房子,他从桌斗里翻出一团棉花,撕下一块,缠在一根火柴棒上,又在一只小瓶里蘸上红墨水一样的东西,就往我的脸上涂抹。我感到伤口又扎又疼,心里却有一种异样的温暖。他那按着我的头顶的手,使我想到母亲按抚我的头脸的感觉。

"怎么弄破的?"他问。

"上树……摘桑叶。"我怯生生地回答。

"摘桑叶做啥用?"他似乎很感兴趣。

"喂蚕儿。"我也不怕了。

"噢!"他高兴了,"喂蚕儿的同学多吗?"

"小明,拴牛……"我举出几个人来,"多咧!"

"你养了多少？"

"我……"我忽然难受了，"没养。"

"那好。"他不知我的内情，喜眯眯的眼睛里，闪出活泼的好奇的光彩，"你们养蚕干什么？"

"给墨盒儿做垫子。"我说着话又多了，"把蚕儿放在一个空盒里，它就网出一片薄丝来了。"

"多有意思！"他高兴了，拍着手，"把大家的蚕养在一起，搁到我这里，课后咱们去摘桑叶，给同学们每人网一张丝片儿，铺墨盒，你愿意吗？"

"好哇！"我高兴地从椅子上跳下来。

于是，后晌，他领着我们满山满沟跑，采摘桑叶。有时候，他从坡上滑倒了，青草的绿色液汁粘到裤子上，也不在乎。他说他家在平原上，没走过坡路。

初夏的傍晚，落日的余晖里，霞光把小河的清水染得一片红。蒋老师领着我们，脱了衣服，跳进水里打泼刺，和我们打水仗。我们联合起来，从他的前后左右朝他泼水。他举起双手，闭着眼睛，脸上流下一股股水来，佯装着求饶的声调，投降了……

这天早晨，我和风葫芦抱着一抱桑叶，刚走进老师的房子，就愣住了。

老师坐在椅子上发呆，一副悔恨莫及的神色，看见我俩，轻声说："我对不起你们！"

我莫名其妙，和风葫芦对看一眼。

"老鼠……昨晚……偷吃了……蚕！"

我和风葫芦奔到竹笸子跟前，蚕少了！一指头长的又肥又胖的蚕儿，再过几天该网茧子了。可憎的老鼠！

风葫芦表现得很慷慨："老师，不要紧！我从家里再拿来……"

老师苦笑一下，摇摇头。

我心里很难受。我不愿意看见那张永是笑呵呵的脸膛变得这样苦楚，就急忙给老师宽解："他们家多着哪！有好几竹箩！"

"不是咱们养的，没意思。"他站起来，摇摇头，惋惜地说。

三天之后，有两三条蚕儿爬到竹箩沿儿上来，浑身金黄透亮，仰着头，摇来摆去，斯斯文文地像吟诗。风葫芦高兴地喊："它要网茧儿咧！"

老师把他装衣服的一个大纸盒拆开，我们帮着剪成小片，又用针线穿缀成一个一个小方格，把那已经停食的蚕儿提到方格里。

我们把它吐出的丝儿压平，它再网，我们再压，强迫它在纸格里网出一张薄薄的丝片来……

陆续又有一条一条的蚕儿爬上箩沿儿，被我们提上网架。老师和我们，沉浸在喜悦的期待中。

"我的墨盒里，就要铺一张丝片儿了！"老师高兴得按捺不住，像个小孩，"是我教的头一班学生养蚕网下的丝片儿，多有意义！我日后不管到什么地方，一揭墨盒，就看见你们了……"

第二天，早饭后，上第一节课了。他走进教室，讲义夹上搁着书本，书本上搁着粉笔盒，走上讲台，和往常一模一样。我在班长叫响的"起立"声中站起来，一眼看见，老师那双眼睛里有一缕难言的痛楚。

他站在讲台上，却忘了朝我们点头还礼，一只手把粉笔盒儿也碰翻了，情绪慌乱，说话结结巴巴："同学们，我们上音乐课……"

怎么回事啊？昨天下午刚上过音乐课了，我心里竟然不安起来，似乎有一股毛躁的情绪从心里蹿起。老师心里有事，太明显了！

老师勉强笑着："我教，你们跟着唱：'春风，吹遍了原野……'"

我突然看见，刚唱完一句，他的眼角淌下一股泪水，立即转过身，用手抹掉了。然后再转过身来，颤着声，又唱起来：

"春风，吹遍了原野……"

我闭了口，唱不出来了。风葫芦竟然"哇"的一声哭了。教室里，没有一个人应着唱。

"我要走了，心想给大家留下一支歌儿……"他说不下去了，眼泪又流下来，当着我们的面，用手绢擦着，提高嗓音，"同学们，唱啊！"

他自己也唱不出来了，勉强笑着，突然转过身，走出门去了。

我们一下子拥出教室，挤进老师窄小的房子，全都默默地站着。

他的被卷和书籍，早已捆扎整齐。他站在桌边，强笑着，说："我等不到丝片儿网成了。你们……把蚕儿……拿回家去吧！"说罢，他提起网兜，背上被卷。

我们从他手中夺过行李，走出小房。对面三四年级的小窗台上，露出一个一个小脑袋。一声怕人的斥责声响过，全都缩得无影无踪了。

我的心猛一颤，还得回到驼背的那个教室里去吗？

走出庙院了，走过小沟了。眼前展开一片开阔的平地，我终于忍不住，问："蒋老师，为啥要走呢？"

蒋老师瞧着我，淡淡地说："上级调动。"

"为啥要调动呢？你刚来！"风葫芦问。

老师走着，紧紧闭着嘴唇，不说话。

我又问："为啥不调动驼背？"

蒋老师看看我，又看看风葫芦，说："有人把我反映到上级那儿，说我把娃娃惯坏了！"

我迷蒙的心里透出一条缝儿，于是就想到村子里许多议论来。乡村人看不惯这个新式先生，整天和娃娃耍闹，没得一点儿先生的架势嘛！自古谁见过先生脱了衣裳，跟学生在河里打水仗？失了体统嘛！我依稀记得，我的父亲说过这些话，在大槐树下和几个老汉一起说。那个现在还不知姓名的盘踞在小庙里的老师，也在村里人中间摇头摆手……他们却居然不能容忍孩子喜欢的一位老师！

三十多年后的一个春天，我在县教育系统奖励优秀中小学教师的大会上，意外地握住了蒋老师的手。他的胸前挂着"三十年教龄"纪念章，金光给他多皱的脸上增添了光彩。

他向我讨要我发表过的小说。

我却从日记本里给他取出一张丝片来。

"你真的给我保存了三十年？"他吃惊了。

哪能呢？我告诉他，在我中学毕业以后，回到乡间，也在那个拆掉古庙新盖的小学里教书。第一个春天，我就记起来该暖蚕籽儿了。和我的学生一起养蚕儿，网一张丝片，铺到墨盒里，无论走到天涯海角，都带着我踏上社会的第一个春天的情丝……

老人把丝片接到手里，看着那一根一缕有条不紊的金黄的丝片，两滴眼泪滴在上面了……

# 儿时的原(节选)

## 割草·搂麦

出生在农家屋院里的男孩子,从小小年纪就帮父母干农活了。我却记不准自己究竟是从几岁开始动手干活的,按乡村人归结的普遍规律,说男娃子一顿能吃完一个馍馍,就是好帮手了。我据此判断,当在我六七岁的时候。我同样记不清先学会的是哪一种农活,却笼统记得我能干的农活有拔草、割草、搂柴火、搂麦穗、掰苞谷和剥苞谷等。幼年从事的这些农活,有的是我喜欢干的,留下了愉快的记忆;有的是难以承受的不想干却不得不干的,便铸成一种伤痛。

我最喜欢干的农活是割草。我家和隔壁一家同族本门人家合养一头黄牛。牛喜食青草。每当春天青草长出来,我便背上柳条编织的小号笼子,提上割草的短把儿镰刀,下到灞河河川或上到白鹿原坡去割草了。当时不知白鹿原的名称,只说上坡割草。割草总是结伴去,几乎没有一个人独自行动的行为,除了结伴搭伙儿热闹有趣,还有至关重要的一条,便是安全。那时候沟梁纵横的原坡上还有狼族活跃其间，常常就有某人在某道坡梁或某条沟谷里撞见了狼，甚至还有某村的小孩被狼叼走的骇人听闻的灾祸发生。父亲总是在我出门割草时提醒，不要单个上坡，找俩伴儿一搭去。

  村子里和我同龄或不差上下年岁的伙伴不过三四个，今日我找他，明日他会来找我，三四个人聚齐了，便商量确定到哪一条沟或哪一道梁去割草，说着谝着嘻嘻哈哈便走出村子了。麦子收罢进入伏天的酷热季节，阳光如喷火，伙伴们不约而同在坡梁下的沟道里遮蔽了阳光的背阴处坐下来，玩一种抓掷石子的游戏，或者打扑克，直玩到太阳西斜，才抓起短把儿镰刀去割草。最富诱惑的快活事儿是逮蚂蚱。蚂蚱有麦蚂蚱和秋蚂蚱，前者是生长在麦子地里的，到麦子成熟时也发育完成了，趴在麦穗上发出吱吱吱的叫声，我曾和小伙伴们在麦子地里逮蚂蚱，着急处就忘记了已经黄熟的麦子，踏倒了麦子，招来麦田主人的叫骂。不过，这种麦蚂蚱叫声很单调，很快就把兴趣转移到秋蚂蚱这灵虫上来了。所谓秋蚂蚱，是相对麦蚂蚱而言的，在麦蚂蚱完成三次脱壳可以鸣叫的时候，秋蚂蚱才从埋在地皮下的卵蛋里化育成虫钻出来，满体嫩绿如同刚刚脱壳的绿豆。秋蚂蚱生长在长满酸枣刺棘的田坎上、荒坡上和坟地里，捕捉很难。我和伙伴们根本等不得它完成三次脱壳羽化为可以鸣叫的蚂蚱，就在刺棘丛中寻找，常常被刺棘的尖刺刺得脚面和小腿布满血印也不在乎。逮着小小的秋蚂蚱，装进竹篾编的蚂蚱笼子里，每天喂它野谷苗的内芯。眼看着它在小笼子里一天天长大，完成三次脱壳成为一只羽翼丰满的蚂蚱，发出铃铛一样响亮有节奏的歌唱，我常常陷入一种沉醉。这种秋蚂蚱生命力很强，如果喂养精到，往往可以鸣叫到深秋以至霜冻时节才会完结，给平静也显孤寂的农家院子添一缕欢乐的声响……逮秋蚂蚱太专注也太投入，往往忘记了割草，无论逮着秋蚂蚱的兴奋或逮不着的懊丧,都会在拾起短把儿镰刀开始割草不久便淡化了,只畏怯草割得太少父亲那责备的眼色。

印象里最不愿干却不得不干的农活是搂麦子。我家有十六七亩土地,绝大多数分散在原坡上,只有三五亩可以浇灌的水田分作四五块散布在灞河川道里。养牛积攒的土肥,单是施到一年可收两料的麦子和苞谷的水田里都不够,原坡上的单料麦子根本施不上一次土肥,那麦子长得黄不拉叽的样子,收割时几乎搭不住镰刀,散落在麦茬地里的遗穗就很多了。村子里乡民把这种成色的麦子称作猴毛,把小小的麦穗称作蝇子胫(苍蝇头),把割这种麦子称作薅猴毛。父亲把一块又一块全是猴毛似的麦子薅过,我紧跟其后用粗铁丝做笆刺儿的大笆子把遗落的猴毛搂起来。至今印象最深的是在离村子最远的称作唐家坡顶的那块地,这是我家在原坡上最大的一块地,大约两亩还多,周边没有一棵树。我拖着足有一米宽的粗铁丝作笆刺儿的大笆子,一笆紧挨着一笆从东往西搂过去,再从西往东搂过来,却也如同为这块刚刚薅过猴毛的猴子梳头又梳身。这个铁丝笆子倒也不太重,拖起来也不太累,关键是坡地上滚动的热浪太难忍受了,火盆似的太阳就在头顶喷火,被晒了大半天的麦茬子热气蒸腾,拖着笆子过去再拖着笆子过来的过程,是被翻来覆去的炙烤。尽管头顶戴着草帽,头皮和脸皮仍然感觉到难耐的烘烤的灼伤,身上和裸露的小腿更不用说了。从家里带来的沙果叶茶水早已喝光,汗水似乎已经淌干流尽,口干到连一口唾沫儿也吐不出,看着还有一大半尚未搂过的麦茬地,有种想哭却哭不出来的无奈。看到远处一块坡地上有一个同龄的伙伴也在搂着,心里似乎有一种安慰,农家娃娃都得做这种活儿,且谈不到劳动的单调和无趣,那时候还不懂这些高雅的词汇,尽管切实地承受着……而当某天晚上和父亲坐在院子里吃晚饭,抓起母亲刚刚蒸熟端到跟前的白面馍馍咬下一口时，父亲顺口便会说，白面馍馍香不香？香。爱吃不爱吃？爱吃。明年搂麦子，再甭嘴噘脸吊的了，搂麦子受苦招架不住的那阵儿，想到吃白面馍馍，你就有劲了……这是我最初接受的关于劳动的教诲。

## 祭　祖

我生活的村子叫西蒋村，解放初仅三十七户人家，村子东头有一条沟，流着清凌凌的发源自原坡上的泉水，供全村人饮水、洗衣，也浇灌小块田地。沟那边有一个东蒋村，更小，不过二十七户人家，村子之间的距离不足二里路。两个以蒋姓作村名的村子却没有一户姓蒋的人家，我问父亲，父亲说不清楚，问比父亲更年长的老爷爷，竟没有一个人说得清白。我生活的西蒋村几乎全是陈姓，只有两户郑姓的人家。陈姓共有一个老祖宗，我却搞不清老祖宗的大名了，然而，这个陈姓老祖宗当属三十五户陈姓人家的始祖，也当是第一个在西蒋村这块地盘上落脚的人，有族谱为证。

每到大年三十后晌，陈姓的成年男子领着虽然尚未成年却已懂人事的男孩齐聚我家，迎神拜祖。父亲早已把不大平整的上房中间的地面用湿土垫平砸实，清扫干净，把我家那张方桌擦洗得一尘不染，放置到后墙中间开着后门的位置；方桌上已经摆置了蜡台和香炉，还有四盘令人馋涎欲滴的油炸的馃子和点心；那幅族谱——俗称神轴——就摆在方桌上，近乎一丈长，平时架放在木楼上，到此时父亲把它拿下来了。待全村陈姓男人聚齐，由陈姓一位辈分最高年龄最长的老者主持仪式，开首是：点蜡上香。这项指令实际是老者发给自己的，话音刚落，他便拿起点燃的火纸，猛吹一口气，那自燃的火纸便冒出火焰来，老者先点着左边的插在蜡台上的紫红色蜡烛，再点着右边一支，再撮三根紫色的香，在蜡烛上点燃，一根一根又一根插入盛着细沙的香炉，双手抱拳，跪拜三匝，然后退居方桌旁边。在老者发出"点蜡上香"的指令时，侍立在方桌两边的父亲和另一位男子便举起族谱——神轴，缓缓地展开，再挂到墙上。也就在此同时，我家街门外便响起鞭炮的响声，夹杂着雷子炮的震天轰响。侍立供桌前的陈姓男人们，依着辈分的高低，一个一个走到供桌前，从香炉里抽出一根紫香（只有主持的老者上头一道香拿三根），在蜡烛跳跃着的火焰上点燃，双手掬着插入香炉，再双手抱拳举到额头鞠躬，然后跪地三叩首。有领着儿子的人，儿子在他右首照着他的动作做下来。我父亲在陈姓的辈分最低，我自然更低一辈了，轮到父亲朝拜列祖列宗的时候，已经剩下不足十个人了（拜过的人都回家去了），我跟着父亲一起鞠躬跪拜，心里顿然也会潮起一种肃穆的感觉。

在我们家祭拜陈氏祖宗的事，据说有两个因由，一是我们家有一幢三间大房，尽管这幢房子已经分为两半，我家和叔父家各占一半，但作为敬奉祖宗展挂神轴却是宽展的，几乎是别无选择的。大约到一九四九年解放，村子里仅仅只有两三幢这种被称作大房的房子，多数村民都住着单面流水的比较窄小的厦房，厦房既供不起长宽都过一丈的神轴，也容不下祭拜的陈姓族人；再一个因由，据说是我爷爷曾经是村子里说话很有分量的人，尽管辈分低，却不影响他说话的分量，由他保存神轴年终祭拜祖宗就是顺理成章的事了。爷爷大约在父亲刚刚成年时便英年早逝了，尽管父亲不再具备爷爷说话的分量，保护神轴祭拜祖宗的活动依旧在我家顺延。在我有资格跟着父亲跪拜祖宗不过两三次之后，这幅神轴转移到另一户人家，这户陈姓人家盖起了宽敞的三间新瓦房，而我家的老房子已经漏雨了，积雪融化滴流的水滴浸洇了神轴——陈姓列祖列宗神圣到顶礼膜拜的族谱——那是不可饶恕的罪孽。在我跟着父亲到这户祭奉祖宗神轴的房子里去跪拜的时候,对祖宗的虔诚已发生自觉,却也因不在我家里而隐隐感到一缕空虚……再没过几年,在破除封建迷信的"大跃进"年头里,神轴——陈姓族谱据说被焚毁了,大年三十后晌公祭的事再没有举办过。我也留下了无法补救的遗憾,搞不清陈姓四辈往上的祖宗,更不知进入西蒋村的陈姓始祖的大名了。

原上有个名叫窑村的村子,乡民多姓陈,是从我们村子迁居到原上的窑村的一户陈姓人家繁衍的族群,每到大年初一,他们搭帮结伙从原上下来,到我家(后来到另一家)祭拜祖宗,原上原下两个村子的陈姓后裔相聚一堂。嘘寒问暖,说收成、谝笑话,其乐融融,我和那些跟随父亲来祭拜祖宗的男娃子,已经结伙玩耍了,同宗同祖的血缘,似乎确有某种亲情的天然纽带相系结。

## 卖　菜

白鹿原上的这村那寨和白鹿原下的这寨那村的人家,多有亲戚关系,原上的姑娘嫁到原下或原坡上的某户人家,也多有原下的姑娘嫁到原上某个村寨的人家,亲戚间的往来就很频繁。单就我们这个不足四十户人家的小村庄说,竟然有六七户人家都和原上有这种最亲近的亲戚关系,而我母亲的娘家(我的舅舅家)就在白鹿原西头的五坊村,两个姨妈家也在原上的两个很大的村子。这样,在我尚未懂事也爬不动坡上很陡的土路的时候,据说是由父亲背着我上原,每年正月头上去向舅爷舅奶舅舅舅母拜年。到我能走得动的时候,一大清早起来便跟着父亲母亲出门上路了,从我们村子通舅家的原上的村子有一条斜路，大约七八里，尽管天气很冷，走上原头的时候早已浑身淌汗了。

走上原头的感觉是奇异而又新鲜的。天太宽阔了，直到眼睛所能抵达的模模糊糊的终南山的群峰（那时候尚不知终南山的称谓，当地乡民只说南山）；往北看，对面的北岭（即骊山的南端，同样在那时尚不知骊山的称谓，当地乡民只说北岭），竟然遮挡不住天了；原上一马平川，远远近近散落着大大小小的村寨，无论如何望不见东边原的尽头，便有一种神秘感。我之所以会有这种感觉，完全是我生活的小村庄所在的特定地域造成的。我们的村子紧紧倚靠着白鹿原的北坡，站在村子的任何一个角度，满眼都是熟悉不过的坡坎和岇梁，刀裁一样的原顶遮住了天空，往北看，便是骊山的南麓，同样遮住了天空；在南原和北岭之间，蓝的天或阴的天，永远都是窄窄的一条长绺的天空，当地乡民自我调侃说，生在咱这地方，一辈子只看一绺绺天。绺绺，通常是说布条的，一绺布条。在我能够独立走上白鹿原的时候，宽阔的天和平坦无边的地让我发生奇异的感觉就不足为奇了。

在我更生动鲜活的记忆，是上原卖菜。

在我考上中学的时候，家庭的经济来源没有了，父亲种树卖树供我们兄弟俩上学，无奈树长得太慢，供给不上两个中学生的学杂费；村子里已经建立了农业合作社，即使劳动有盈余，也得等到年终合作社决算后才能分配，况且多数人家都是倒贴户。我在父亲完全无法可想的困局里，上完初一第一学期便休学了，后来在政府的帮助下复学，却错过了一个年级。记得是在复学读完初一的那年暑假，出现了学生卖菜挣学费的新鲜事，而且很快形成了一股风气。那些和我一样先后考入初级中学的乡村学生，其实大多数的家境相差不了多少，十个有九个都上不起每月大约要花费十元钱的学生灶，都是背着一袋子馍上学，每天三顿都是开水泡馍，伴着辣椒酱或咸菜。即使如此节俭，每学期开学的十多元学杂费仍然成为每个学生家长的重而又重的负担。这一年的暑假，不知由哪个村子的哪位脑门活泛又灵动的学生闯出一条挣学费的生财之道，从原下的农业合作社的菜园里趸下时令蔬菜，第二天一早挑着菜担上原，到原上的镇子上去卖，赚下钱来，到暑假结束便高高兴兴交学费了。我很快就加入到这个刚刚形成的学生卖菜的不大不小的群体中了，心劲颇高，不用再担心失学了。

白鹿原上自古缺水，俗称旱原。无论大村小寨的乡民，吃水是最大的困难，靠人力打下的深井，水多不旺，而且是人力所能挖到的极限深层了。吃水历来困难，种庄稼自不待说是靠天吃饭，每年只种一料麦子，不种秋田，在于秋禾更费水，而当地的气候特征恰恰是十年有九年的伏天都缺雨水，蔬菜就更谈不上种植了。原下人调侃原上人说，宁可给你一个馍，不舍得给你一碗水。更有甚者说，原上人早晨起来，为节省洗脸水，夫妻兄弟姊妹面对面吐唾沫儿洗脸……原下的一个又一个村庄，门前流着丰沛的灞河清流，每个村子都有引灞河水自流浇灌的水田，还有不少稻地。在个体经营时代，几乎每个村子都有一两户心灵手巧善于抚育蔬菜的农民，便有了收入强过普通庄稼的菜园；到二十世纪五十年代中期农业合作社建立后，每个社里都有相当规模的蔬菜种植地块，作为合作社的副业。我们村子就有五亩地种植着传统的韭菜、大葱、蒜苗、茄子、辣椒和刚刚引进的洋柿子（西红柿）等，合作社社员把这些蔬菜挑到原上的镇子去卖。原上人自古以来就吃着原下人种的菜。

我在我们村子的合作社的菜园里趸下时令蔬菜，多是大葱、韭菜、茄子和西红柿，总量一般不超过五十斤，这是十五岁的我挑菜上原所能承受的极限重量。

我和村子里的小伙伴一起挑菜上原。天微明便爬起来挑着装满蔬菜的竹笼出门了，走不过一里平地便上坡，目的地是狄寨镇——我尚不知是用北宋大将军名字命名的镇子，大约十华里远，上原后到镇子还有约三华里平路，上原的陡坡路占过大半。我挑着蔬菜，出村子时尚不觉得压迫，很快走过一里平地开始踏上上原的坡路的时候，那装着蔬菜的两只竹条笼便沉重起来，出气也急促了，汗水也冒出来了，直到肩膀疼痛不堪双脚也难以跨步的时候，便招呼伙伴歇一歇……从出家门到上到原顶，少说也要歇四五回，上到原顶的那一刻，肩头的担子几乎是扔到地上的，当即躺倒在地，汗水似乎汹涌而出，喘着粗气的嘴连叫妈的气力都没有了。然而，心里却是一种成功的轻松，最难的坡路爬上来了。待喘息初定，便拿出用布包着的馍来，肚子也咕咕叫起来，吃完一个馍，便挑起两笼蔬菜直奔狄寨镇了。

狄寨镇街道的两边，任由各种商贩自选位置，先到者便先占得街道中间人来人往最稠密的一方地盘。我选定地盘放下装菜的竹条笼，把各色蔬菜都亮出来，便坐在地上迎接买菜的顾客。二十世纪五十年代中期的蔬菜价格，我从合作社趸来的时候，韭菜大约五分钱一斤、大葱一角钱、西红柿七八分钱，挑到镇子卖出时的价格都要翻一倍，开始时咬紧牙关不给购菜者讨价还价的机会，如果销售不顺利，便只好忍痛降低售价了。印象深的事是算账麻烦，那时候还用的是十六两为一斤的秤，买主如果买整数的蔬菜很好结账，如果一斤二斤又带着三两四两，结算就犯难了，我便用小木棍在地上划拉乘法运算，往往惹得那些大叔小婶瘪着嘴笑，逗我说这个"土算盘"算的账准不准，然后才掏出钱来付我。如果卖得顺利，到人去集散的时候卖完最后一秤菜，挑起空笼走出集市的时候，便有一种想喊想唱的快乐；如果眼看着街道上的人越来越稀，笼里的蔬菜还剩下不少，便着慌了，很自然地减价，而且大声呼喊着"便宜了减价了快来买呀"之类的吆喝；如果仍然无人问津，便只好和同样没有卖完菜的伙伴重新挑起菜笼，到镇子周边的村子去叫卖，肯定会贴本儿，这是令人丧气的事。

从初中一年级到高中一年级，每年暑假都是以割草和卖菜为主要劳动项目。原上有三个较大的集镇，各有各的集日，除过一个距家太远的集镇，另两个集镇每逢集日，除过下雨天，我都会挑着两笼蔬菜去赶集，多数时日里都可以赚一元上下的人民币，也有赚不到钱乃至亏本的倒霉事。无论如何，每到暑假结束背着一袋子馍上学去的时候，口袋里装着我自己卖菜挣来的学杂费，是一种坦然，乃至骄傲。有一年卖菜收入颇丰，母亲竟到供销社买来机织的"洋布"，在镇上的裁衣店为我做了一件四兜的制服，我平生第一次穿上了制服。

## 木板·秧歌

一九五〇年春节过后的一个晚上，父亲把我叫到方桌前，郑重却也平和地说，你明日个去上学。我也不觉得太惊奇，上学的事在年前已经说过不止一回了，只是得知明天就要走进学堂的时候，还是有一种说不清楚是紧张或是受制约的异样的感觉。我没有说话。父亲接着把一支新买的毛笔递给我，还有一沓写大字的仿纸，说，你跟你哥合用一个砚台。我哥早我两年上学，笔墨纸砚备全。我接过写大字的毛笔，拔下那个竹筒笔帽儿，毛笔的竹竿尖头是一撮紫红色动物毛做的笔头，我当即联想到在原坡上割草时撞见的狐狸尾巴的毛，据说好毛笔都是用狐狸的尾巴制作的，称鸡狼毫。

学校设在村子东头的一孔窑洞里。我们的村子倚着白鹿原北坡的坡根自东向西排列，我家是西头倒数第二家，后门外的坡地却是河卵石和河沙的沉积层,这是不知几千乃至几万年前,灞河曾经流过的河床。村子东头却是黄土崖,不见一粒沙石,村民便在崖根下凿成冬暖夏凉的窑洞。这里的窑洞又高又深且宽阔,里边用土坯垒成隔墙,一家两代乃至三代共住一孔窑内。作为学堂的这孔窑,是村子里有房子住的一户人家放置杂物的闲置的窑洞,提供给乡民作学堂,已经使用许多年了。这孔窑洞学堂容纳着二三十个学童,是我村和东蒋村以及处于原坡上的仅有十多户人家的史家坡三个村子的求学的子弟。请来的教书先生的报酬,由上学的学童的家庭分摊,那时候不论钱而论麦子,大约是一九四九年前国民党纸币贬值得和废纸一样,人们常说背一口袋纸币买不来一口袋麦子,乡民们的交易便是以物易物,无论卖地卖树嫁女儿,都以麦子或苞谷为易物。聘请来的教书先生,也是议定一学季给多少斤麦子,具体给多少,我那时不用关心。

我拿着父亲昨晚交给我的毛笔和一沓写大字的仿纸,拘束而紧张地走进那孔窑洞,在自家的方桌旁的自家的长条凳上坐下来。那个时候的乡村学堂,没有公用桌凳,由学童搬来自家的方桌或条桌和凳子上学,有的学童的家长约定合用一张桌子,我家的方桌四边可以坐八个学童,我和我哥之外,另有四五个同村的学童共用一桌。

紧靠窗户是一个土坯垒成的炕。紧靠炕边支着一个方桌。桌上摆着一摞书和一摞纸,还有一个插着粗杆细杆毛笔的笔筒,还有磨墨的砚台。先生正襟危坐在桌边的椅子上。先生很年轻,穿一件淡蓝色长袍,正在给学童写影格。初入学的学童先把先生写好的影格垫在仿纸下面,然后按着影格上的字的笔画在仿纸上照写。我不敢到先生的方桌跟前去,由我哥把一方仿纸送到先生桌上,要求为我写一方影格。约略记得是从一到十最简单的十个字,我把影格铺到仿纸下,模模糊糊可以看到仿纸下的笔画,用蘸了墨汁的毛笔照写起来,尽管横笔不直竖笔歪扭，却总算是我捉笔写出的第一张汉字了。

印象里的先生眉目清秀，却不苟言笑，看去和善的脸上，一旦被哪个学童惹得生起气来，也够怕人的，顺手便抓起摆放在方桌上的足有三尺长的窄木板，抽打那个学童的手掌，打得学童尖声哭叫，他也不会饶恕，说打五板绝不少打一板。我确凿怯惧那把木板，窝着贪玩的野性子，避免了木板击掌的惩罚。我已记不清学习课目的内容，却记得这种延续到一九五〇年春天的老式乡村学堂的格局到秋季就废止了。据说穿蓝袍的先生被政府收编，集中培训去了。人民政府派来了一位新老师，穿着四个兜的干部服，个头高大且粗壮。他到处向乡民申明他是人民教师，要称他是×老师，不许再称他先生；对入学的孩子要称学生，不能称学童了；最让乡民们新鲜的是，这位人民教师的报酬由政府每月发给，不用学生家庭分摊，村民们惊喜地说，娃娃念书不掏钱，新社会真好。

我上学的第二个春天，村子里实行了土地改革，我们村子没有划定一户地主或富农的农户，比我们村子少一小半农户的东蒋村划定一户地主成分的人家，土地和财物被分配给穷人了，作为三合院的坐庄建筑——三间大房，收归为公有，议定为初级小学的学校。这样，一九五一年的下学期，我和同学们就在这幢宽敞的大房子里上课了。教室宽敞了，光线也比窑洞亮堂了，却要出村子跑远路上学了，东、西蒋村之间纵着一道不太高的土梁，梁的两边是两条不太深的沟。那时候一天上三次学，我和西蒋村同学便来回翻六次沟和梁，却也从来不觉得累或苦。也是从这学期起始，教室里有了女学生，都是老师耐着心到乡民家里说服开导，应该让女娃上学识字，女学生逐渐多起来了，还有十六七岁的大姑娘也认字求学来了。

每天下午，这位老师领着我们在农民的打麦场上扭秧歌，双手上下轮换甩动,高过肩膀,三步一跳,左右扭摆腰身,动作不复杂,很容易做到,难的是排列的两队不仅要步调节奏一致,而且两队要互相交叉变换队形。后来老师又教给我们一种竹竿秧歌,因为多数学生家里没有竹竿,老师变通为柳条,我们从灞河滩到处都有的柳树上砍下擀面杖粗细的柳树枝,剥掉皮,是洁白的柳杆,再用红颜料涂成红白相间的彩色。按照老师教的竹竿秧歌的舞步跳起来,仍然是三步一跳,右手拿着的竹(柳)竿和着脚步击打左肩再击打右肩,最后击打跳起来的脚掌。同学们个个都练得认真,跳得满头大汗也乐在其中,尤其是打麦场边有许多男女村民和小孩围观的时候,大家跳得更认真了,吹着哨子伴着节奏的老师也更来劲了。

教育局的管理部门组织了一场秧歌赛,分片举行,原坡地区的初级小学会聚在中心小学,我们的竹(柳)竿秧歌别具一姿,独领风骚,随后被安排到原坡和原上的村子里去表演(还有另外几所学校的秧歌队)。每有节日庆祝活动,我们的竹(柳)竿秧歌都受邀表演。我大约刚交上十岁,跟着老师和同学,攥着一根磨得溜光的竹(柳)竿,扭遍了原下原坡和原上的大寨小村,兜里装着自家的馍或锅盔,所到之处的村子或学校供给开水,歇息下来便吃馍喝水,依旧劲头十足地扭。

直扭到四年级毕业,在当年考高级小学难似考秀才的升学考试中,我竟考中了。当时学习的情况已经基本无记,只留下竹(柳)竿秧歌的记忆。在我后来到原上或原坡的这村那庄走动的时候,偶尔竟会泛出少年时到这里扭秧歌的情景。

## 旦旦记趣

外孙取名旦旦,已经长到两岁半,常有"惊人"之语出口。每每听到,先是猝不及防,随之便捧腹,或忍不住而喷饭,且不能忘。

他很贪玩,几乎没有片刻的闲静,即使吃饭,仍然是手不闲脚亦不停。这时候,我便哄他说,你不好好吃饭,屁股上都没肉啦!顺手便捏一捏他的小屁股;再鼓励一番,好好吃肉,屁股上就长肉啦。他便真听了话,张口接住他妈妈递到嘴边的一块肉,刚嚼了两下,估计还未嚼碎,便急忙咽下,跑过来,背过身,撅起小屁股:"爷爷你再摸一下,看看长肉了没有?"在一家人的哄笑声中,我只好将错就错:"长了长了!再吃再长!"我亦忍不住笑,这才叫立竿见影!

旦旦吃了一块豆腐,蹦过来,转过身,又一次撅起小屁股,认真地说:"爷爷你再摸一下,看看屁股上长豆腐了没?"哇!一家人全部放下碗,停住筷子,笑得前仰后合。

然后就没完没了。一次连一次地重复如前的动作和姿势,一次比一次更加认真地问:

爷爷你再摸一下,屁股上长蘑菇了没?

爷爷你再摸一下，屁股上长木耳了没？

我已经再没劲儿笑了，无可奈何地对他说，旦旦的屁股成了副食超市了。

有一天，我要上班了，照例先和旦旦说再见，然后就走到门口。旦旦却急了，从沙发上跳下来，鞋也顾不得穿，光着脚跑过来，边跑边喊，爷爷别走爷爷别走。我就站住安慰他。他却盯着我喊：爷爷我送你。我也就释然，还以为他缠住我不让出门呢。我拉开门，他先蹦了出去，站在楼梯口，伸出一只小手来。我尚弄不明白他要做什么，就牵住他的手引他进门回屋。小家伙抽回手去，甩了几下，又伸到我面前。我女儿终于明白了，提示我说，他要跟你握手送别呢。我恍然醒悟，随即弯下腰伸出手去，攥住他的小手。他却当即跳着蹦着，另一只手像翅膀一样上下扇着，嘴里连续丢出一串话来："再见！拜拜！巴尼哈！那就这！"

我对于这突如其来的发挥毫无心理准备。旦旦表演完毕，向我摇摇手，又跑回屋里沙发上去了。我走下楼梯走过楼院走出住宅区的大门，心里还一直在想着。"再见"和再见的英语口语"拜拜"他早都会说了，自然是他爸爸妈妈教的。"巴尼哈"是维吾尔语"再见"的意思，肯定是他奶奶教给他的。我和老伴今年夏天去了一趟新疆，就学会了这么一句维吾尔语的"再见"。这些当然都不足为奇，奇就奇在"那就这"从何而来，谁教给他的？

想想也不难破译。家里来了人，说完了事，送客人出门，握手告别时我常习惯说"那就这"。意思是我们说过的事就这样了。不仅如此，打完电话时，我也习惯说一句："那就这，再见。"这娃娃不知观察了多少次我的举动和说话，终于和我要来表演一回了。

从这天开始，这样的握手告别仪式就成为必不可缺的铁定的程序，我一天出几次门，就有几次这样的表演仪式，地点也必须是门外的楼梯口。有一次因事急我匆匆开门出去，走到楼下，从窗户里传出旦旦的哭声，哭声不仅大而强烈，且很悲伤。我感到了一种他被轻视了的伤心，我犹豫一下，还是反身回家，弥补了那个握手告别的仪式。他的脸蛋上挂着泪珠，仍然把小手递到我手里，蹦着跳着，左胳膊还是小鸟翅膀一样上下扇动着，哽咽着却一字不漏地说完"再见……拜拜……巴尼哈……那就这"。

旦旦学骑小三轮车几乎无师自通，哪怕是车子可以擦轴而过的狭窄过道，他都可以骑过去。旦旦对我说，爷爷我到北京去了，说罢便踩动车轮钻进另一间房子去了。不一会儿，旦旦又转回来：爷爷我到上海去了。说罢又钻入第三间屋子。我的三室住房加上厨房，不时变换着中国十几个城市的名字，大都是我或家人出差去过的城市。因为去某个城市的时间和回来之后的一段日子，家人总是说那些城市的见闻和观察，旦旦便在谁也不留意他的时候记住了这些城市的名字，而且被他骑车一日几次地往返了。

旦旦睡觉了，家里便恢复了安静。他的一双小鞋却丢在我的房间的床边，我总是在看见那一双小鞋时忍不住怦然心动。我说不清什么原因，似乎也没有什么关于鞋的往事的参照或触发，反正看见那双脱下的小鞋时心里就怦然一动，甚至比看见他穿着鞋跑来跑去更加富于诱惑。

回到家，迎上前来打招呼的总是旦旦。这时候，无论什么顺心的事和烦恼的事甚至令人窝火的事，全都在旦旦的无序的话语里化解了。说宠辱皆忘说心静如水似乎都不大恰切，只是觉得自己就是一个爷爷了。

秋收过后，我带着旦旦回到老家乡村。今年夏天雨水好，秋粮得到了近来少有的好收成，村巷里的椿树槐树皂荚树树杈上，架着一串串剥光了皮壳的玉米棒子，橙黄鲜亮的。这虽然是我自小就看惯了的家乡的最亮丽最惹眼的风景，依然抑制不住对于丰收果实的那种诗意的感受。旦旦也激动起来，扬起两条小胳膊，睁大惊异的眼睛欢呼起来：哎呀！这么多的香蕉呀……

旦旦的惊人之举引来哄然大笑。他奶奶他妈妈和周围的乡亲都笑了。我笑过之后，便不由得感慨。这孩子生在城里，长在城里，两岁半了，第一次看见玉米棒子，把形状类似的香蕉就联想起来混淆一起了。我的三个儿女，包括旦旦的妈妈，都生长在这祖传的乡间老屋里，他们生在"文革"的非常时期，也是我的生活最困窘的时期，香蕉无异于天国的神果，他们正好可能把香蕉当作玉米棒子。香蕉在现时的乡村，已经不是什么稀奇的水果，乡村小镇和马路边的小店散摊，都摆着一堆堆零售的香蕉，肯定不会有农村孩子再把它当作玉米棒子的笑话发生了。无论大人们怎样开心地调笑，旦旦却早跑到树下，仰起脸盯着树杈上的玉米棒子，跳着叫着要摘下"香蕉"来。

两岁半的旦旦，大约正处于人生的混沌状态，什么都要问，却什么也懂不了；什么都感觉新鲜，过眼之后便兴味索然；什么人的什么话都可以不听，一味固执于自己当时的兴趣；什么行动和动作都想去模仿，结果是毫不在意地又丢弃了。我可以看到一个人成长过程中两岁半这个年龄区段里的全部可爱，混沌的可爱。不必作任何意义上的猜想和推测，两岁半的混沌形态容不得意义，因为它本身属于无意义的自然形态。

这个年龄区段的混沌可能很短暂。因为在两岁的时候，旦旦还不是这样的形态。半岁的变化有点急骤，两岁时说不出的浑话和做不出的行为动作，到两岁半时就都发生了。那么我就猜想，再过半岁呢？

到了三岁时，该是从混沌状态走出来而踏入半混沌半清明的状态了吗？他在蜕去一半混沌的同时，还能保持那一份憨态的可爱吗？

　　猜测那混沌状态的可能消失，依恋着那混沌状态的全部可爱，我便打算用笔记下来。我的记性已经很差，无疑是老年的生理特征的显现。想到生命的衰落生命的勃兴从来都是这样地首尾接续着，我便泰然而乐。

# 生命之雨

一个年过五十的人，某天傍晚突然憬悟，他的生命中最敏感的竟然是雨。

秋日。傍晚。

细雨如丝如缕如烟，无穷无尽的前方和已经穷尽的身后都是这种雨丝飘飘洒洒却无声无息。他沿着家乡的河水在沙滩上走着。一旦有雨或雪降下，他就有一种迎接雨雪的骚动而必须刻不容缓地走向雨雪迷蒙的田野。他的腋下夹着一把黑色雨伞，除非雨点变得粗疾起来才准备打开。

沙滩上的野苇子的茸毛已经飘落，蒿草和绿色无可挽救地变得灰黑而苍老了。他看见河的远处有人在涉水过河，辨不清过河的是男人还是女人，雨雾把雄性和雌性的外部特征模糊起来了。走过滩柳丛生的一道沙梁，一个看去和他年龄相仿的女人伫立在沙地上，看守着七八只羊。女人的右手攥着一根新鲜的柳枝儿，无疑是用来警示她的羊的武器；她的左腋下夹着一只金黄色的草帽，而让头发也淋着雨。她的生命中也敏感雨而渴盼细雨的浇灌和滋润吗？

女人满脸皱纹，皮肤黝黑而粗糙，骨骼粗硬而显示着棱角；她挽着黑色的裤脚，露出小腿如同庄稼汉一样坚硬的筋骨的轮廓。他瞅着她，又瞅着她的羊，瞅过去是七只，倒瞅过来却成了八只；数过了羊又瞅她。他瞅着数着羊是潜意识的行为，避免死呆呆瞅着她而引起反感。瞅了瞅她又去数羊，这回数过去是八只，再手数过来又成了七只。

她却只瞅着她的羊，或者根本就没有瞅羊，她也不瞅他。他想，在她说不清是呆滞或是不屑的眼神里，他不过也是一只羊吧？他便走开了，踏上高踞沙滩的河堤。

母亲说生他的时候正是三伏天；母亲强调说他落地的时辰是三伏天的午时。母亲对他落地后的记忆十分清晰，落地后不过半个时辰全身就潮起一层痱子，从头顶到每一根脚指头，都覆盖着一层密密麻麻的热痱子。只有两片嘴唇例外地侥幸，却暴起苞谷粒大的燎泡。母亲说整整一个夏天里，他身上的热痱子一茬尚未完全干壳，新的一茬便迫不及待地又冒了出来，褪掉的干皮每天都可以撕下小半碗。母亲说她在月子里就只是替他从头到脚撕揭干壳了的痱子皮……母亲对已经成年了的他遭遇灾难时便说："你落生的时辰太焦躁了。那天能遇着下雨就好了。"

他后来得知，他与父亲同一个属相：马。这根本不用奇怪，家族中两代人和两代人之中同一属相的现象屡见不鲜完全正常。奇异的是，他和父亲同月同日生，而且时辰都是午时。只是没有人说得清，父亲出生时潮没潮起那么厉害的热痱子，父亲出生时是否侥幸遇到了三伏天的雨。

他便猜疑，在他来到这个世界时便领受到的如煎如煮的酷热焦躁，在父亲来说早已领受过了，从而并不以为有什么了不起。

关于他的父亲，他想写篇小文章来悼念那位如草芥一样无声无响度过一生又悄然死去的农民，然而终于没有形成文字。原因在于，那个念头刚一产生，如潮的记忆便把他齐头盖脑淹没了。他喘息着又合上了钢笔。父亲是一本书，不是一篇小文章。

现在，他只能说一句话，在这个世界上，他最熟悉最了解的是他的父亲，而最难理解的也是他的父亲。他深深地懊悔，直到父亲离开这个世界时，才发觉自己从来也没有太在意过父亲。起初他剖析造成这种懊悔心理的因素，是他既不可能对父亲寄托稍大点儿的依赖，更不可能发现以至研究他有什么伟大和不平凡之处；后来随着生命体验的不断加深，终于有一天醒悟过来，便是从来也没有想到过对父亲的心理设防，是一种绝对的心理安全的天然依赖，反倒不太在意了。

父亲死亡的情景永难忘记。一个自身生长的异物堵死了食道，直到连一滴水也不能通过，那具庞大的躯体日渐一日萎缩成一株干枯的死树……哦！生命中的雨啊！

他一个人坐在家乡的河边，天上洒下旱季里少见的蒙蒙细雨。他刚刚二十岁，开始了永远的没有限期的暑假，从学校走向社会了。他半是豪勇半是惶惑，怀着宏大的文学梦却又怀疑自己是否具备文学的天赋，自信与自卑五十对五十折磨着他，便有了一种孤自散步的欲望，尤其是在雨雾迷茫之中。

这条河不大却闻名于遥远悠久的历史，河有多长，河边的柳林就有多长。骚客文人折柳赠别也抛撒愁思怨的诗句，成为一代又一代文化人寄托情怀的佳作。他坐在水边，一个琴瑟般的声音不期而至："大哥哥你饿吗？"他转过头就看见了一只小仙鹤，是的，这个大约不过十岁的女孩像河滩草地上偶然降至的仙鹤。他苦笑一下摇摇头。处于整个民族的大饥饿年代，小孩子看世界的眼睛也是饥饿！他笑笑说:"我渴。"河堤上传下来一声笑,他看见那儿站着一位干部,这是一家大企业的党的领导干部,据说是一位出身富贵而又背叛了自己阶级的老革命,革命胜利了他已成为企业领导,却依然需要下放乡村锻炼改造……他很忠诚,不仅自己老老实实在农民中间生活,而且还利用暑假把小女儿也领到这炼狱里来改造了。

几十年后,在一次全国性的文学集会上,有一位中年女人向他走来:"你现在是饿还是渴?"

"还是渴。"

"还是渴?"

"是渴……生命之雨。"

她说她后来随父亲到北方一个城市,又转过四五个城市。她现在在一家报纸主持着一个《婚姻与家庭》的专栏。她在年轻男女中名声显赫,几乎家喻户晓,当然是她坦率而又真诚地解答过来自全国各地青年男女关于爱的困惑,并因此而很自信:"你比我写的书多,我比你写的信多;你只是在文学圈子里有名声,而我却在青年人心中是知音。"她的佐证是多年来收到和回复青年人的书信数以万计。她说她读过他的全部作品,当然不是因为作品好不好,亦不是要研究他的创作,主要是因为在他未成名之前她见过他一面,那时她不足十岁。她说:"我至少给青年朋友写过两万多封信,而你的小说最多发行五千册。"

他很尴尬,随之反诘:"我也来请你解答一下过去的问题,有一对年轻夫妇在'文化大革命'中分属对立的两派组织,妻子向自己一派的造反队司令报告了丈夫的行踪,丈夫被抓去打断了一条腿。这位现在走路还颠着跛着的丈夫仍然和那位告密的妻子生活在一起。他向你写过信没有?如果他有一天写信给你要求解释困惑,你怎么回答他？"她张了张口却摇摇头笑了，竟是一副不屑回答的神气。

半年以后，他接到她从千里之外的城市打来的长途电话，说她今天收到一封信，信中所表述的精神痛苦使她陷入深沉的无言以对的心境之中，那人的遭遇与他所说的"文革"夫妇的故事大同小异，关键在于他们的故事一直延续到今天而且还有发展，类似于被打断腿的这个跛子丈夫，居然投靠那个抓他施刑的造反队头儿的门庭挣钱去。造反队头儿受过几年冷落之后，现在是一位腰里别着大哥大的公司老板了……现在反倒是类似于那个告密妻子的陷入痛苦境地，据说是丈夫现在不计前嫌地跟着那个老板北上南下东闯西骗，出入星级宾馆酒楼歌舞厅，既卡拉OK又KTV还桑拿浴……她在电话中向他复述了这个故事，情绪很沉静，似乎没有了她写过两万余封回信的那种自信与得意，很真诚地说："上次你讲的那对'文革'夫妇的故事我没有回答，我觉得那是你们上一代人的故事和困惑；你们上一代人所处的那个时代是一个不正常的时代，用今天正常人的思维是无法理解也无法解释的，因为他和她都是不正常生活里的不正常的人所演绎的不正常故事。现在，当他和她在今天正常的社会里继续演绎不正常的故事时，我竟然第一次感觉到我的肤浅，无法回答那个类似告密妻子的新的苦恼……"他反而宽厚地安慰她说："是的，你不可能解除所有痛苦着的心灵的痛苦，也不可能拯救所有沉沦的灵魂。"她说："我总得给她回信呀！情急之下，我用了你的一句话回复了她，就是'生命之雨'。"

他说："这话太……"

她说："我就想起你的这句话……恰不恰当都不管了，上帝！"

蒙蒙细雨依然。依然是如丝如缕如烟。依然是飘飘洒洒无声无响。他已经走到这一段河堤的尽头，河堤朝南拐弯伸展过去，顶头和南岸的山崖接住了；那一段河堤从山崖下开始延伸到雨雾迷茫的无穷无尽的上游。人生其实也类似这河堤，分作一段一段的，这一段到头了，下段又从这儿开始，一直延伸成为一个生命的河流。

河堤拐弯的内堤里，就圈住了好大一片滩地。滩地里有一幢孤零零的土坯房，房子的南墙和西墙上苫着一层长长的稻草，那是防止西风和南边的下山风卷来的骤雨对泥皮土坯的冲刷的，就像一位插秧的农夫身披的蓑衣。房前有一片偌大的打谷场，场角靠近房子的地方有一个黄色的麦秸垛。他猜测这是一个土地承包经营者仓促建筑的房子，从那简陋的建筑判断，主人完全是出于一种临时的考虑，不愿投注更多的钱财给这幢远离村庄的建筑。

一个男人吆着牛拽着犁在翻耕打谷场。打谷场已经完成了夏季打麦秋季打谷的用场，现在翻耕以恢复土地的疏松和绵软，然后撒下早熟的青稞或者油菜籽，赶明年收割小麦之前先收获了青稞或油菜，再把这块土地碾压瓷实做打谷场。男人悠悠地吆着牛扶着犁，没有戴草帽，一任细雨淋着。一个女人站在麦秸垛下撕扯麦草，撕下一把便弯下腰纳到一只大竹条笼里，动作也是悠悠的不急不忙的样子。只是那一件红色的衣衫像一簇火焰在迷茫的河滩上闪耀。

一男一女一低一高两个小孩在场地上追逐，他们从土屋里奔出来时就是互相追逐着的，大约是男孩抢走了霸占了女孩的吃食或玩具，争执便发生了。女孩追着男孩显然力不从心，在溜滑的打谷场上摔倒了，顺势在场地上打滚而且号啕起来。那女人扔下柴火笼飞跑过去，在滑溜的打谷场上跑起来闪动着两只胳膊，像是一种舞蹈。她没有扶起倒地打滚的女孩，一直冲到男孩跟前，一巴掌抽过去就把男孩打翻在地了。她随后转身走过来抱起女孩，另一胳膊挎上柴火笼走进土屋里去了。

他竟然大声喊起来，愚蠢你愚蠢！你是个愚蠢的妈妈！

男人喝住牛插住犁，慢腾腾走过去抱起男孩，也走进那间土屋里去了。

一头在套的牛站在打谷场上甩着尾巴。

土屋房顶的烟囱有灰色的烟冒出来。

他依然站在河堤上。几十年后，那个扯柴火打男孩抱女孩的愚蠢的女人肯定就变成那个放牧着七八只羊的粗硬的老女人了吧？那个受宠的女孩会不会成长为如那个写过两万多封回信的专栏主持人？

那土屋里暴起激烈的吵闹声，浑厚的男声和尖锐的女声。肯定那是关于应不应该打倒男孩的争执。他忽然想到她，如果把这幢远离人群的河滩土屋里的争论提到她的专栏，她还会用他的"生命中的雨"这话来解释给这一对乡野夫妻吗？

# 收获与耕耘

二十岁，人生进入成年期的标志。

这是一个令人心魄悸颤的年轮。我发觉，当一个人跨入成年的时候，许多人生的重要课题都涌集而至了，而首先面临的最重大的问题，就是人生道路的抉择。

我二十岁那年，正好高中毕业了。摆在我面前的极为严峻的选择就是：要么进入大学继续深造，要么回到乡村去务庄稼。尽管学校对毕业生的政治思想工作做得相当周密，共青团组织为此举办过形式多样的活动，然而无法从根本上消除这两种选择结果上的巨大差别，说成天壤之别也许不算夸张。如果我们排除掉虚伪的掩饰而认真地面对现实，一个大学生和一个穷乡僻壤的农民之间的差别是有目共睹的。

我十三四岁的时候，对文学发生了兴趣。那时的中学语文课分作汉语和文学两部分，在文学课本里，那些反映当代农村生活的作品，唤醒了我心中有限的乡村生活的记忆，使我的浅薄的生活经验第一次在铅印的文字里得到验证，使我欣喜，使我惊诧，使我激动不已。是的，第一次在文学作品中验证自己的生活经验，在我无疑具有石破天惊豁然开朗的震动和发现。

我喜欢文学了，开始憧憬自己在文学上的希望了。我做过五彩缤纷的好梦，甚至想入非非，然而都不过是梦罢了，从来也没有因为梦想而感到紧迫和压力。只有跨上二十岁的时候，当这种选择像交叉十字道路摆到脚下的时候，惶惑、犹豫、自信与自卑交织着的复杂感情，使我感到了这个人生重要关口选择时的全部艰难。人生的第一个至关重要的驿站啊！

不管怎样，生活老人的脚步不乱。当生活把我这一拨儿同龄人推过第一个驿站的时候，似乎丝毫也不理会谁得了，谁失了；谁哭了，谁笑了；谁得意甚至忘形了，谁又沮丧以致沉沦了。而我面对的现实是：高考落第，没有得也没有笑，没有得意更不可能忘形，我属于失去机会者，或者干脆透彻一点说是失败者。然而我没有哭，也没有沮丧或沉沦，深知这些情绪对我都毫无益处。我要用奋斗来改变这一切。

应该感谢生活。

生活老人的脚步不乱，脸孔也一直严峻，似乎并不有意宠爱某一个而又故意冷漠另一个，抱怨生活的不公正只能是弱者的一种本能。生活没有给我厚爱。我自小割草拾柴，直到高中毕业时为了照一张体面的毕业照片才第一次穿上了洋布制服。中学时代我一直从家里背馍上学，背一周的馍馍步行到五十多里远的西安去读书，夏天馍长毛，冬天又冻成冰疙瘩。我当时似乎并不以为太苦，而且觉得能进城念书，即使背馍，也比我的父亲幸福得多了，他压根儿没有这种进城念书的可能。因此，我十分热爱共产党，使我成为我们村子里的第一个高中毕业生。

第一个高中毕业生回乡当农民，很使一些不供孩子念书的人心里攒了劲儿。我的压力又添了许多，成为一个念书无用的活标本。

回到乡间，除了当农民种庄稼，似乎别无选择。在这种别无选择的状况下，我选择了一条文学创作的路，这实际上无异于冒险。我阅读过中外一些作家成长道路的文章，给我的总体感觉是，在文学上有重要建树的人当中，幸运儿比不幸的人要少得多。想要比常人多所建树，多所成就，首先比常人要付出多倍的劳动，要忍受常人难以忍受的艰辛甚至是痛苦的折磨。有了这种从旁人身上得到的生活经验，我比较切实地确定了自己的道路，消除了过去太多的轻易获得成功的侥幸心理，这就是静下心来，努力自修，或者说自我奋斗。

我给自己订下了一条规程，自学四年，练习基本功，争取四年后发表第一篇作品，就算在"我的大学"领到毕业证了。

我主要在两方面进行努力，一是读书，一是练习写作。书是无选择地读，能找到什么就读什么，阅读中自己感觉特别合口味儿的就背。无选择的读书状况继续了好几年，那原因在于我既没有选择读书的可能，也没有什么人指点我读书的迷津，反正是凡能拿到手的古今中外的文学书，就读了。于今想来，这样倒有一个好处，开阔了视野，进行了艺术的初步熏陶，歪打正着罢了。另一方面，不断地写，写完整的作品较少，大量地记生活笔记，每天都有，或长或短，不受拘束，或描一景，或状一物，或写一人一相，日日不断，自由随便。

我几乎在每次换取一个新的生活记事本的时候，开篇都先要冠之一个我很喜欢的座右铭："不问收获，但问耕耘。"这信条里所蕴含的埋头苦干实干的哲理令我信服，也适宜我的心性。这条座右铭排除人时时可能产生的侥幸心理，也抑制那种自卑心理的蔓延，这两种不好的心理情绪是对我当时威胁最大的因素。

在此信条下，我日复一日年复一年地对自己进行最基本的文学修养的锻炼。大量阅读优秀的文学作品，对我特别感兴趣的篇章进行分析和解剖，学习结构和表现的艺术手段。坚持写生活笔记已形成习惯，一本一本写下去，锻炼了文字的表达能力也锻炼了观察现实生活的眼力。我的心境基本上稳定踏实的。

我的家庭本来就不富裕，如在三年经济困难时期，饱肚成为最大的问题。我没有电灯照明，也没有钟表计时，晚上控制不住时间，第二天就累得难以起床。我只好用一只小墨水瓶改做的煤油灯照明，烧焦了头发又熏黑了鼻孔。每晚熬干这一小瓶煤油，即上炕睡觉，大约为夜里十二点钟，控制了时间。长此而成习惯，至今竟不能早眠。

春秋时节，气候宜人，而冬夏两季，就有点难以忍耐。我常常面对冻成冰碴的笔尖而一筹莫展，也常常在夏暑的酷热当中头晕眼花，没有任何取暖和制冷的手段。蚊虫成为天敌，用臭蒿熏死一批，待烟散之后，从椽眼儿和窗孔又钻进来一批。我就在这"轮番轰炸"的伴奏下，继续我的奋斗。

三伏酷暑，蚊虫逞威，燥热难受。乡间的农民，一家人在场头迎风处铺一张苇席睡觉，我却躲在小厦屋里，只穿一条短裤，汗流浃背地写写画画。母亲怕我沤死在屋子里，硬拉我到场边去乘凉。我丢不下正在素描着的一个肖像，趁空儿又溜回小厦屋去了。

为了避免太多的讽刺和嘲笑对我平白无故带来的心理上的伤害，我使自己的学习处于秘密状态，与一般不搞文学的人绝口不谈文学创作的事，每被问及，只是淡然回避，或转移话题。即使我的父亲，也不例外。他常常忍不住问我整夜钻在屋里"成啥精"，我说"谝闲传"！于是他就不再问。

我虽然稳着心在耕耘，然而总期待收获。

我终于得到了第一次收获的喜悦。哪怕是一枝又瘦又小的麦穗，毕竟是我亲手培育出来的啊！

我的第一篇散文在《西安晚报》发表了。它给我的喜悦是不言而喻的，然而更重要的是对我的信心的验证。我第一次经过自己的独立的实践使自己相信：没有天才或天分甚微的人，通过不息的奋斗，可以从偏心眼儿的上帝那儿争得他少赋予我的那一份天资。整个在此前一段漫长的苦斗期——从开始爱好到矢志钻研文学，我一直在自信与自卑的折磨中滚爬。现在，自信第一次击败了自卑，成为我心理因素和情绪中的主导方面。我验证了"不问收获，但问耕耘"这条谚语，进而愈加确信它对我是适用的。直到一九八一年，历遭劫难之后，我编完第一本短篇小说集《乡村》的时候，竟然抑制不住如潮的心绪，在《后记》里写下这样的话：

> 农民总是在总结了当年收成的丰歉的原因之后，又满怀希望和信心地去争取下一料庄稼的丰产与优质了，从不因一料收成的多寡而忘乎所以。从这个意义上讲，我争取在尔后的学习创作生活中，耕得匀一点、细一点、深一点，争取有更多更好的收获。

这里所流露出的情绪，仍然首先是耕耘。

没有耕耘就没有收获。出大力气耕耘，流大汗水耕耘，用大力气和大汗水耕耘深一些、匀一些，才可能有丰裕的收获，才可能获得较大一点的创作成果。用小力气和点滴汗水所能指望得到的，必是小小的收获或是小小的作品。不想花费苦力和根本不想流汗或是没有足够的耐心进行耕耘，就不会有什么收获可指待，也就不会有创作。

现在，当我能写一点作品奉之于世，当我受到社会和喜欢我的作品的读者的较多关心的时候，心理压力反而愈来愈重了。社会正走向开放，生活也日趋复杂；旧的陈腐的一些观念被淘汰，而人对生活的一些基本的信仰却不能变。我希望在自己的心田里继续保持"不问收获，但问耕耘"这样一种情绪，不以物喜，不以己悲，做自己尚要做下去的事；更不能张狂，一旦张牙舞爪起来，就破坏了这种情绪，就泄掉底气了。我原本就是一个农村人，生活把我造就成一个像我父亲那样只会刨挖土地以获得生命延续的农民，完全是顺理成章的事。我在新社会得到读书的机会，获得文化知识以后又使我滋生了一种想成一点文学事业的奢望，而且有了一点小小的建树，我已意识到自己的责任，社会的和生活的责任，反倒泛不起个人的太多的得意或失意的情绪了。

感谢生活磨炼了我。生活对于我，设置下太多的艰辛和波折，反而使我增加了认识生活的机会，增强了承受压力的负载能力。在这种甚为漫长的人生的第一、第二和第三驿站的艰难行程中，"不问收获，但问耕耘"这条生活哲理给了我多少好处！反过来又使我更深地理解了这个被许多人实践并且证实了的科学箴言。

世界在变化，生活在变化中发展，文学不得不变，不变就会被人民所冷漠。我也要变化，这当然是另一个命题了，然而进行这种变化的我的基本立足点，依然是重在耕耘。

## 我经历的狼

几个根系都扎在乡村的朋友遇到一起，很随意也更自然地慨叹着生活发生的急促到不敢想象的变化，由此而不由自主地感慨童年时期乡村生活的艰难，有人说到一块糖疙瘩留下的难忘的记忆；有人说到他直到进县城寄宿读中学时，晚上睡觉脱裤子时才发现别人穿着贴身衬裤，回家哭闹着要母亲赶制一条；有的人说他和一位女同学同坐一条长凳同趴一张课桌整一个学年，竟然发现没有说过一句话，甚至不敢正眼看对方一眼，往往是伪装看书用眼角的余光偷瞄一眼，如此等等。这些旧时生活经历的细节，几乎是一人道来人人呼应，都有过同样的或类似的经历。其实不难理解，那时候关中乡村乡民的生活情况大同小异，如上三种在今天几乎是不可思议的事，在我都经历过也发生过，那时候寻常存在的生活世相，今天竟有恍若隔世之感，却又如此鲜活，如在昨天发生。

这种老朋友老同学老乡党的聚会，没有任何主题话语，纯粹闲聊，想到哪儿就说到哪儿，一种再轻松不过的气氛，再加上几杯酒下肚，情绪愈加亢奋，往往发生几个人同时说话各说各的人生际遇以及感慨。我往往在这种境况里省下口舌，享受听的乐趣，却也有控制不住的时候，便是有人说到了狼。几个人都争抢着说到自己幼年遭遇狼的险事和趣事，我也加入了说狼的旧话之中。朋友中竟有人插话说，你能写文章，把你这些狼的故事写出来，挺有意思。我曾动过此念，之后又觉得意思不大，便拖下来。前几日在电视上看到一个说狼的短片，业已沉寂的写狼的兴趣又发生了。

自有生活能力的幼稚时期，我对自己生活的世界最早产生的恐惧来自两种东西，一是狼，另一个是鬼。印象里对狼的恐惧肯定早于鬼，先说狼，暂且搁置鬼的故事。

小时候闹性子耍脾气，父母顺口一句恐吓的话，狼来了。尤其是晚上，玩得兴奋不安生睡觉，或是因什么不高兴的事使性子，父母没招了就请出狼来吓唬我。狼是什么样子无法想象，恐惧的效应却在心里形成了。我对狼的近距离感知，发生在十三四岁的时候。

那年实行了农业合作化，劳动分红需得等到年底，父母平时只顾在农业社出工干活，属于自己的土地和土地上的物产都归集体了，自然没有任何经济收入。家里总不能缺盐，醋可以由母亲酿造，也难免头疼脑热去看病买药，还有我和家兄的学费，都得花钱。父亲想到了养猪，猪养肥杀了卖肉，或是把肥猪卖给屠户，都会赚一点儿利钱。父亲在后院垒了猪圈，春天买回一只小猪，放进猪圈。那个猪圈的上方，横着搭了几根木棍，上边又架着一束一束从坡坎上砍下来的满身长刺儿的野酸枣棵子，是为防狼跳进猪圈咬小猪的。在猪圈的外墙上，用当地出产的一种白土化成浆水画了几个圆圈，据说狼怕钻圈。其实，村子里凡养猪的人家，猪圈四周和上边都是这种防狼的措施。然而，不妙的是，把小猪放进猪圈仅仅半天一夜的第二天早晨，父亲便在猪圈外边的地面上发现了狼的蹄印。尽管小猪安然幸免，父亲仍断然采取措施，白天把小猪关进猪圈，晚上把小猪放出来安置到屋子里，在后门左侧的木梯下的墙拐角，铺了一层黄土，又撒了一撮稻草，小猪便卧在那里过夜。

我那时在城里读初中，寄宿学校，周六晚上才回家一次。有天晚上睡到半夜，我被敲击后门的响声惊醒。父亲却依旧打着鼾声。我摇醒父亲说谁在敲门。父亲随口不在意地说："是狼。"我不由得啊的一声，睡意全吓跑了。父亲便告诉我，自打把小猪安置到后门门内的墙角，夜里时不时就有狼来守在后门口，初发生门被撞响的头两次，他手抓一根木棍，拉开后门门闩时，狼便蹿上后门外的白鹿原坡上了。他曾在月光下看见慌急逃窜的狼的身影，佯装追赶几步，吓一下狼，多少能安生几晚。过不了十天半月，狼又来了，又把后门板弄得咣咣当当响，他不仅懒得招理，而且照睡不醒。父亲告诉我，狼能够在很远的原坡上闻到猪的气味，总想吃猪。父亲还告诉我，狼是用屁股碰撞后门板，狼是铜头铁尻子（屁股）豆腐腰，打狼要打腰。说罢，又睡着了。

我却睡意全无，似乎心还在慌跳着。后门板停住了响声，大约是狼听见了父亲说话的声音。当父亲睡着不久，后门板又响起来，我更加害怕了，从我睡觉的后屋的炕，到后门不过几步，狼就在后门外用尻子碰撞后门，门板响几声，卧在后门内的猪就发出却也不甚惊慌的一两声哼哼。我怎么也睡不着，想象着狼的发着绿光的眼睛，龇着长牙的大嘴，越想越怕越睡不着。我又摇醒父亲。他披衣下炕，懒得开后门，只听他用脚把后门板蹬得山响，就回屋睡下了。后门再未发出响声，狼吓跑了。我缓了好久才睡着。

到这年冬天放寒假时，这头猪已长成一头大肥猪了，正在加精料追肥，不久就该卖掉或宰杀了。我几乎每天晚上半夜时分都能听到狼用尻子碰撞后门板的响声，竟然也不再发生惊吓睡不着的事了。有一晚，又被狼碰撞后门板的声响惊醒，我竟然想和狼有一个短距离接触的冒险举动，捞起父亲常备的那根木棍，走到后门口，本想拉开后门敲那只恶作剧的狼一棍子，但到后门前却胆怯了，万一我在拉开后门板的一瞬间，那馋急了的狼朝我扑来怎么办？我便学着父亲的做法，用脚猛蹬后门板，狼逃走了。这是我与狼的最短距离的接触，之间仅隔两扇门板。过了几天，杀了肥猪，再也听不到夜半狼用尻子撞碰后门板的响声了，我竟觉得有点寂寞，似乎缺失了什么。

早在一年前的冬天，还经历过一回狼的故事，不是发生在通常的乡野，却是发生在省会城市西安。我刚刚考上初中，新建的校舍尚未完工，便把新招的四个班级的学生临时安排在一所停歇的教堂里。教堂在西安城东门外的东关北边一条狭窄的小巷里，倒也清静，是一方听讲写字的好地方。教堂的后门外，是一块很大的平场，有一孔早已废弃的砖窑，可以判断这儿曾经是一个制砖烧砖的场地。有人在这里养了一群羊，用很简陋的围栏围住羊群，养羊人自己食宿在废弃的也很破旧的砖窑里。教堂的后门外设置男女厕所，我和同学一天几次走出后门去方便，不久也就看出过去的砖场、现在的"牧场"上的生活景象，大约在太阳出来许久，养羊人才赶羊出场（据说羊吃不得有露水的草）到野外去放牧。太阳落山时，他又把吃饱了牧草的羊拦回"牧场"，圈进围栏里。入学时看见的小半大羊，眼看着到冬天就长成大羊了。

临近寒假，正是关中地区最寒冷的数九季节。我在某日早晨进入教室开始早读，听班里同学说，昨晚"牧场"上的羊被狼咬死了两只。我架不住好奇，和一个同学跑出教堂后门，头一眼就看见，放羊汉子正在持刀剥着羊皮，那羊是倒挂在一根凌空架起的横杆上，并排挂着两只，一只已经剥光了皮，鲜红的肉体，且已开膛，内脏就堆在脚旁边的一只木盆里，正在剥离这一只羊的羊皮。我闻到一股血腥味，却也没问羊的主人，想来昨天夜里发生狼咬死羊的惨事是无疑的了。

这是一九五五年的冬天，西安城东门外的东关北边一条小巷里发生的狼咬死羊的事。顺便简介一下那时的西安古城的格局。西安古城有一圈虽则破旧却基本完整的明代修筑的城墙，墙顶上可以对开汽车，足见其雄厚。西安城中心有钟楼鼓楼作为标志，以此展开东西南北四条大街，也就有了东门西门南门北门四道大城门。四道城门外仍然延续着城市的格局，分别为东关西关南关北关，比之四道城门内的四条大街的规模自然小而短得多了。我在一九五五年看到的东关的东面南面和北面都是庄稼地，这里那里散落着村庄，却不与东关里的城市人混居。就在东关的北面的小巷里，庄严肃静的教堂后门外，竟然有狼光顾，且咬死了两只即将出栏的肥羊，约略可以想到五十多年前古城西安的一斑。我曾猜想，说不准那野狼完全可以蹿进东门，在东大街乃至钟楼鼓楼下转悠觅食……在我却是看到了弱肉强食的直观现场，竟然是在城市范围内的教堂后院。

我第一次看见狼，是在两年后的一天早晨。我上初中三年级时，转学到离家较近的一所中学，约二十华里，依旧继续着背馍寄宿的生活。已成规律的生活秩序，是周六下午放学回家，周日下午背着母亲蒸好的馍上学，绝大部分的农村学生都是这样求学读书的，不仅不以为只啃干馍喝白开水的生活艰苦，而且对新中国给予的上中学的机会心怀感恩。记不得那个周日下午因何故未能返校，周一天不明便起身背馍赶路，那时没有公交车，更不敢奢望自行车，只有步行，却也习以为常。因为天尚未明，父亲便陪我赶路，主要担心是怕遇见狼，那时候拦路打劫的凶事几乎闻所未闻。

  暑末秋初的灞河川道的黎明时分，弥漫着一层白色的水雾。路上不见行人。过了一个马家村，也未遇见一个早起的村人。出马家村要翻一道流沙沟，很深，仅有一步宽的小道，这是传说中多有野狼出没的地方，往往使人有阴森的心理压迫。有父亲相陪，我只顾走路，没有任何恐惧，下沟再上沟丝毫也不觉得累，只怕迟到，尤其是陌生的新学校的开学第一天。不觉间翻上流沙沟对面的平地，天色有亮光了。父亲突然惊叫一声，狼！我吓得当即收住脚步，便看见离我们不过十来步远的谷子地头，有两只狼，灰黄色。两只狼在谷子地头的流沙沟边上嬉戏，这只跳起来扑向那只，那只歪头躲过，纵身跃起又扑向这只。狼肯定看见了父亲和我，却不逃走，依然戏耍着。人说虎不失威，我直接看到了的狼也不失威。父亲似乎不甘于就此走掉，顺手在地上捡起两块石头，接连朝狼扔去。那两只玩得正开心的狼并不惊慌，却也终止了嬉闹，缓缓慢跑着朝北边去了，给人以悻悻的感觉。这是我平生唯一一次在乡野间和狼的遭遇，距离很近。有父亲在身边，短暂的惊怕很快过去，我又真实体验了父亲存在的意义。再说，那两只戏耍着的狼，没有任何凶猛残忍的外相，和我见惯了的戏耍的狗几乎没有差别。这是一九五八年九月初"大跃进"正热火的年月的一次奇遇，这年我十六岁。

  这时候，我尚无在生产队参加劳动挣工分的资格，每逢学校放假，寒假时到坡上拾柴火，暑假也是到坡上割草，可以挣工分。这里所说的坡，就是地理上白鹿原的北坡，起伏有急有缓，形成一条连着一条的大沟浅峪；舒缓的坡地上被先人们开垦为田地，种植小麦；陡峭的坡坎和沟峪里只能生长荆棘和野草，间有杂树。我和伙伴拾柴割草的时候，常常能发现狼拉下的新鲜粪便。狼的粪便很容易辨认，常常挟裹着白色的羊毛和黑色的猪毛，任何其他动物不会拉出这种粪便来。可以想到，就在昨夜，狼从这里走过，不由得心里发紧，偶尔还会看到被狼撕扯破烂的小孩的衣裤，那是不幸早夭的孩子因为埋得浅，被狼刨出来了，却不见残骨，我常被吓得不敢多看一眼。后来的许多年间，时不时会听到村人中间的传闻，邻近哪个村子什么人家的猪或羊被狼咬死了，或叼走了，甚至偶尔传闻吓人的惨事，什么村什么人家的小孩被狼伤害了。这样积久的传闻，即使无意，也在加深着对狼的印象，凶残。

大约到了"文革"发生的第二年，我所工作和生活的西安东郊地区，也和西安其他地区一样激烈着造反夺权的风潮，几乎是村村社社无宁日。与这里那里不断发生的武斗相映成趣的是，有两只狼似乎也被疯狂的社会气氛感染了，到处为非作歹，前日咬死了坡上某人家的猪，昨天夜里又叼走了河川一户人家的羊，还有威胁行人的危险事相继发生，已经闹得人心惶惶。我那时候正在一所民办中学任教，造反伊始便停课闹革命了，学生时来时不来，教师也获得了来去自由。我因被划到"保皇"系列，受到小小的批判，虽然成了什么组织也不参加的逍遥派，却不敢任性，坚守在学校养那只正待产的老母猪（农业中学自力更生办校）。这时几乎心如死灰，却也没有了任何欲望的烦恼，业余爱好文学创作的兴趣早都消亡了，能否继续做一名教师都不敢太乐观。尽管如此，却仍然不敢马虎对老母猪的保护，到坡地上挖来酸枣刺棵子，几乎把猪圈上边纵横交错架满了，料定那两只癫狂的狼也只能徒叹奈何。我真的在猪圈外边的土地上不仅发现了狼的蹄印，还发现了狼拉的粪便，完全可以想见在猪圈外踅摸着又不能得逞施暴的狼猴急的样子，可惜这里没有我家的后门板供它用尻子碰撞撒野，我自安然睡觉。

这年春节过后不久的一天,早晨起来便看到地上落了一层不薄亦不太厚的雪,原也不足为奇。我正洗脸的当儿,突然听到学校背后传来几声响亮的枪声,扔下毛巾便跑到院子里,心里想着武斗虽不新鲜,却还没有动用过枪炮,是不是今日破禁了?跑到院子里往后看去,白鹿原北坡上茫茫一层白雪,蓝天下的白雪地上,有三四个人在缓慢行走,可以辨认出是穿着绿色服装的军人,手里提着枪。起初以为驻军借着难得的雪地演练,随之遇到一位路过学校的熟人说,解放军为民除害,打死了那两只呈疯狂状态作恶多端的狼。我当下便有欢呼的欲望,表现出来却是脱口而出的一句"这下好咧"的话。

我的家乡有一所军事性质的高校,就在白鹿原北坡一个很大的深洼里。据说是经过反复论证,这是一方最可隐蔽的好地方,便把军校设置在这里。军校有警卫连,常常做许多爱民的善事,在当地群众中口碑甚好。他们肯定听到乡民被那两只疯狂的狼危害的议论,便决定为民除害。难得这一场雪,再狡猾的狼也无法消除行走留下的蹄印。战士便循着狼的蹄印,在白鹿原北坡的沟梁坡坎之间追踪发现了两只狼,先打死一只,再追着逃脱的另一只,又打死了。我听到的那几声枪响,就是射击逃到学校背后坡沟里的那只狼时发生的。

眼看着战士们从坡坎上走下来,从学校门前的公路上经过。我站在路边等着,看见两个战士用步枪抬着一只狼,另两个战士跟在左右,侍候着换肩。那只狼的皮毛上染着血,刚刚结束它疯狂的生命。狼头耷拉着蹭着地皮,舌头伸到长嘴外边。我不自觉地留心看了看狼的皮毛的颜色,灰黄色,只是比我十年前上学路上碰到的那两只狼的灰色偏重一点,感觉却相去甚远,那两只狼在熹微的晨光里嬉闹,尽情撒着欢,眼下看到的却是被枪击致死的一具狼尸。

这是我的家乡灞河川道白鹿原坡地最后的两只狼,死在解放军战士的枪口下。四十多年过去,这方有原有坡有河有川的颇为适宜野生兽类生存的地方,却再也没有发现过狼的行踪。

在濒临灭绝的动物名单中,似乎还没有列入狼,可见狼的生命力之强。然而,就我眼见的关中平原地区,自不必说,单是渭北高原乃至毛乌素沙漠,十余年间已经变得铁路、公路和高速公路纵横交错形成网状体系,火车奔驰汽车穿梭,狼们便失去了任性撒野随性作恶的自由空间,迁徙到更僻远也更阔大的荒野地带去了。可以想见狼的数量在减少,比不得二十世纪五十年代随处都有狼的蹄印的现象了,却远远不到濒临灭绝的危急状态。我又想到,有些濒临灭绝的动物,除了生存环境恶化等因素外,很重要一条是这些动物自身所具备的商品价值,被那些生财无道挣钱无门的人盯住,或捕捉或猎杀,偷换几张钞票。譬如老虎,虎皮虎骨乃至虎血,都是任人随意张口要价的昂贵之物。狼的皮毛不值几个钱,狼的骨头亦无保健的药用功能,内脏无疑属于废物。即使作为动物的一个品种,狼在动物园里,其形象也缺失观赏趣味,甚至连狐狸的毛色也不及。狼是以凶残而造成深远影响的。如果不是它对人类和家畜为害太过太烈,一般情况下,人是不会和狼计较的,也懒得费劲劳神去捕杀它。同样可以对比的是狐狸,不在乎它天性就喜欢偷鸡,可见人的宽容;人之所以捕杀狐狸,诱因全在它那一身珍贵的皮毛,狐皮做褥不仅色彩漂亮,而且特别暖和,尤其是它的尾毛,是中国传统的书写工具毛笔的绝佳用料。狼与狐狸是连一点优势都比不出的,且不说虎。

时不时地从媒体上得知老虎生存的危机,便引发担心;获知仅剩几只的朱鹮,经持续多年的精心救助和保护,已经繁衍到一千余只的颇为壮观的族群,完全脱离灭绝的危情,我甚为欣慰,那鸟儿实在太漂亮了;无论狼是否会灭绝,我却怎么也操不上心来。平心而论,我和狼没有构成成见的因由，尽管它曾经用尻子撞碰过我家的后门门板，却不过是猴急的无奈的举动罢了，没有对家养的猪造成伤害；尽管上学的路上遇见过两只狼，因为身边站着如山的父亲，我也没有受到威胁，倒是看到嬉闹着的狼的可爱的一面。在我生存的白鹿原下灞河川道，四十年不见狼的声息和踪迹，似乎也没有听到过一声惋惜或遗憾。

我相信狼不会绝种，少几只就少几只吧；也希望狼不要灭绝，它毕竟是野生动物之一种，是造化赋予世界的一种生命形态，无论其可恶或可爱与否。

# 第二辑　一缕秦腔弦音

# 原下的日子

一

新世纪到来的第一个农历春节过后,我买了二十多袋无烟煤和吃食,回到乡村祖居的老屋。我站在门口对着送我回来的妻女挥手告别,看着汽车转过沟口那座塌檐倾壁残颓不堪的关帝庙,折回身走进大门进入刚刚清扫过隔年落叶的小院,心里竟然有点酸酸的感觉。已经摸上六十岁的人了,何苦又回到这个空寂了近十年的老窝里来。

从窗框伸出的铁皮烟筒悠悠地冒出一缕缕淡灰的煤烟,火炉正在烘除屋子里整个一个冬天积攒的寒气。我从前院穿过前屋过堂走到小院,南窗前的丁香和东西围墙根下的三株枣树苗子,枝头尚不见任何动静,倒是三五丛月季的枝梢上暴出小小的紫红的芽苞,显然是春天的讯息。然而整个小院里太过沉寂太过阴冷的气氛,还是让我很难转换出回归乡土的欢愉来。

我站在院子里,抽我的雪茄。东邻的屋院差不多成了一个荒园,兄弟两个都选了新宅基建了新房搬出许多年了。西邻曾经是这个村子有名的八家院，拥挤如同鸡笼，先后也都搬迁到村子里新辟的宅基地上安居了。我的这个屋院，曾经是父亲和两位堂弟三分天下的"三国"，最鼎盛的年月，有祖孙三代十五六口人进进出出在七八个或宽或窄的门洞里。在我尚属朦胧混沌的生命区段里，看着村人把装着奶奶和被叫作厦屋爷的黑色棺材，先后抬出这个屋院，再在街门外用粗大的抬杠捆绑起来，在儿孙们此起彼伏的哭号声浪里抬出村子，抬上原坡，沉入刚刚挖好的墓坑。我后来也沿袭这种大致相同的仪程，亲手操办我的父亲和母亲从屋院到墓地这个最后驿站的归结过程。许多年来，无论有怎样紧要的事项，我都没有缺席由堂弟们操办的两位叔父一位婶娘最终走出屋院走出村子走进原坡某个角落里的墓坑的过程。现在，我的兄弟姊妹和堂弟堂妹及我的儿女，相继走出这个屋院，或在天之一方，或在村子的另一个角落，以各自的方式过着自己的日子。眼下的景象是，这个给我留下拥挤也留下热闹印象的祖居的小院，只有我一个人站在院子里。原坡上漫下来寒冷的风。从未有过的空旷。从未有过的空落。从未有过的空洞。

  我的脚下是祖宗们反复踩踏过的土地。我现在又站在这方小小的留着许多代人脚印的小院里。我不会问自己也不会向谁解释为了什么又为了什么重新回来，因为这已经是行为之前的决计了。丰富的汉语言文字里有一个词儿叫醒醐。我在一段时日里充分地体味到这个词儿的不尽的内蕴。

  我听见架在火炉上的水壶发出"噗噗噗"的响声。我沏下一杯上好的陕南绿茶。我坐在曾经坐过近二十年的那把藤条已经变灰的藤椅上，抿一口清香的茶水，瞅着火炉炉膛里炽红的炭块，耳际似乎萦绕着见过面乃至根本未见过面的老祖宗们的声音，嗨！你早该回来了。

  第二天微明，我搞不清是被鸟叫声惊醒的，还是醒来后听到了一种鸟的叫声。我的第一反应是斑鸠。这肯定是鸟类庞大的族群里最单调最平实的叫声,却也是我生命磁带上最敏感的叫声。我慌忙披衣坐起,隔着窗玻璃望去,后屋屋脊上有两只灰褐色的斑鸠。在清晨凛冽的寒风里,一只斑鸠围着另一只斑鸠团团转悠,一点头,一翘尾,发出连续的"咕咕咕……咕咕咕"的叫声。哦!催发生命运动的春的旋律,在严寒依然裹盖着的斑鸠的躁动中传达出来了。

我竟然泪眼模糊。

## 二

傍晚时分,我走上灞河长堤。堤上是经过雨雪浸淫沤泡变成黑色的枯蒿枯草。沉落到西原坡顶的蛋黄似的太阳绵软无力。对岸成片的白杨树林,在蒙蒙灰雾里依然不失其肃然和庄重。河水清澈到令人忍不住又不忍心用手撩拨。一只雪白的鹭鸶,从下游悠悠然飘落在我眼前的浅水边。我无意间发现,斜对岸的那片沙地上,有个男子挑着两只装满石头的铁丝笼走出一个偌大的沙坑,把笼里的石头倒在石头垛子上,又挑起空笼走回那个低陷的沙坑。那儿用三脚架撑着一张钢丝罗筛。他把刨下的沙石一锨一锨抛向罗筛,发出连续不断千篇一律的声响,石头和沙子就在罗筛两边分流了。

我久久地站在河堤上,看着那个男子走出沙坑又返回沙坑。这儿距离西安不足三十公里。都市里的霓虹此刻该当缤纷,各种休闲娱乐的场合开始进入兴奋期。暮霭渐渐四合的沙滩上,那个男子还在沙坑与石头垛子之间来回往返。这个男子以这样的姿态存在于世界的这个角落。

我突发联想,印成一格一框的稿纸如同那张罗筛。他在他的罗筛上筛出的是一粒一粒石子。我在我的"罗筛"上筛出的是一个一个方块汉字。现行的稿酬标准无论高了低了贵了贱了，肯定是那位农民男子的石子无法比的。我自觉尚未无聊到滥生矫情，不过是较为透彻地意识到构成社会总体坐标的这一极。这一极与另外一极的粗细强弱的差异。

这是新世纪的第一个早春。这是我回到原下祖屋的第二天傍晚。这是我的家乡那条曾为无数诗家墨客提供柳枝，却总也寄托不尽情思离愁的灞河河滩。此刻，三十公里外的西安城里的霓虹灯，与灞河两岸或大或小村庄里隐现的窗户亮光；豪华或普通轿车壅塞的街道，与田间小道上悠悠移动的架子车；出入大饭店小酒吧的俊男倩女打蜡的头发涂红（或紫）的嘴唇，与拽着牛羊缰绳背着柴火的乡村男女；全自动或半自动化的生产流水线，与那个在沙坑在罗筛前挑战贫穷的男子……构成当代社会的大坐标。我知道我不会再回到挖沙筛石这一极中去，却在这个坐标中找到了心理平衡的支点，也无法从这一极上移开眼睛。

## 三

村庄背靠白鹿原北坡。遍布原坡的大大小小的沟梁奇形怪状。在一条阴沟里该是最后一坨尚未化释的残雪下，有三两株露头的绿色，淡淡的绿，嫩嫩的黄，那是茵陈，长高了就是蒿草，或卑称臭蒿子。嫩黄淡绿的茵陈，不在乎那坨既残又脏经年未化的雪，宣示了春天的气象。

桃花开了，原坡上和河川里，这儿那儿浮起一片一片粉红的似乎流动的云。杏花接着开了，那儿这儿又变幻出似走似住的粉白的云。泡桐花开了，无论大村小庄都被骤然爆出的紫红的花帐笼罩起来了。洋槐花开的时候，首先闻到的是一种令人总也忍不住深呼吸的香味，然后惊异庄前屋后和坡坎上已经敷了一层白雪似的脂粉。小麦扬花时节，原坡和河川铺天盖地的青葱葱的麦子，把来自土地最诱人的香味，释放到整个乡村的田野和村庄，灌进庄稼院的围墙和窗户。椿树的花儿在庞大的树冠和浓密的枝叶里，只能看到绣成一团一串的粉黄，毫不起眼，几乎没有任何观赏价值，然而香味却令人久久难以忘怀。中国槐大约是乡村树族中最晚开花的一家，时令已进入伏天，燥热难耐的热浪里，闻一缕中国槐花的香气，顿然会使焦躁的心绪沉静下来。从农历二月二龙抬头迎春花开伊始，直到大雪漫地，村庄、原坡和河川里的花儿便接连开放，各种奇异的香味便一波迭过一波。且不说那些红的黄的白的紫的各色野草和野花，以及秋来整个原坡都覆盖着的金黄灿亮的野菊。

五月是最好的时月，这当然是指景致。整个河川和原坡都被麦子的深绿装扮起来，几乎看不到巴掌大一块裸露的土地。一夜之间，那令人沉迷的绿野变成满眼金黄，如同一只魔掌在翻手之瞬间创造出来神奇。一年里最红火最繁忙的麦收开始了，把从去年秋末以来的缓慢悠闲的乡村节奏骤然改变了。红苕是秋收的最后一料庄稼，通常是待头一场浓霜降至，苕叶变黑之后才开挖。湿漉漉的新鲜泥土的垄畦里，排列着一行行刚刚出土的红艳艳的红苕，常常使我的心发生悸动。被文人们称为弱柳的叶子，居然在这河川里最后卸下盛妆，居然是最耐得霜冷的树。柳叶由绿变青，由青渐变浅黄，直到几番浓霜击打，通身变成灿灿金黄，张扬在河堤上河湾里，或一片或一株，令人钦佩生命的顽强和生命的尊严。小雪从灰蒙蒙的天空飘下来时，我在乡间感觉不到严冬的来临，却体味到一缕圣洁的温柔，本能地仰起脸来，让雪片在脸颊上在鼻梁上在眼窝里飘落、融化，周围是雾霭迷茫的素净的田野。直到某一日大雪降至，原坡和河川都变成一抹银白的时候，我无法抵御某种神秘的诱惑，在黎明的浅淡光色里走出门去，在连一只兽蹄鸟爪的痕迹也难觅踪的雪野里，踏出一行脚印，听脚下的雪发出"铮铮铮"的脆响。

我常常在上述这些情景里，由衷地咏叹，我原下的乡村。

## 四

漫长的夏天。

夜幕迟迟降下来。我在小院里支开躺椅，一杯茶或一瓶啤酒，自然不可或缺一支烟。夜里依然有不泯的天光，也许是繁密的星星散发的。白鹿原刀裁一样的平顶的轮廓，恰如一张简洁到只有深墨和淡墨的木刻画。我索性关掉屋子里所有的电灯，感受天光和地脉的亲和，偶尔可以看到一缕鬼火飘飘忽忽掠过。

有细月或圆月的夜晚，那景象就迷人了。我坐在躺椅上，看圆圆的月亮浮到东原头上，然后渐渐升高，平静地一步一步向我面前移来，幻如一个轻摇莲步的仙女，再一步一步向原坡的西部挪步，直到消失在西边的屋脊背后。

某个晚上，瞅着月色下迷迷蒙蒙的原坡，我却替两千年前的刘邦操起闲心来。他从鸿门宴上脱身以后，是抄哪条捷径便道逃回我眼前这个原上的营垒的？"沛公军灞上"。灞上即指灞陵原。汉文帝就葬在白鹿原北坡坡畔，距我的村子不过十六七里路。文帝陵史称灞陵，分明是依着灞水而命名。这个地处长安东郊自周代就以白鹿得名的原，渐渐被"灞陵原""灞陵""灞上"取代了。刘邦驻军在这个原上，遥遥相对灞水北岸骊山脚下的鸿门,我的祖居的小村庄恰在当间。也许从那个千钧一发命悬一线的宴会逃跑出来,在风高月黑的那个恐怖之夜,刘邦慌不择路翻过骊山涉过灞河,从我的村头某家的猪圈旁爬上原坡直到原顶,才舒出一口气来。无论这逃跑如何狼狈,并不影响他后来打造汉家天下。

大唐诗人王昌龄,原为西安城里人,出道前隐居白鹿原上滋阳村,亦称芷阳村。下原到灞河钓鱼,提镰在菜畦里割韭菜,与来访的文朋诗友饮酒赋诗,多以此原和原下的灞水为叙事抒情的背景。我曾查阅资料企图求证滋阳村村址,毫无踪影。

我在读到一本《历代诗人咏灞桥》的诗集时,大为惊讶,除了人皆共知的"年年柳色,灞陵伤别"所指的灞桥,灞河这条水,白鹿(或灞陵)这道原,竟有数以百计的诗圣诗王诗魁都留了绝唱和独唱。

> 宠辱忧欢不到情,
> 任他朝市自营营。
> 独寻秋景城东去,
> 白鹿原头信马行。

这是白居易的一首七绝。是诸多以此原和原下的灞水为题的诗作中的一首。是最坦率的一首,也是最通俗易记的一首。一目了然可知白诗人在长安官场被蝇营狗苟的龌龊惹烦了,闹得腻了,倒胃口了,想呕吐了,却终于说不出口呕不出喉,或许是不屑于说或吐,干脆骑马到白鹿原头逛去。

还有什么龌龊能淹没脏污这个以白鹿命名的原呢?断定不会有。

我在这原下的祖屋生活了两年。自己烧水沏茶。把夫人在城里擀好切碎的面条煮熟。夏日一把躺椅冬天一抱火炉。傍晚到灞河沙滩或原坡草地去散步。一觉睡到自然醒。当然，每有一个短篇小说或一篇散文写成，那种愉悦，相信比白居易纵马原上的心境差不了多少。正是原下这两年的日子，是近八年以来写作字数最多的年份，且不说优劣。

我愈加固执一点，在原下进入写作，便进入我生命运动的最佳气场。

## 难忘一渠清流

在村子里的初级小学校念书到四年级期满，算是毕业了。要继续深造，需要通过升学考试，到所辖学区的高级完全小学接着读五、六年级。严峻的前提是，必须通过考试得以录取。初级小学是复式教学，一个教室里四个年级的三四十个男女学生，由一位既是教师也兼校长的青年老师独统这一方乡村教育领地。他很负责任，在我们毕业前夕已经打听到准确的招生消息，属于西安市辖区离我家最近的两所高级小学都不招生，却有蓝田县辖的一所高级小学招生。我家所在的地域属西安市辖的最东头一个村子，再往东就属蓝田县辖的地域了，往北是灞河，河北边也是蓝田县辖地，正对着我们村子的灞河北边的油坊镇上有一所高级小学，距家不过三里地。我和同村的两个同班同学搭伙儿涉过灞河，抱着碰运气的心理找到那所小学，再找到管招生的老师说明来意，竟破例允许不属蓝田县辖的我们报名应考……考试的结果，我们三人有一个落榜，我竟有幸得中。这是一九五三年的事，我十一岁。

即将开学的时候，天降暴雨，灞河涨起洪水，多日不退，我几乎天天乃至一天三次跑到河边，看河水落下去的情状。直到水落到我可以蹚过的时候，开学已过一周了。父亲送我上学，他肩头扛着一袋面粉，我背着一捆被卷，走进学校大门时竟然忍不住心跳。学校给北边岭上和南边白鹿原上的远路学生安排住宿，并设有学生灶，把自家磨好的面粉交来，再交大约一元人民币的副食费，只有盐和醋两种调味品，酱油属于奢侈品，不供，更谈不到蔬菜或肉了。

父亲回家之后，我进入教室上课，陌生是不消说的，麻烦发生在晚上。作为我们五年级新班的教室是新建的一幢房子，房内用木板铺楼，作为睡觉的宿舍，尚未完全做好，工匠正在赶做尾巴活儿，把我们班临时安排在一个既老又低矮的教室里，晚上就睡在桌子上过夜。我初来乍到，不知底里，天尚未黑，课桌被人并拢占定了，连长条坐凳都被合并各有其主。我把剩下的三条木腿活络的板凳并拢起来，铺开被子，自然是一半做褥一半做被，又找来一块旧砖做枕头，睡下了。睡到不知什么时候，我有从悬崖跌下的恐惧，惊醒后半天反应不过来，迷迷蒙蒙还以为在自家炕上，摸到左右的木板凳，才顿时醒悟，我是从以凳做床的板凳上掉到地上了。我爬起来，眼前黑咕隆咚，那时候尚未通电，照明需学生自备油灯。我刚来一天，还未来得及买油置灯。摸着黑把掉在地上的被子拎起来，才发现三条并拢做床的长条凳分开了，我掉到地上时夹在木凳之间，也就明白是木凳的腿子太活络而难以固定，才造成这场虚惊。这是我第一次离家出门在外过夜的经历，竟铸成永久记忆。

到第二或第三四天，我的紧张心情才逐渐缓解，也才敢把这个学校的前院后院走了一遍看了个明白。大门朝南临街，将一排作为教室的房子中间留一间作为通道。进入校内，西边一排低矮的房子，是老师的餐厅和学生灶，还有储藏杂物用房；北边是一排教室，中间夹着校长和几位教师宿办兼用的单间房；东边就是新建成的即将启用的我们班的教室了。四面被连排房子联结，中间是一方甚为宽敞的空地，下课后便被拥出教室的学生渲染得生动活泼。最令人难忘的一景，是从围墙外引进一渠清流，从北边那一排教室前折拐到我们的教室门外，再向西折拐到大门通道，从石板铺盖的地下流出学校，穿过街道流进对面的村子。这条水渠的水一年四季都清澈无浑，是地下渗出的一股颇为丰盛的清泉，大约流过许多许多年了，渠边上粗大的小叶杨树即可见证。北排教室外的水渠边，有小块竹林，是冬天里校园内的一抹绿色。竹林边，还有一大丛玫瑰花。北排房子中间也有一条通道，出去后便是偌大的操场，只有一副木制篮球架，再无任何体育设施。操场东北角还有两座教室，供低年级学生学习。操场西边是土打围墙的厕所。北围墙紧靠着一条沙石出路。我出围墙门站在公路边上，平生第一次看到大卡车。那些从北岭和南原上来的同班同学，晚饭后常不约而同走出北围墙后门，站在公路边等待过往的汽车看风景。那时候汽车很少，往往等半个多小时，未必能看到一辆汽车，小车几乎没见过。后来我才知道，这是关中通中国南方的唯一一条公路。

  我很快便和同学混熟悉了。大约是年龄造成的不同兴趣，我和那些年龄接近个头也相差不多的小同学很自然地聚拢为友。我的学习不是太用功，把老师讲的课本内容听懂了，很顺利地做完作业，就不再翻揭书本了，课余便尽着性情玩。那时候尚未使用钢笔，必备一支大字毛笔和一支小楷毛笔，一个砚台或墨盒，每天写一张大字，两天写一页小楷字，连算术作业的洋码字也是用小楷毛笔书写。我现在还后悔那时候把大仿字和小楷字只当成作业去完成，没有认真用心地练习书法基本功。我们班有一位个头不高却很老气的同学，毛笔字写得好到被老师划归为柳体,即大书法家柳公权的笔体风格。我常见他在课余独自写毛笔字,用粗糙的黑麻纸订成一个大厚本子,一张一张地写,左手边就放着一本柳公权的字帖,作临摹。我第一次听说大书法家柳公权的名字,第一次见到字帖,皆源于此。我和不少同学写毛笔字还处于描"影格"的初始阶段,"影格"是班主任杜老师写的,放在纸下,再在上面白纸上照着描摹。杜老师后来把给学生写"影格"的事转嫁到那位同学身上,他在全班同学面前说:谁要用"影格",别找我,让×××同学写,他比我写得好。可惜,我忘记了这位同学的名字。

学校最火的体育运动是篮球比赛。班级之间搞得热火朝天,却是那些年龄大个头也高的学生。如我一样年龄小个头又矮的同学,流行一种小皮球的玩耍,比赛人数和规则与篮球完全一致。我曾经热衷到入迷的程度,一个篮球场,很难有给玩小皮球的学生尽兴的机会。我在闲余时就踢毽子,仅仅一条灞河之隔,我们河南边的村子里的小孩,几乎人人会踢用鸡毛扎的毽子,女孩也踢,而河北岸的同学却把我的毽子当作稀罕物,无人会踢,许多同学竟然没见过。不过,他们好奇地试踢几回之后就索然了,我一个人玩不出兴趣,就又找机会和他们一起打小皮球了。

我是顶着"毛盖"发型走进这所高级小学的。还有北岭南原偏僻乡村的同学也蓄着这种乡村未成年男孩传统的发型,即前脑上蓄留一绺长发,苫住了前额。在已经普及了所谓"一边倒"和"平头"等文明发型的学校里,常常遭到讥笑。班主任杜老师倡议男同学每人交一毛钱,买回推子、剪刀和梳子,亲自动手,把我和其他所有蓄着"毛盖"发型的同学的头发剪掉了,一律变革为新式文明发型。他随之培养了两个心灵手巧而又热心服务的男同学做理发师,给全班男生义务理发。我后来由此番发型革命约略可以感知当年辛亥革命男人剪辫子的心理。

从教室门口流过的清湛湛的水，是我们寄宿学生洗脸的再好不过的水了。因为是地下涌泉，夏天清凉，冬天又显得温热，洗手洗脸是一种享受。半夜从楼上宿舍下来小解，出门便对着水渠撒个痛快，尿被水流冲走，不留任何遗味。记得某年初夏，我似乎睡醒后还有点迷糊，下楼后刚站到水渠边，看到前方站着一个没有脑袋的人，吓得折身跑上楼去，躺进被窝再无法入睡。第二天早晨起来在水渠边洗脸时，才看出那个无头的"鬼"是那丛含苞待放的玫瑰。我把这场虚惊写成作文，受到杜老师的表扬，不仅在全班通篇读完，而且对几处生动描写做了点评。这是我的作文获得的第一次评论，而且以阅读的形式公开"发表"在全班同学面前，难以忘记。

在油坊街高级小学的两年寄宿生活，几乎记不起任何不愉快的事。唯一的缺憾，春末初夏时节遇到暴雨，灞河涨起洪水，周六回不了家。寄宿的同学和学校老师都回家了，只留下我和灞河南岸三五个同学，好生怅惶。我常站在河边，看着南岸走动的大人和小孩，清晰到可以辨认出张三李四来，却总无法回到母亲身边，忍不住滴泪。尤其是升中学考试的关键时候，遭遇洪水，不能回家，不仅口袋无钱，关键是我穿着一双鞋底快要磨透的布鞋，踏上行程三十华里的沙石公路，很快就把脚后跟磨破流血了……

# 麦 饭
## ——关中民间食谱之一

按照当今已经注意营养分析的人们的观点,麦饭是属于真正的绿色食物。

我自小就有幸享用这种绿色食物。不过不是具备科学的超前消费的意识,恰恰是贫穷导致的以野菜代粮食的饱腹本能。

早春里,山坡背阴处的积雪尚未褪尽消去,向阳坡地上的苜蓿已经从地皮上努出嫩芽来。我掐苜蓿,常和同龄的男女孩子结伙,从山坡上的这一块苜蓿地奔到另一块苜蓿地,这是幼年记忆里最愉快的劳动。

苜蓿芽儿用水淘了,拌上面粉,揉、搅、搓、抖均匀,摊在木屉上,放在锅里蒸熟。出锅后,用熟油拌了,便用碗盛着,整碗整碗地吃,拌着一碗玉米糁子熬煮的稀饭,可以省下一个两个馍来。母亲似乎从我有记忆能力时就擅长麦饭技艺。她做得从容不迫,干、湿、软、硬总是恰到好处。我最关心的是,拌到苜蓿里的面粉是麦子面儿还是玉米面儿。麦子面儿俗称白面儿,拌就的麦饭软绵可口,玉米面儿拌成的麦饭就相去甚远了。母亲往往会说,白面儿断顿了,得用玉米面儿拌；你甭不高兴，我会多浇点熟油。我从解知人言便开始习惯粗食淡饭，从来不敢也不会有奢望寄予；从来不会要吃什么或想吃什么，而是习惯于母亲做什么就吃什么，没有道理也没有解释，贫穷造就的吃食的贫乏和单调是不容选择或挑剔的，也不宽容娇气和任性。

麦子面拌就的头茬苜蓿蒸成的麦饭，再拌进熟油，那种绵长的香味的记忆是无法泯灭的。

按照家乡的风俗禁忌，清明是掐摘苜蓿的终结之日。清明之前，任何人家种植的苜蓿，尽可以由人去掐去摘，主人均是一种宽容和大度。清明一过，便不能再去任何人家的苜蓿地采掐了，苜蓿要作为饲草生长了。

苜蓿之后，我们便盼着槐花。山坡和场边的槐花放白的时候，我便用早已备齐的木钩挑着竹笼去采捋槐花了。

槐花开放的时候，村巷屋院都是香气充溢着。

槐花蒸成的麦饭，另有一番香味，似乎比苜蓿麦饭更可口。这个季节往往很短暂，家家男女端到街巷里来的饭碗里，多是槐花麦饭。

按照今天已经开始青睐绿色食品的先行者们的现代营养意识，我便可以耍一把阿Q式的骄傲，我们祖宗比你阔多了，他们早早都以苜蓿槐花为食了。

到了难忘的六十年代，被史称"三年困难时期"的六十年代初，家乡的原坡和河川里一切不含毒汁的野菜和野草，包括某些树叶，统统都被大人小孩挖、掐、拔、摘、捋回家去，拌以少许面粉或麸皮，蒸了，食了，已经无油可拌。这样的麦饭已成为主食，成为填充肚腹的坐庄食物。男人女人老人小孩都别无选择，漂亮的脸蛋儿和丑陋的黑脸也无法挑剔，都只能赖此物充饥，延续生命。老人脸黄了肿了，年轻人也黄了肿了，小孩子黄了肿了，漂亮的脸蛋儿黄了肿了时尤为令人叹惋。看来，这种纯粹以绿色野菜野草为食物的实践，却显示出残酷的结果；提醒今天那些以绿色食物为时尚为时髦的先生太太们切勿矫枉过正，以免损害贵体。

近日和朋友到西安大雁塔下的一家陕北风味饭馆就餐，一道"洋芋叉叉"的菜令人费解。吃了一口便尝出味来，便大胆探问，可是洋芋麦饭？延安籍的女老板笑答，对。关中叫麦饭，陕北叫洋芋叉叉。把洋芋擦成丝，拌以上等白面，蒸熟，拌油，仍然沿袭民间如我母亲一样的农家主妇的操作规程。陕北盛产洋芋，用洋芋做成麦饭，原也是以菜代粮，变换一种花样，和关中的麦饭无本质差别。不过，现在由服务生用瓷盘端到餐桌上来的洋芋叉叉或者说洋芋麦饭，却是一道菜，一种商品，一种卖价不小的绿色食品，城里人乐于掏腰包并赞赏不绝的超前保健食品了。

家乡的原野上，苜蓿种植已经大大减少。已经稀罕的苜蓿地，不容许任何人涉足动手掐采。传统的乡俗已经断止。主人一茬接着一茬掐采下苜蓿芽来，用袋装了，用车载了，送到城里的蔬菜市场，卖一把好钱。乡俗断止了，日子好过了，这是现代生活法则。

母亲的苜蓿麦饭槐花麦饭已经成为遥远而又温馨的记忆。

## 六十岁说

四十五年前读初中二年级时,我在作文课上写下平生的第一篇短篇小说。这篇大约三千字的小说习作是第一次文学创作,不再属于此前作文的意义。我对文学创作的兴趣由此萌发。这种兴趣持续了四十五年。至今依旧新鲜而恭敬。即使"文革"扫荡一切作品和作家的时候,这种兴趣仍然没有转移或消亡,而转变为一种隐蔽性的阅读。我说过我的人生的有幸和不幸,正是从在作文本上写作第一篇小说起始的;正是这一次完全出于兴趣性的写作,奠定了文学在我人生历程中的主题词。

近年来,多种媒体和多路记者几乎无一不问及我的人生感悟和文学创作的感悟。我也几乎无一例外地首先向他们解释,我不大使用感悟、悟道一类词,我喜欢启示。即人生历程中得到的启示,文学创作中思想和艺术的启示。正是这些启示,提升着我对历史和现实的思想穿透能力,也提升着我对文学和艺术本真的体验,完成一次又一次创造理想。在这个漫长的艺术探索过程和人生历程中,有两次自我把握和两次反省成为关键性的选择和转折。

一次是在一九七八年之初,当中国文学复兴的春潮涌动的时候,我正在灞河水利工地任副总指挥。我在完成了家乡的这个工程之后离开了,调入文化馆。我那时候对我的把握是,文学创作可以当作事业来干的时代终于出现了。第二次把握是一九八二年。这一年我从业余写作进入专业写作。我曾在一篇文章中写到过当时的直接的唯一的感觉,即进入我的人生最佳生存状态。我几乎在得到专业创作条件的同时,决定回归老家。一是静下心来回嚼二十年的乡村工作和生活,进入写作;二是基于对自己知识的残缺性的估计,需要广泛读书需要充实更需要不断更新,这都需要一个可以避免纷扰的安静环境来实现。我选择了老家农村。直到《白鹿原》书完成,正好十年。这两次把握,一次是人生轨道的转换,一次纯粹属于自身生存环境的选择。

两次反省。一次是一九七八年秋天。当新时期文学如雨后春笋般从解冻的文坛发生时,我很鼓舞也很冷静。冷静是出于对自身具体情况的判断。我以为排除"文革"中那些极"左"思想不难,而要荡涤自有阅读能力以来所接受的极"左"的非文学的观念不易。我选择了读书,借来了一些世界经典作家的经典作品,以真正的文学来摒弃思维和意识中的非文学观念,目的仅仅只有一点,进入文学的本真。这次反省大约持续四个月,到一九七九年春天,我获得了文学创作和艺术表现的强烈欲望。我把文学当作事业来干的行程开始了。

第二次反省发生在八十年代中后期,即《白鹿原》写作的准备阶段。我那个时候的思维是最活跃的一段。尤其是文学创作理论中的人物心理结构学说,引发了我对自己以往创作的颠覆。自我的不满意以至自我否定,同时就孕育着膨胀着一种新的艺术创造理想。这种痛苦的反省完全是自发的。发生在《白鹿原》的准备和后来的整个写作过程中，对我来说是一个关键。

多年以后的今天回过头来看，在人生的两个重要阶段上，我把握了自己，主要是以自身的实际做出的选择。在艺术追求的漫长历程中，在两个重要的创作阶段上，进行两次反省，对我不断进入文学本真是关键性的。如果说创作有两次重要突破，首先都是以反省获得的。可以说，我的创作进步的实现，都是从关键阶段的几近残酷的自我否定自我反省中获得了力量。我后来把这个过程称作心灵和艺术体验剥离。没有秘密，也没有神话，创造的理想和创造的力量，都是经过自我反省获取的、完成的。

仅仅在半月之前的一个上午，我完成一篇五千字的散文，在原下老家一个人兴奋不已。仅仅在十天前一个晚上，读完畅广元教授的一本文化文学批评专著，进入一种最欣慰的愉悦。四天前的那个下午，我写完一篇万余字的短篇小说，竟然兴奋不已。两天前的晚上，在杨凌参加杨凌文联成立的会场里，见到残疾人作家贺绪林，听说他的一部三十万字的长篇即将由人民文学出版社出版，我感动而又感奋，同样愉悦。这样，我几十年来不断重复验证自己，文学创作才是我生存的最佳气场。

直到我走进朋友们营造的这个隆重而又温馨的场合，我依然不能切实理解六十这个年龄的特殊含义，然而六十岁毕竟是人生的一个最重要的年龄区段。按照我们传统文化和传统习俗的意思，是耳顺，是感悟，是悟道，是忆旧的年龄。这也许是前人归纳的生命本身的规律性特征。我不可能违抗生命规律。但我现在最明确的一点是，力戒这些传统和习俗中可能导致平庸乃至消极的东西。我比任何年龄区段上更强烈更清醒的意识是，对新的知识的追问，对正在发生着的生活运动的关注。这既是作为一个作家的生命意义所在，也是我这个具体作家最容易触发心灵中的那根敏感神经的颤动的。

我唯一恳求上帝的，是给我一个清醒的大脑。而今天所有前来聚会的朋友和我的亲人，就是怀着上帝的意愿来和我握手的。

## 回家回家

祖居的屋院在白鹿原北坡根下的一个小村子里，距西安城不过五十华里。得着路程近的方便，有事要做很快就能回到那个小院，无事也常常想回去便回去了。其实，无论有事无事，就是想在那个曾经生活过五十多年的屋院里坐一坐，到门前的灞河沙滩上遛一遛，似乎心理上的某些亏缺就获得了补偿。这种感受只有在这一方小小的地域才会发生，回家走走就成为永无遏止、永无满足的欲念潜存心底。

近日我又回到原坡下祖居的屋院。车子在愈加稠密的高楼之间的公路上行驶，不觉间便驶上浐河大桥。我的心在那一瞬便发生微妙的变化，顿然亢奋起来，这是走世界上任何一条路、过任何一座桥都不曾发生的一种心理和情绪的反应；更为奇异的是，每次回归老家，车子刚刚驶上这座大桥，我的情绪便发生这种亢奋的变化，几乎没有一次例外。我至今说不准这是种生理反应，抑或是一种心理反应？我唯一能想到的因由，大约在我的潜意识里，这是我回家的桥，或者说是离我家最近的一座桥，过了这座桥，便进入我大半生都跑跑颠颠于其中的一方地域了。

这条浐河发源自横亘在关中平原南部的终南山，自南向北从白鹿原西坡根下流过，形成一道最适宜人类生存的河川，新石器时代的一个人类聚居的村庄——"半坡遗址"就在河岸东边；晴朗无霾的天气里，站在浐河岸边，可以看到白鹿原西坡上绿树掩映下的白墙红瓦。过了浐河桥不过三四里地，就进入白鹿原北坡下的灞河川道了，北坡上和河川里排列着稠如藤叶似的一个个或大或小的村庄。无论作为乡村教师或基层干部，抑或后来有幸成为专业作家，我在浐河灞河两道河川和白鹿原上整整跑跑颠颠了三十多年，在进入传统习惯所划的老年年龄区段时进入西安城。在城里待过几年，在新世纪到来的时候，却也难以抑压灞河岸边家园的诱惑，决然一人回到那个祖居的屋院，读书写字，煮一碗妻子在城里擀成藏在冰箱的面条，在日落的霞光里到灞河水边的沙滩上散步，不觉间竟有两年……

我后来才意识到，白鹿原西坡根下的浐河和北坡根下的灞河，真是天造地设鬼斧神工的好水滋润着一道好原。我有幸出生在这原下且在这里生活过大半生，先是为这里的乡村孩子教授识文断字，后来组织乡民造梯田修河堤，再用笔叙写对这原这川里的历史和现实的体验和感受，这样的人生经历就很难用通常所说的情感纠结来表述了，反倒是每次车上浐河桥的一瞬所发生的那种微妙的亢奋情绪，才是最真实最准确的难以分清生理或心理的本能性反应，这是在任何地方不曾有过的。

回到祖居的屋院，烧一壶源自村中深井的自来水，三五下清扫了院中走道上的积尘和落叶；坐在院中喝一口茶，在车过浐河桥时发生且持续到开锁进院时的那种亢奋情绪，顿然消失了，不觉间转换为一种沉静，既区别于在城市住室里的沉静，也区别于过去常住这里时的那种沉静，当属重新回归时独有的一种沉静。这种独有的沉静心境也是只有坐在这个小院里才会发生。在城市待得久了，少不得忙忙乱乱，也多有来来去去，有得意也难免懊丧，在走进祖居的屋院坐在小院里抿一口茶的时候，似乎"宠辱"被荡涤得丝毫不留了，任何欲望也都隐退无痕了……这种独有的沉静，就成为回归祖居屋院的诱惑，一种永难满足更难得淡化的念想潜存心底。

随意到村子里走走，就会发现变化，这里原本是两间窄小的厦屋和那边撑立了几十年的破旧漏雨的小安间房的房址上，都建起了颇为排场的两层楼房，迎面墙壁都是雪白的瓷片，却依然延续着关中乡村传统建筑的格式，大门门框上方镶嵌一方砖雕刻字的立家宣言，既有传统的"耕读传家"也有时兴的"满院春光"等等。不觉间村子里全建起了水泥砖瓦结构的房屋，那些还保存着的土坯垒墙的破旧屋院，几乎全是迁居本省和外省的人家留存的空院。我总是会被勾起往时的记忆。在二十世纪六十年代初之前的十几年间，这个村子只有一户人家盖起了三间瓦房，不仅成为本村人热议羡慕的"高档建筑"，甚至成为连邻村人都纷纷跑来参观的一道景致。这户人家的主人有一个在高寒荒漠做勘探工作的儿子，收入丰厚，这是任何一家农户（公社社员）难以望其项背的。在我能解知人事时所记忆的村子，竟然没有一户拥有三间瓦房的人家，且不说这个小村庄有几百或千余年的历史，自然可以理解村人对这幢三间瓦房的惊羡情态了。即如我这个有干部身份也有固定工资的人，也是挨到上世纪八十年代中后期才建起三间新房，也就再不用每到雨天便把盆盆罐罐都搬出来接房顶漏下的雨水了……现在，无论谁家盖房建楼，已经不会引发热议，更不会有惊羡的眼光和议论，在于家家都有宽敞的新房了。

我总是想到村前的灞河边上遛遛。走出家门再下一道小坎，便是村人赖以生存的旱涝保收的田地了。在我幼年的记忆里，河川田地有三道灌渠，引灞河水自流浇灌禾苗，如果不是百年一遇的一年两年滴雨不下及至灞水断流的特大旱灾，这方地域的庄稼总有收成。然而，现在的河川里几乎看不到麦子和苞谷苗了，整体变成了樱桃园。村子背倚的白鹿原北坡，凡是可以植栽树木的梯田和坡地，也满是樱桃树了。如果清明前后回家，沿路满眼看到的都是粉白的樱桃花，再过一个月到五月初，坡原河川的樱桃树上都挂满紫红的淡黄的樱桃，西安城里的居民，或扶老携幼或搭帮结伙到原上原下和原坡来摘樱桃，车拥人挤，盛况持续大半月。乡民喜不自胜地说，城里人给乡下人送钱来了……那一幢幢装潢讲究的两层住宅楼的开销，绝对一个多数是从樱桃树上获得的收益。无论在村巷无论在河川，碰到一位乡党，拉起闲话便说到樱桃，两棵樱桃树的收入超过一亩地麦子的价值。用乡党的结实话说，只要不是瓜（傻）子，谁都会算这笔账，自然就不种麦子苞谷全种樱桃了……我几乎每年五月都会上原摘樱桃，既为品尝这北方第一料成熟的鲜果，更在看那些乡党往钱袋里塞钱时生动的喜悦脸色……

这是冬天，我又漫步在灞河边上，冷风飕飕，河水清透见底，我的心里愈加沉静。我走过一些名山大河，多是以观赏的眼光去看的，新鲜的惊喜是自然发生的，也曾把那种感受诉诸文字。然而，那些感受完全区别于面向眼前这条灞河的沉静心态。这是家园。回归家园所发生的沉静心态，是在家园之外的别处不曾有过的。

哦，我的家园。

## 三九的雨

这是我村与邻村之间一片不大的空旷的台地。只有一畛地宽的平台南头开始起坡，就是白鹿原北坡根的基础了。平台往北下一道浅浅的坡塄，就是灞河河滩了。我脚下踏着的平台上的这条沙石大路，穿过一个个大大小小的村庄，通往西安。

天明时雨止歇了。天阴沉着，云并不浓厚，淡灰的颜色，估计一时半刻挤拧不出雨水来。空气很清新，湿润润的，山坡上的麦子绿莹莹的，河川里的麦子也是莹莹的绿色。原坡上沟坎里枯干的荒草被雨浇成了褐黑色，却有一种湿润的柔软。河川北岸是骊山的南麓，清晰可辨一株树一道坡一条沟，直至山岭重叠的极处。四野宁静到令人耳朵自生出纤细的音响来。

前日落了雨，小雨，通常是开春三月才有的那种"随风潜入夜，润物细无声"的春雨。腊月初二（二〇〇二年一月十四日）下起，断断续续稀稀拉拉下到今天天明，让整个村子里的男女惊诧不已，一该当滴水成冰冻破砖头的"三九"时月，居然是小雨缠绵。太过反常的天气给农人心里一种不祥的妖孽氛征。这是我半生里仅见的一次

"三九"的雨,以及不仅不冻反而松软如酥的土地。

我脚下这条颇为宽绰的沙石大路是一九七七年冬天动工拓宽的。与这条大路同时开工的是灞河河堤水利工程,由我任副总指挥具体实施的。那时,我完成这项家乡的水利工程的心态,与我后来写作长篇小说《白鹿原》时的心境基本类同,就是尽力做成一件事。

我第一次背着馍口袋从这条路走出村子走进西安的中学时,这条路大约也就一步宽,架子车是无法通行的。我背着一周的干粮走出村子时的心情是雀跃而又高涨的,然而也是完全模糊的。我只是想念书,想上城里的中学去念书,念书干什么等抱负之类的事,完全没有。我再三追寻记忆,充其量只会有当个工人之类的宏愿,而且这主要是父母供儿女上学的原始动机。在乡村人的眼睛里,挣工资吃商品粮的工人是世界上最幸福的人。我在初中二年级却喜欢文学了,这不仅大大出乎父母的意料,连我自己也感到奇怪。通常情况下,爱好文学是被视为浪漫而又富于诗意的事情,怎么会发生在一个穿粗布衣服吃开水泡馍的人身上呢?许多年后我把自己的这种现象归结为一根对文字敏感的神经——文学的兴趣由此而发端。书香门第以及会讲故事会唱歌谣的奶奶们的熏陶,只能对具备文字敏感的神经的儿孙起反应起作用,反之讲了也是白讲唱了也是白唱。

背着馍口袋出村夹着空口袋回村,在这条小路上走了十二年。我完成了高中学业。我记忆中最深的是十六岁那年遇到过狼。天微明时,我已走到距村子五华里的一条深沟的顶头,做伴壮胆的父亲突然叫了一声"狼!"就在身旁不过二十步远的齐摆着谷穗的地边上,有一只狼。稍远一点,还有一只。我没有感觉到丝毫的害怕,尽管是我第一次看见这种吓人的动物;不是我胆大,而是身旁跟着父亲。我第一次感受父亲的力量和父亲的含义,就是面对两只成年狼的时候,竟然没有产生恐惧。我成了一个父亲的时候,又在这条几经拓宽的乡村公路上接送我的三个念书的孩子。我比父亲优裕的是有了一辆自行车,孩子后来也有了,比当年父亲步行送我要快捷多了。我和孩子再也没有遭遇狼的惊险故事。狼已经成为大家怀念的珍稀宝贝了。

我的一生其实都粘连在这条已经宽敞起来的沙石路上。我在专业创作之前的二十年基层农村工作里,没有离开过这条路;我在取得专业创作条件之后的第一个决断,索性重新回到这条路起头的村子——我的老家。我窝在这里的本能的心理需求,就是想认真实现自己少年时代就产生的作家之梦。从一九八二年冬天得到专业写作的最佳生存状态到一九九三年春天写完《白》书,我在祖居的原下的老屋里写作和读书,整整十年。这应该是我最沉静最自在的十年。

我现在又回到原下祖居的老屋了。老屋是一种心理蕴藏。新房子在老房子原来的基础上盖成的,也是一种心理因素吧。这个祖居的屋院只有我一个人住着。父亲和他的两个堂弟共居一院的时代早已终结了。父亲一辈的男人先后都已离开这个村子,在村庄后面白鹿原北坡的坡地上安息有些年了。我住在这个过去三家共有的屋院里,可以想见其宽敞和清爽了。我读着的欧美那些作家的书页里,偶尔竟会显现出爷爷或父亲或叔父的脸孔来。且不止一次。夜深人静我坐在小院里看着月亮从东原移向西原的无边无际的静谧里,耳畔会传来一声两声沉重而又舒坦的呻吟。那是只有像牛马拽犁拉车一样劳作之后歇息下来的人才会发出的生命的呻唤。我在小小年纪的时候就接受着这种生命乐曲的反复熏陶,有父亲的,有叔父的,有一位是祖父的。他们早已在原坡上化作泥土。他们在深夜熟睡时的呻吟萦绕在这个屋院里,依然在熏陶着我。

这是一个不可思议的冬天。我站在我村和邻村之间的旷野里。

从我第一次走出这个村子到城里念书的时候，父亲和母亲每每送我出家门时的眼神，都给我一个永远不变的警示：怎么出去还怎么回来，不要把龌龊带回村子带回屋院。在我变换种种社会角色的几十年里，每逢周日回家，父亲迎接我的眼睛里仍然是那种神色，根本不在乎我干成了什么事干错了什么事，升了或降了，根本不在乎我比他实际上丰富得多的社会阅历和完全超出他的文化水平。那是作为一个父亲的独具禀赋的眼神，这个古老屋院的主宰者的不可侵扰的眼神，依然朝我警示着，别把龌龊带回这个屋院来。

北京丰台。我从大礼堂走出来。《西安晚报》记者王亚田第一个打来电话。选举刚刚结束。他问我当选中国作家协会副主席后首先想的是什么。我脱口而出：作为一个作家，应该始终把智慧投入写作。

他又问：还有什么呢？我再答：自然还有责任和义务。

我站在我村与邻村之间空旷的台地上，看"三九"的雨淋湿了的原坡和河川、绿莹莹的麦苗和褐黑色的柔软的荒草、从我身旁匆匆驶过的农用拖拉机和放学回家的娃娃。粘连在这条路上倚靠着原坡的我，获得的是沉静，自然不会在意"三九"的雨有什么祥与不祥的猜疑了。

## 我的秦腔记忆

在我最久远的童年记忆里顶快活的事,当数跟着父亲到原上原下的村庄去看戏。

父亲是个戏迷,自年轻时就和村子里几个戏迷搭帮结伙去看戏,直到年过七旬仍然乐此不疲。我童年跟着父亲所看的戏,都是乡村那些具有演唱天赋的农民演出的戏。开阔平坦的白鹿原上和原下的灞河川道里,只有那些物力雄厚而且人才济济的大村庄,不仅能凑足演戏的不小开销,还能凑齐生、旦、净、末、丑的各种角色。我们这个不足四十户人家的村子,演戏是连想也不敢想的事,我和父亲就只有到原上和原下的那些大村庄去看戏了。

不单在白鹿原,整个关中和渭北高原,乡村演戏集中在一年里的两个时段,是农历的正月二月和伏天的六月七月。正月初五过后直到清明,庆祝新年佳节和筹备农事为主题的各种庙会,隔三岔五都有演出,二月二是传统习惯里的龙抬头日,形成演出高潮,原上某个村子演戏的乐声刚刚偃息,原下灞河边一个村子演戏的锣鼓梆子又敲响了,常常发生这个村和那个村同时演出的对台戏。再就是每年夏收夏播结束之后相对空闲的一个多月里，原上原下的大村小寨都要过一个各自约定的"忙罢会"。顾名思义，就是累得人脱皮掉肉的收麦种秋的活儿忙完了，该当歇息松弛一下，约定一个吉祥日子，亲朋好友聚会一番，庆祝一年的好收成。这个时节演戏的热闹，甚至比新年正月还红火，尤其是风调雨顺小麦丰收家家仓满囤溢的年份。

我已记不得从几岁开始跟父亲去看戏，却可以断定是上学以前的事。我记着一个细节，在人头攒动的戏台下，父亲把我架在他的肩上，还从这个肩头换到那个肩头，让我看那些我弄不清人物关系也听不懂唱词的古装戏。可以断定不过五六岁或六七岁，再大他就扛架不起了。我坐在父亲的肩头，在自己都感觉腰腿很不自在的时候，就溜下来，到场外去逛一圈。及至上学念书的寒暑假里，我仍然跟着父亲去看戏，不过不好意思坐父亲的肩膀了。

同样记不得跟父亲在原上原下看过多少场戏了，却可以断定我那时候还不知道自己看的戏种叫秦腔。知道秦腔这个剧种称谓，应在二十世纪五十年代中期离开家乡进西安城念中学以后，我十三岁。看了那么多戏，却不知道自己所看的戏是秦腔，似乎于情于理说不通。其实很正常，包括父亲在内的家乡人只说看戏，没有谁会标出剧种秦腔。原上原下固定建筑的戏楼和临时搭建的戏台，只演秦腔，没有秦腔之外的任何一个剧种能登台亮彩，看戏就是看秦腔，戏只有一种秦腔，自然也就不需要累赘地标明剧种了。这种地域性的集体无意识就留给我一个空白，在不知晓秦腔剧种的时候，已经接受秦腔独有的旋律的熏陶了，而且注定终生都难能取代的顽固心理。

在瓦沟里的残雪尚未融尽的古戏楼前，拥集着几乎一律黑色棉袄棉裤的老年壮年和青年男人，还有如我一样不知子丑寅卯的男孩，也是穿过一个冬天开缝露絮的黑色棉袄棉裤，旱烟的气味弥漫不散；伏天的"忙罢会"的戏台前,一片或新或旧的草帽遮挡着灼人的阳光,却遮不住一幢幢淌着汗的紫黑色裸膀,汗腥味儿和旱烟味儿弥漫到村巷里。我在这里接受音乐的熏陶,是震天轰响的大铜锣和酥脆的小铜锣截然迥异的响声,是间隔许久才响一声的沉闷的鼓声,更有作为乐团指挥角色的扁鼓密不透风干散利爽的敲击声,板胡是秦腔音乐独有的个性化乐器,二胡永远都是作为板胡的柔软性配乐,恰如夫妻。我起初似乎对这些敲击类和弦索类的乐器的音响没有感觉,跟着父亲看戏不过是逛热闹。记不得是哪一年哪一岁,我跟父亲走到白鹿原顶,听到远处树丛笼罩着的那个村子传来大铜锣和小铜锣的声音,还有板胡和梆子以及扁鼓相间相错的声响,竟然一阵心跳,脚步不自觉地加快了,一种渴盼锣鼓梆子扁鼓板胡二胡交织的旋律冲击的欲望潮起了。自然还有唱腔,花脸和黑脸那种能传到二里外的吼唱(无麦克风设备),曾经震得我捂住耳朵,这时也有接受的颇为急切的需要了;白须老生的苍凉和黑须须生的激昂悲壮,在我太浅的阅世情感上铭刻下音符;小生和花旦的洋溢着阳光和花香的唱腔,是我最容易发生共鸣的妙音;还有丑角里的丑汉和丑婆婆,把关中话里最逗人的语言做最恰当的表述,从出台到退场都被满场子的哄笑迎来送走……我后来才意识到,大约就从那一回的那一刻起,秦腔旋律在我并不特殊敏感的乐感神经里,铸成终生难以改易更难替代的戏曲欣赏倾向。

我记不得看过多少回秦腔戏了。有几次看戏的经历竟终生难忘。上学到初中三年级,学校在西安东郊的纺织工业重镇边上,住宿的宿舍在工人住宅区内。晚自习上完,我和同伴回宿舍的路上,听到锣鼓梆子响,隐隐传来男女对唱,循声找到一个露天剧场,是西安一家专业剧团为工人演出,而且有一位在关中几乎家喻户晓的须生名角。戏已演过大半,门卫已经不查票了,我和同学三四个人就走进去,直到曲终人散。无论从哪方面说，都比乡村戏台上那些农民的演出好得远了，我竟兴奋得好久睡不着觉。第二天早上走进学校大门，教导主任和值勤教师站在当面，把我叫住，指令站在旁边。那儿已经站着两个人，我一看就明白了，都是昨晚和我看戏的同伴——有人给学校打小报告了。教导主任是以严厉而著名的。他黑煞着脸，狠声冷气地训斥我和看戏的同伙。这是我学生生活中唯一的一次处罚……

二十多年后的一九八〇年，我被任命为区文化局副局长的同时，新任局长就是训斥并罚我站的教导主任。我和他握手的那一刻，真是感慨"人生何处不相逢"灵验了。从和他握手直到我离开这个单位，始终都不曾提及此事。他肯定不记得这件事了，他训斥过可能就置诸脑后了，又忙着训导另一位违纪的学生去了。不过，这个时候的他，已经半老，严厉的脸上依然总是洋溢着微笑，大笑的时候很爽朗。一张棱角严厉的脸无论敞怀大笑还是微笑，尤其生动感人，甚为可爱。

还有一次难泯的记忆。这是"四人帮"倒台不久的事。西安城里那些专业秦腔剧团大约还在观望揣摩文艺政策能放宽到何种程度的时候，关中那些县管的也属专业的秦腔剧团破门一拥而出了，几乎是一种潮涌之势。他们先在本县演出，又到西安城里城外的工厂演出，几乎全是被禁演多年的古装戏。西安郊区的农民赶到周边县城或工厂去看戏，骑自行车看戏的人到傍晚时拥满了道路。我陪着妻子赶过二十里外的戏场子。我的父亲和村里那几个老戏友又搭帮结伙去看戏了。到处都能听到这样一句痛快的观感："这才是戏！"更有幽默表述的感慨："秦腔到底又姓秦了！"这种痛快的感慨发自一个地域性群体的心怀。"文化大革命"禁绝所有传统剧目的同时，推广八个京剧"样板戏"，关中的专业剧团和乡村的业余演出班子，把京剧"样板戏"改编移植成秦腔演出，我看过，却总觉得不过瘾，多了点什么又缺失了点什么。民间语言表达总是比我生动比我准确:"这是拿关中话唱京剧哩嘛!"还有"秦腔不姓秦了"的调侃。

到二十世纪八十年代中期,我的经济状况初得改善,便买了电视机,不料竟收不到任何节目,行家说我居住的原坡根下的位置,正好是电视信号传递的阴影区域。我不甘心把电视机当收音机用,又破费买了放像机,买回来一厚摞秦腔名家演出的录像带,不仅我把包括已经谢世的老艺术家的拿手好戏看了个够,我的村子里的老少乡党也都过足了戏瘾,常常要把电视机搬到院子里,才能满足越拥越多的乡党。我后来又买了录音机和秦腔名角经典唱段的磁带,这不仅更方便,重要的是那些经典唱段百听不厌。大约在我写作《白鹿原》的四年间,写得累了需要歇缓一会儿,我便端着茶杯坐到小院里,打开录音机听一段两段,从头到脚、从外到内都有一种无以言说的舒悦。久而久之,连我家东隔壁小卖部的掌柜老太婆都听上了戏瘾,某一天该当放录音机的时候,也许我一时写得兴起忘了时间,老太太隔墙大呼小叫我的名字,问我:"今日咋还不放戏?"我便收住笔,赶紧打开录音机。老太太哈哈笑着说她的耳朵每天到这个时候就痒痒了,非听戏不行了……在诸多评说包括批评《白鹿原》的文章里,不止一位评家说到《白鹿原》的语言,似可感受到一缕秦腔弦音。如果这话不是调侃,是真实感受,却是我听秦腔之时完全没有预料得到的潜效能。

我看过、听过不少秦腔名家的演出剧目和唱段,却算不得铁杆戏迷。不说那些追着秦腔名角倾心倾情胜过待爹娘老子的戏迷,即使像父亲入迷的那样程度,我也自觉不及。我比父亲活得好多了,有机会看那些名家的演出,那些蜚声省内外的老名家和跃上秦腔舞台的耀眼新星,我都有机缘欣赏过他们的独禀的风采。然而,在我久居的日渐繁荣的城市里,有时在梦境,有时在一个人独处的时候,眼前会幻化出旧时储存的一幅幅图景，在刚刚割罢麦子的麦茬地里，一个光着膀子握着鞭子扶着犁把儿吆牛翻耕土地的关中汉子，尽着嗓门吼着秦腔，那声响融进刚刚翻耕过的湿土，也融进正待翻耕的被太阳晒得亮闪闪的麦茬子，融进田边沿坡坎上荆棘杂草丛中，也融进已搭着圆顶的太阳的霞光里。还有一幅幻象，一个坐在车辕上赶着骡马往城里送菜的车把式，旁若无人地唱着戏，嗓门一会儿高了，一会儿低了，甚至拉起很难掌握的"彩腔"，在乡村大道上朝城市一路唱过去……

秦人创造了自己的腔儿。

这腔儿无疑最适合秦人的襟怀展示。

黄土在，秦人在，这腔儿便不会息声。

## 愿白鹿长驻此原

独寻秋景城东去，白鹿原头信马行。

这是白居易一首七绝中的两句。每有机缘上原，心头便会涌出这首绝句，情绪顿时也会畅朗起来。我无法想象千余年前的白居易纵马白鹿原上寻到的是怎样一幅秋色美景，单是眼前的一派绿色，已经让我沉醉了。

一条新修的宽敞的公路盘旋在西边原坡上，两边是层层叠叠的绿树。刚刚从酷暑进入初秋，尽管杨树柳树槐树等树木的树冠呈现着深色和浅色的小小差异，却依然流露着蓬勃的气象。草木清爽的气味，诱使我连续深呼吸。这里曾经是荒坡和梯田。荒坡上长满刺枣和杂草。梯田里一年只种一料麦子，因为缺水缺肥，麦子长得矮小细瘦如同猴子的黄毛，收割时搭不住镰刀，只能用手薅，民间戏称薅猴毛，产量也就可想而知了。大约不过十年前，那种延续了不知多少年的广种薄收乃至无收的景象中止了，退耕还林，便有了这一派让上原和下原的人心旷神怡的绿色。

上原的路大约走到一半，有一道平台，自南到北散落着一个个或大或小的村庄，俗称二道原。民办大学思源学院已成气候，随坡倚势建造成一幢幢楼房，校园里如同精心构设的花园，四季轮番开放的花草和花树，弥漫着种种诱人的香气。这里活跃着来自全国各地的两万余名学子，避开了都市的喧嚣，在这一方天地汲取知识。校方扶持建立了白鹿书院，我常和一些文学朋友到书院交流，尽管他们多是走南闯北见惯了奇山异水的人，也多感佩这一方地域独有的脉象。大约十年前，这所大学的创始人周先生约我参加一个座谈会，把他想在白鹿原的二道原上创办一所民办大学的意图坦陈出来，让大家论证。我那时竟然很激动，一时尚不敢估计这座古原破天荒建立的第一所高等院校的深远影响，却也想到不仅是每年能有多少年轻人完成高等学业，更有对原上乡民文化意识的潜移默化的启示。十年过去，这所学院不仅被评为全国十大民办大学，而且让民办大学由二道原扩展到白鹿原上，挂着种种专业校牌的民办大学已建成十余所，形成了一个颇具规模的民办大学城。就我粗略的印象，一九四九年前，这道原上大约只有两三所新式小学；截止到二十世纪九十年代，仅有三四所中学，分属三个区县督管；到今天不过十年时间，这里已经形成拥有十余万学子的民办大学城了。从这些民办大学门前经过的时候，我常有不可思议的感慨，变化之快几乎让我不敢相信，随之也生出生不逢时的自怜，如若晚生许多年，就不会留下缺失高等教育的人生遗憾了。

原的西部已经几乎看不到庄稼，传统的麦田消失了，蓬勃着一眼望不透的樱桃树。种植樱桃和小麦的悬殊的收益，是任谁都不会拒绝对樱桃的选择。每到五月樱桃成熟时节，原上原下和原坡的万亩樱桃园里，笑语喧哗，那是西安城里人或呼朋唤友或扶老携幼上原摘樱桃时忘情的声浪。秋天刚刚来到原上，葡萄又熟了。樱桃几乎是家家户户都有种植，而葡萄却是规模化的集中栽培。原上先后建起三家较大规模的果园，两家既种樱桃又种葡萄，还有一家是专门种植葡萄的园子，种植面积由几百亩到过千亩，都是以最严格也最规范的技术措施栽培管理。我曾有幸参观，可谓大开眼界，且不说那些颇为深奥的技术措施，外行的我看到细水浸润的滴灌设施，顿然感知到现代农业和粗放管理的农业的差异来。为了保证果品的品质，一概不用化肥，连复合型的肥料也不用，而是从内蒙古草原收购牧民的牛羊粪，集中窝沤，使其熟化，再从千里外的内蒙古草原运回原上，单是这项投入的工本就令我咋舌了。这样培植的樱桃和葡萄，不仅味美，更让消费者放心，价格也就高出普通果园的樱桃、葡萄几倍。我走在这家葡萄园里，满眼都是紫红的葡萄串儿，嘴里就有口水溢泛。这位种植园主是我的同乡，一位卓有建树的农民科学家，曾获得国务院的褒奖，那是他向乡民传授各种果树管理技术赢得的奖励。他在原上亲自种植葡萄，更带有示范的效应。我更多感佩的却是这道原的变化，自古以来白鹿原缺水，向来不植一株果树，即使庄稼，也只能保证一料小麦的收成，多有的伏旱，秋天的作物十有九年都无收获。更甚者，生活用水都很困难，原下人调侃原上人说，早晨起来，夫妻对面吐唾沫儿洗脸。现在，每个村子都有深井，自来水通到家家户户，果园也就蓬勃起来了。白鹿原高过渭河平原二百米，昼夜温差大，无论樱桃无论葡萄的甜蜜就享有天时地利的优势了。

绿树掩映着的一个个或大或小的村庄，既是古老的，又是新生的，古老到和这道原的历史一样悠久，新生在于现在的村庄已经完全改换出一派新的风貌，一幢幢二层小楼或平房，从绿树的空隙间显露出来。如果走进村巷，便会看到甚为讲究的一个个农家院的门楼上都有题款。几乎看不到土坯垒墙的传承了千年的厦房了。沟通每一个村庄的道路全部实现了硬化——水泥路面，永久性地告别了泥泞小路。

我曾陪《白鹿原》剧组的朋友踏访原上村庄寻找外景地，失望而归，二十世纪的白鹿村的影像荡然无存。我不为剧组的失望而失望，倒为原上的乡党而庆幸，他们终于获得了安逸富足的生活，既不为锅里缺米缺面而熬煎，也不为屋漏而愁肠百结了。

写到这里，我突然意识到，每触及一景，便牵出这一景地昨天的景象来。似乎不是有意为之，而是一种自然的不可违逆的心理反应，昨天的贫瘠景象铸存太久，而今天焕然一新的景象来得太快，作为这道原的亲历者，发生今天与昨天的鲜明而又强烈的对比，欣然的感触和感慨就是本能的心理反应了。

因为一只白鹿的出现，这道原便有了象征着吉祥安泰的白鹿的名称。随后，汉文帝葬在白鹿原西北的原坡上，原坡根下流淌着灞水，文史典籍称为灞陵，这道原也被改名为灞陵原，民间却少有人说。自北宋大将军狄青在原上屯兵驯马，这道原又被改换为狄寨原，一直沿用至今，白鹿原的名字早已湮灭以至消亡了。近年间，因为拙作《白鹿原》的发行，这个富于诗意也象征着吉祥安泰的白鹿原的名字又复活了。白鹿原名称的重新复归，恰当其时，多少代人期盼向往的富裕和平的日子已经实现，却是改革开放的科学而又务实的富民国策实施的结果。

愿白鹿长驻此原。

## 汽笛·布鞋·红腰带

一个年过五十的人，依然清晰地记得平生听到第一声火车汽笛时的情景。

他当时刚刚勒上了头一条红腰带。这是家乡人遇到本命年时避灾禳祸乞求平安福祉的吉祥物，无论男女无论长幼无论尊卑都要在本命年到来的头一天早晨穿裤子时勒上腰的。那是母亲用自纺的棉线四股合成一股，经过浆洗经过大红颜色的煮染再经过蜂蜡的打磨，然后把经线绷在两个膝盖之间织成的。早在母亲搓棉花捻子和纺线的时候就不断念叨："娃的本命年快到了，得织一条红腰带。"在标志着一年将尽的最后一个月份——腊月——到来之前，母亲已经织好了一条红腰带，只让他试着勒了一下就藏进木板柜里，直到大年三十晚上才取出来放到枕头旁边，叮嘱他天明起来换穿新衣新裤时勒上那根红腰带。他那时只是为了那条鲜红的线织腰带感到新奇而激动不已，却不能意识到生命历程的第二个十二年将从明天早晨开始……

半年以后，他勒在腰里的红带已经变成了紫黑色的了，鲜艳的红色被汗渍尿垢以及褪色的黑裤污染得失去了原本的颜色。他依旧勒着这条保命带走出了家乡小学所在的小镇，到三十里外的历史名镇灞桥去投考中学。领着他的是一位四十多岁的班主任老师，姓杜；和他一起去投考的有二十多个同学，这些小学同学中有的已经结婚，那是他们在新中国成立后才迟迟获得读书机会的缘故，他是他们当中年龄最小个头最矮的一个。

这是一次真正的人生之旅。

从小镇小学校后门走出来便踏上了公路。这是一条国道，西起西安，沿着灞河川道再进入秦岭，在秦岭山岩中盘旋蜿蜒一直通到湖北省内。这是他第一次走出家门三公里以外的旅行。他昨夜激动惶惧得几乎不能成眠；他肩头挎着一只书包，包里装着课本、一支毛笔和一只墨盒，还有几个学生灶发给的混面馍馍，还有一块洗脸擦脸用的布巾，同样是母亲用织布机织下的手工布巾……口袋里却连一分钱也没有。

开始上路他和老师、同学相跟着走，大约走出十多里路也不觉得累，同学们大都是来自小镇附近村庄，谁也没出过远门，兴致很高心劲十足一路说说笑笑叽叽嘎嘎。后来的悲剧是从脚下发生的。他感觉脚后跟有点疼，脱下鞋来看了看，鞋底磨透了，脚后跟上磨出红色的肉丝淌着血，血浆渗湿了鞋底和鞋帮。他首先诅咒的便是沙石铺垫的国道上的沙子，全然想不到母亲纳扎的布鞋鞋底经不住沙石的磨砺，随后才意识到是一双早已磨薄了的旧布鞋的鞋底。在他没有发现鞋破脚破之前还能撑持住往前走，而当他看到脚后跟上的血肉时便怯了，步子也慢了。

似乎不单是脚后跟上出了毛病，全身都变得困倦无力，双腿连往前挪一步的勇气都没有了，每一次抬脚举步都畏怯落地之后所产生的血肉之苦。他看见杜老师在向他招手，他听见同学在前头呼叫他。他流下眼泪来，觉得再也撵不上他们了。他企望能撞见一位熟人吆赶的马车，瞬间又悲哀地想到，自己其实原来就不认识任何一位车把式。

他看见杜老师和一位结过婚的小学生大同学倒追过来，立即擦干了眼泪。老师和同学的关心鼓励丝毫也不能减轻脚下的痛楚和抬脚触地时引发的内心的畏怯。老师和大同学不能只等他一人而往前走了。他没有说明鞋底磨透脚跟磨烂的事，不是出于坚强而纯粹是因为爱面子，他怕那些能穿起耐磨的胶质球鞋的同学笑自己的穷酸。这种爱面子的心理不知何时形成的，以至影响到他后来的全部生活历程，不愿意在任何人面前哭穷。老师和大同学临走时留给他的一句话是："往前走不要停。慢点儿不要紧只是不要停下。我们在前头等你。"

他已经看不见杜老师率领着的那支小小的赶考队伍了。他期望在路上捡到一块烂布包住脚后跟，终于没有发现哪怕是巴掌大的一块碎布而失望了。他从路边的杨树上捋下一把树叶塞进鞋窝儿，大约只舒服了两分钟走出不过十几米就结束了短暂的美好和幼稚。他终于下狠心从书包里摸出那块擦脸用的布巾，相当于课本的两倍大小，只能包住一只脚。洗脸擦脸已经不大重要了，撩起衣襟就可以代替布巾来使用。用布巾包住的一只脚不再直接遭受沙石的蹭磨减轻了疼痛，况且可以使另一只脚踮着而避免脚后跟着地。他踮着一只脚就跛着往前赶，果然加快了行速。走过不知有多少路程，布巾很快又磨透了，他把布巾倒过来再包到脚上，直到那块布巾被踩磨得稀烂而毫无用处。他最后从书包拿出了课本，先是算术，后是语文，一沓一沓撕下来塞进鞋窝……只要能走进考场，他自信可以不需要翻动它们就能考中；如果万一名落孙山，这些课本无论语文或是算术就都变成毫无用处的废物了。那些课本的纸张更经不住沙石的蹭磨，很快被踩踏成碎片从鞋窝里泛出来撒落到沙石国道上，像埋葬死人时沿路抛撒的纸钱。直到课本被撕光，他几乎完全绝望了，脚跟的疼痛逐渐加剧到每一抬足都会心惊肉跳，走进考场的最后一丝勇气终于断灭了。他站下随之又坐下来，等待有一挂回程的马车，即使陌生的车夫也要乞求。他对念中学似乎也没有太明晰的目标，回家去割草拾柴也未必不好……伟大的转机就在他完全崩溃刚刚坐下的时候发生了，他听到了一声火车汽笛的嘶鸣。

他被震得从路边的土地上弹跳起来。他被惊吓得几乎又软瘫坐下。他的耳膜长久地处于一种无知觉的空白。他的胸腔随着铿锵铿锵的轮声起伏着战栗着。他惊惧慌乱不知所措而茫然四顾，终于看见一股射向蓝天的白烟和一列呼啸奔驰过来的火车。他能辨识出火车凭借的是语文课本上的一幅拙劣的插图。这是他平生第一次看见火车。第一次听见火车汽笛的鸣叫。隐蔽在原坡皱褶里的家乡村庄，一年四季只有人声牛哞狗吠鸡鸣和鸟叫。列车从他眼前的原野上飞驰过去，绿色的车厢绿色的窗帘和白色的玻璃，启开的窗户晃过模糊的男人或女人的脸，还有一个把手伸出窗口的男孩的脸……直到火车消失在柳林丛中，直到柳树梢头的蓝烟渐渐淡化为乌有，直到远处传来不再那么震慑而显得悠扬的汽笛声响，他仍然无法理解火车以及坐在火车车厢里的人会是一种什么滋味儿，坐在飞驰的火车上透过敞开的窗口看见的田野会是怎样的情景，坐在火车上的人瞧见一个穿着磨透了鞋底磨烂了脚后跟的乡村娃子会是怎样的眼光，尤其是那个和他年岁相仿已经坐着火车旅行的男孩。

天哪！这世界上有那么多人坐着火车跑哩而根本不用双脚走路！他用双脚赶路却穿着一双磨穿了鞋底磨烂了脚后跟的布鞋一步一蹭血地踯躅！似乎有一股无形的神力从生命的那个象征部位腾起，穿过勒着红腰带的腹部冲进胸腔又冲上脑顶，他无端地愤怒了，一切朦胧的或明晰的感觉凝结成一句，不能永远穿着没后底的破布鞋走路……他把残留在鞋窝里的烂布绺烂树叶烂纸屑腾光倒净，咬着牙在沙石国道上重新举步，腿上有劲了，脚后跟也还在淌血还疼，走过一阵儿竟然奇迹般地不疼了，似乎那越磨越烂得深的脚后跟不是属于他的，而是属于另一个怯弱者懦弱鬼王八蛋的……在离考场的学校还有一二里远的地方，他终于追赶上了老师和同学，却依然不让他们看他惨不忍睹的两只脚后跟。

……

在那场历时十年的大浩劫发生时，他虽未被完全打翻却感到已经走到生命的尽头。那一年又正好是他勒上第二条红腰带开始第三轮十二年的时候。他被划进错误路线而注定了政治生命的完结，他所钟情的文学在刚刚发出处女作便夭折了，家庭的灾难也接踵而至，不是祸不单行而是三面伏击四面楚歌。他步入社会尚无任何生活经验也无丝毫的防卫能力，很快便觉得进入绝境而看不出任何希望，不止一次于深夜走到一口水井边企图结束完全变成行尸走肉的自己。没有促成他纵身一投的缘由，便是他在那最后一刻听到了发自生命内部的那一声汽笛的鸣叫……

在他勒上第三条红腰带开始生命年轮的第四个十二年的时候，恰好又遭遇到一次重大的挫折。如果说上一次的遭遇与红腰带有无什么联系尚无意识，这一次就令他暗暗惊诧了，人类生命本身是否存在着一种神秘的周期性灾变？他不再以一个简单的无神论者的简单态度轻易去判断其有无了。这一次挫折纯粹是自作自受，不能怨天不能怨地更不能怨天下任何人，自己写下一篇对生活做出简单谬误判断的小说而声名狼藉。他曾想告别政坛也告别文学，重新回到学校做一名乡村教师，与农村孩子去交朋友。在那个人生重大抉择的重要关头，他不仅又一次听到了那声汽笛,而且想到了那双磨透了鞋底磨烂了脚跟的布鞋。有什么可畏惧的呢?本来就是穿着磨透鞋底的布鞋走进社会的,最终最糟失掉的大不了也就是又一双破烂布鞋……他走进图书馆,把莫泊桑和契诃夫的小说抱回住屋,昼夜与这两个欧洲人拥抱在一起。

他后来成为一个作家,但不是著名的,却终归算一个作家。这个作家已过"知天命"的年岁,回顾整个生命历程的时候,所有经过的欢乐已不再成为欢乐,所有经历的灾难挫折引起的痛苦也不再是痛苦,变成了只有自己可以理解的生命体验,剩下的还有一声储存在生命磁带上的汽笛鸣叫和一双透了鞋底的布鞋。

他想给进入花季刚刚勒上头一条或第二条红腰带的朋友致以祝贺,无论往后的生命历程中遇到怎样的挫折怎样的委屈怎样的龌龊,不要动摇也不必辩解,走你认定了的路吧!因为任何动摇包括辩解,都会耗费心力耗费时间耗费生命,不要耽搁了自己的行程。

第三辑　一段人生，一路风景

# 鲁镇纪行

## 百草园的月色

从上海到绍兴,经过八九个钟头的长途旅行,傍晚到达。安顿了下榻的处所,匆匆吃罢晚饭,赶到鲁迅先生的故园去观瞻,天色已经完全黑下来了。

一条宽阔的水泥铺就的街道,两排树荫浓密的法桐,这是"鲁迅路",以先生名字命名的街道,路灯的亮光和两边大小铺栈的窗户的灯光交相辉映。

一方黑色的木板门,已经关死,没有门楼,似乎也没有什么装饰,仅仅就是在砖墙上安着这样一方黑色的木板门,这就是鲁迅先生世代的故居了。中国现代的思想和艺术的巨人,就在这窄窄的门洞里面诞生。

宅院狭窄、颇深,门房,过厅,天井,先生住屋,鲁母住屋,再后边是闰土父亲在鲁家帮工时的住屋,屋里有一个捣米的石臼。

后院里,就是那个被先生浓笔重彩描绘过的百草园了。

灰蓝色的天幕上，有一弯细细的金钩似的月亮，洒下一片朦胧的月光。一株高大的树干，浓密的枝叶，辨不清是"高大的皂荚树"，还是缀满"紫红桑葚"的桑树。草园里的花草，也辨不清哪儿是"碧绿的菜畦"，哪儿有"何首乌藤和木莲藤缠络着"的情态，更难以摘食"覆盆子"那"又酸又甜"的"像小珊瑚珠"一样的果实了。

月色朦胧。我们这一帮从南方和北方聚拢到一起的先生的学生，现在都散立在月色朦胧的百草园里的草地上，听一位据说是鲁（周）家同族后裔的中年人介绍这座故园的今昔。他说一口绍兴的地方话，真是叫北方人大惑不解，几乎一个字也听不懂。朦朦胧胧的百草园，朦朦胧胧的树，朦朦胧胧的花草，朦朦胧胧的鲁镇的地方语言……

既然听不懂，我索性不听了，一个人到园子里去转悠。我心里似乎并不迫切要求听到介绍的话，只是想到这儿来走一走，看一看，站那么一会儿，有一次心理感受就满足了。

是啊，百草园，我早就熟悉了，早就背熟了《从百草园到三味书屋》的散文，也就熟知这儿的一切了。"鸣蝉在树叶里长吟，肥胖的黄蜂伏在菜花上，轻捷的叫天子（云雀）忽然从草间直蹿向云霄里去了。"在我心中印下的这幅动人的百草园的图画，掐指已近三十年了，今天晚上才得以漫步其境了。

时值初夏，夜气温爽，听不到蝉鸣，也听不见蟋蟀的叫声。我漫步在草地上，自然地记起学习这篇课文时的情景。

语文老师是一位刚从大学中文系毕业的青年，热情极高，甘肃人，一口南腔北调的普通话，却把课文朗诵得十分动人……我一边听着老师领读，脑子里却展开另一幅图画：刚刚收割过麦子的南坡上，田块层叠的坡地上，麦茬儿闪闪发亮，塄坎上和坟丘里，野蔷薇红的和白的花儿开得一片灿烂，野葡萄藤蔓一直攀缘到枸树梢上去，酸枣棵子是山坡上最大的家族，那翡翠般的绿色或紫色的蚂蚱，总是藏躲在酸枣棵子最稠密的枝杈里。我和小伙伴们，头顶艳阳，脚踩枣刺，整响整响地捕捉那可爱的生灵儿，忘了吃饭，忘了时辰，直到渴得舌头搅不动，头上无汗可流，也顾不得到沟底去喝一口泉水……我从来没有想到过这些生活如此富于意趣。

而当我从乡野跑到城市，坐在高楼明亮的教室里，听陇音普通话朗诵"百草园"的时候，才一下子戳开了记忆的窗户，唤起对我的百草园——黄土高原之中的南坡——无限丰富有趣的依恋。

读先生的这篇课文的时候，尚在我的少年时期，人生的那个充满幼稚心理的时期，是极易与这篇文章的感情相吻合的。

当我漫步在向往了近三十年的百草园中时，已经是个顶透而须密的中年人了，而心境却一下子回返到了童年……

哦！我的向往中的南国的先生的百草园！

哦！我的遥远的北方家乡的黄土高原之中的南坡……

## 在"咸亨酒店"

上午游览了东湖，下午又要到王羲之作《兰亭序》的地方去，明天一早就要返回上海了；东湖的山光水色令人赏心悦目，兰亭的幽雅景致也叫人神往。可是，没有到孔乙己曾经喝酒吃茴香豆儿的"咸亨酒店"光顾一番，怎么能算真正到过鲁镇呢？

午休时间，几位朋友相邀，正中下怀。虽然已觉腿酸眼困，仍然兴致勃勃地走出住所的大门。

一幅金字黑匾，老远就赫然入眼，上书：咸亨酒店。平房，黑色小瓦，坐落在街道一边，夹挤在高高低低的楼房中间，自有一副古香古色的神采。门面宽约三四间，木门板全部拔除，整个酒店就完全无遮无挡地当街敞开着。依然保持着当年"鲁镇的酒店的格局"，"当街一个曲尺形的大柜台"。那木板制的曲尺形的大柜台，油漆斑驳，木棱也已磨光，探过头去，可以看见赭红色的酒坛。我把钱递了上去。卖酒的是一位中年女人，穿着白大褂，使人觉得有失鲁镇的格局，与那曲尺形的柜台也不协调。她用一只提斗从酒坛里提上酒来，倒入酒杯，黄酒其实是暗红色的液体。这杯子更古朴，用洋铁皮焊接而成，大到可以盛一斤酒，上端粗，下端细，状如漏斗。据说冬天喝酒时，可以把细端塞进热水里，用以温酒。鲁镇的长衫阶层或短衣帮，当年就是用这样的酒杯，孔乙己自然也用这样的铁皮酒杯。

茴香豆儿也不能不尝一尝。不尝一尝孔乙己津津乐道的茴香豆儿，也许不算真正地进过"咸亨酒店"呢！

"不多不多！多乎哉？不多也。"

我们刚刚在长条桌边落座，不知谁在拖长声调模仿着孔乙己的名言，摇头晃脑说起来了。木条桌长到丈余，从门口直通到墙根，实际应该算是木案子了。一切遵循孔乙己的习惯，他是穿长衫阶层中唯一站着喝酒的人，于是我们也都站着，他大约用手指捏茴香豆儿，于是我们也免去了筷子。那用粳米酿成的名曰"加饭"的黄酒，说不准是一股怎样的滋味，既不似白酒那么烈，也没有葡萄酒那么甜，说不上好喝或不好喝，唯其因为孔乙己十分喜好，我拼着将那一杯全然灌下了。那茴香豆儿也没有多少特色，唯其因为孔乙己喜欢，我们嚼起来，似乎别具兴味。

酒店墙上，有一幅裱饰过的题词，一副对联。题词曰：

上大人孔乙己高朋满座

化三千七十士玉壶生春

对联曰：

小店名气大
老酒醉人多

看看题款，竟是著名作家李準献辞，著名表演艺术家于是之手书。辞联极具幽默的韵味，笔墨亦遒劲潇洒，使古朴的"咸亨酒店"平添了一丝风韵。

孔乙己确实是高朋满座了。小小的酒店里，现在拥拥挤挤坐着的酒客，大都是从南方或北方来到鲁镇而落脚此店的。有穿着西装革履的学者风度的男女；也有一身正统的中山装的很有派头的干部，很难料定他们之中绝对没有县委书记或市委的部长；更有一帮一伙长发披肩紧绷牛仔裤的青年男女，一律坐着或站着喝着装在洋铁皮酒杯里的"加饭"酒，抓着茴香豆儿，笑语喧哗……

解放以后，自打鲁迅先生的《孔乙己》收入中学语文课本，每一个受过中等教育的一代又一代青年，不管其是否特别喜欢文学，大约没有谁会忘却孔乙己的。

孔乙己不属英雄之列，而实实在在是一个被挤扁被碾轧为尘末的迂腐的老夫子，那些主宰鲁镇风云的鲁四老爷之流早该化为污泥了，而独有上大人孔乙己获得了川流不息的朝拜者，真是得其所哉！

## 再到凤凰山

小小的凤凰城远近闻名，着意在山水韵味。凤凰城山水名扬天下，得益于作家沈从文。凡读过沈从文作品的人，不仅难以忘记湘西的山水韵味和民俗风情，而且同时种下有朝一日走一回湘西的欲念。凤凰城是湘西风景风情的代表性杰作，自然为首选之地。

大约十年前到凤凰城，看了山，看了水，看了沈从文先生的书屋和墓地，感触多多，却不著一字，说来很简单，沈先生早在几十年前把湘西的山光水色和民生的风情灵气展示得淋漓尽致，至今都很难再读到那样耐得咀嚼的文字，我便不敢贸然动笔了。这回又去湘西，再上凤凰山，不仅有沈先生文章里的景致为参照，而且还有第一次来凤凰城的印象作对比，我发觉变化真是太快了，也太大了。

我记得十年前进凤凰城时，要过一座桥，从桥上看下去，河水里浮游着几头水牛。水牛在河里懒洋洋地游着，露出硕大的头和头上的弯角，还有浅灰色的脊背。水色不清，浑而近浊，漂浮着有藤蔓的野草，据说是刚刚下过雨涨了水的缘故。这幕水牛戏水的景象就留在我这个北方人的记忆里。

这回一看见凤凰城，一看见那条河，自然不再陌生，却看不见水牛的姿容了。水变清了，大约没有落雨也就没有涨水，更看不见浮草；原先沙子泥土铺就的河岸，用水泥砌得整整齐齐，类似城市公园人工湖的堤岸了。我似乎隐隐生出某种缺失的惆怅。我又不敢说这种整修有什么不合适，却想着那泛着青草的泥岸伸展着的自然状态的曲线，再也不复重现了。

其实，更想看的是沈从文先生的旧居，十年前看了一回，这次来仍然想再看一回。我从东正街拐进中营巷，就感到拥挤和熙攘，拥挤着的男男女女，都是因观瞻一位作家的宅第的好奇心所驱使。而这位作家生前却是落寞的，尽管住在繁华的北京，活着时几乎是蛰伏隐居，即使在胡同里迎面撞怀，乃至不经意间头与头碰撞得起了疙瘩，却谁也认不出个沈从文来。

现在，先生早已弃居的老宅旧屋，却"下自成蹊"。据说一年四季都是络绎不绝的参观者，旅游旺季就这么拥挤着。

大门口是进出的交会之地，我得侧了身才能挤进去，院子里和前屋后厅都挤满了人，观看的照相的购书的琢磨着风水八卦的人，似乎都津津有味自得其趣。我也在拥挤的缝隙里看沈家的这座四合院，进得门来算门房，正在经营着沈先生作品的各种版本，需排队才能交上钱拿到书。中间是左右对称的厢房，显得低矮而又窄小，我是以北方四合院的厢房作参照的。

最重要的建筑是厅房，以石条起垒，是一种淡淡的橙红色石条，平生一缕暖色。石条上砌砖，青色的砖只垒到窗下，不过半人高，之上就全部是木格大窗子，再不见一块砖石墙壁。木窗和木门之间以木板嵌镶做墙，古香古色，自成一种幽雅。我在北方乡村和城镇，几乎没有看到过窗台以上不用砖或土坯砌墙的房子，甚为稀罕新奇。

厅房内一明两暗，明间当为长者议事、说话、训子的比较庄严的场合，也是接待客人的会客厅。左卧室背后，有一方小小的火塘，上边吊着一只水壶，四周摆着几只小板凳。使我自然地发生最生动的联想，无论家人或朋友，围坐在火塘边，听燃烧的劈柴噼啪响着，看火苗呼啦啦往上蹿起，水壶里的水咝咝咝响着，沏一碗热茶，或叙友情，或议家事，或逗笑取乐，该是怎样一番惬意和快活。

沈先生的墓地在半山上，山不高，却很幽静，曲径盘绕，杂树蔽荫。突兀看到一块碑石，刻着神采飞扬的手书字体："一个士兵要不战死沙场，便是回到故乡。"初看吓了一跳，碑题内容似乎太硬，一下子竟反应不及。细看副题为"悼念从文表叔"。立碑题字者为大名鼎鼎的黄永玉。便把太硬和突兀的感觉隐压下来，慢慢嚼磨，反复体味个中内涵。

沈先生的墓，是以一块巨大的石头为标志，据说重达五吨。上边刻着沈先生自己的话："照我思索，能理解人；照我思索，可认识人。"这应该是先生一生的哲思概括，也是一种复杂曲折的人生历程之后的生命体验，只可领悟，不敢评说。

我很赞赏这块石头，不是名山采来的名贵石料，而是当地山上到处可见的一种沉积岩石块，大大小小的各色砾石和沙粒堆积凝结在一起，呈现出一种自自然然的原本的颜色，亦未作任何雕琢，似乎这石头一直就蹲踞在这里，与山与树融为一体。

据说这石头是黄永玉先生亲自为其表叔选择采掘来的，我便钦佩这位画坛大师超凡脱俗的审美取向，真是一块再恰切不过的石头。有清泉自石缝涌出，贴着山根的石凹流下去，一年四季日日夜夜，在沈先生耳边流过，不时泛出叮叮的响声。想先生平生不声不响，似乎也不爱热闹，悄悄走出凤凰，死后又悄然归于凤凰，不料热闹发生在死后，拥挤了旧宅老屋，又川流不息吵吵嚷嚷在坟头墓前，如果真有先生不死的幽灵，怎么承受得住……

我依着同行的朋友去河上乘一种专供游乐的小艇，河水清冽，暑气闷热暂得缓解。看河边的小幢民居建筑，真是稀罕奇观，倚山而造，鳞次栉比，一幢幢小屋小楼借着山势和立足的地坨大小，结构着种种样式。最下边的一排，居然是凌空立柱铺出一方地基，搭建成别致的房子，河水便在床铺下日夜流淌，有水声催眠入梦，当是怎样一种如仙的境界。河边有人在洗衣淘米。女人洗着淘着。淘着洗着的还有男人。洗菜的男女似乎平平常常，洗衣的男女居然还用着棒槌。棒槌在石头上捶击衣服的响声听来悦耳，那是我自小在家门口的涝池边和灞河里听惯了的脆响乐声，但家乡的乐声早已在多年前消失了。

上岸后沿河边的小路走，不时有人拉着小车擦身而过，车上绷一顶遮阳的花布，车内置一张躺椅。花了几块钱的人坐在躺椅上。挣了几块钱的人拉着车子在小巷和河边跑着，供花了几块钱的人观光赏景。这是最简单最直白的一种关系，容不得多愁善感者说三道四。我看着觉得有点扎眼的，是一位坐在躺椅上的人的姿势，手里夹一支正燃着的纸烟，两条腿以八字形撇开，搭在车子的两边，旁观者入目颇觉不雅。

沈先生如果活着，今日的凤凰和湘西在他的笔下，会是怎样一番景致？

## 天之池

茫茫灰雾笼罩着。雾就在眼目之下。从高处探望下去,眼下就是一片茫茫的密不透隙的灰色的雾。谁也无法料知这雾什么时候会扯开散去。人愈是疑虑,那雾似乎愈是浓厚,似乎根本没有散去的希望。人就不由得焦虑,甚至抱怨自己选择了一个倒霉的日子:痴心向往的长白山天池,已经站在她的裙边,却看不见她的面目。

这雾确也像一张面纱——世界上那些严守宗教禁忌的妇女遮掩在面庞上的那一张,严密封盖着的是怎样一副含羞带娇的玉容呢?

群峰壁立,结臂连襟,或挺拔或浑实的十六座峰体,气势磅礴,恰似披甲挂胄的武士;火山岩浆铸就的武士,无疑是经受过超高温炼烧的纯洁忠贞之士,守护在这里已经有亿万年了。面对这样忠诚的卫士,我便静下心来,即使花一天时间的等待和守候,又何谈真心痴情!

久久的期待中,那雾终于扯开了。先是一绺,后是一角,稍一显现,随即逝去。刚刚露出的那一绺一角,瞬间又覆盖上雾的面纱了。然而就在那一绺一角露出的瞬间,呈现出湖蓝色的长裙的一幅裙褶,镶嵌着无数宝石或碎金，闪闪眨眨，扑朔迷离……

你期待着的人正从楼梯的转角处下来。你屏声静息地等待着一睹芳容，却看见那长裙在楼梯的转角处飘忽一闪，露出炫目的脚腕的雪白，那长裙又消失了，没有下楼，又折回楼上去了……留在心里的是浅尝辄止的更高涨的欲望，期待那面纱彻底抖落，至少再撩开一缕一角的机缘，看到半边脸颊一次回眸也可慰藉。

灰色的雾又变化成为白色的了。白色的面纱又转变为灰青色的了。什么时候又在那一边峰峦间挂起连天接地的五彩虹帐。阳光挑逗嬉戏着，然而那雾的面纱却绝不扯散。

纵眼望去，莽莽苍苍的群山浪波一般起伏着，簇拥着，推向烟云浩渺的远处。阳光和云彩给群山投射出变幻不定的色彩，一片深情一片嫩绿转换着交替着，海浪般涌动翻腾起来了，只是听不到呼啸。无声的波浪铺天盖地，从眼目所及的远处一幅一幅推进过来，拍打着赤裸的铁渣似的长白山的主峰，我的胸脯也随着波涌感到脚下的节奏起伏了。

放开思维之缰任其飞翔，怎样想象亿万年前这儿曾经是一片汪洋的景象？怎样想象亿万年以来地心之火在那一片汪洋之上雕塑出横亘千里的长白山脉的伟功！哦，真想潜入那依然保持着原始形态的丛林，捡拾一块小小的未经人手和兽爪触碰过的火山岩石。

哦，那密林覆盖的千里群山之中，肯定有一只修炼千年终究成仙的狐狸，在山崖侧畔在白桦树后在野花丛中投来羞羞的一笑。哦，在那一笑撞击心灵的一瞬，顿然感悟到俗世的肉身和肉身的世俗。

灰色的雾和白色的雾终于散去了。没有一丝风，不知这雾为什么会自动扯开散去。从火山岩石和岩灰堆积的山峰豁口望下去，那灰白的雾眼看着淡了稀薄了，转眼间就散失净尽了。

神秘的面纱徐徐地揭去了,令人灵魂震慑的景象出现了:一片幽深的蓝色,平静地闲适地躺在群山群峰的足下,阳光爱抚着投射下来,那一袭长裙的色彩变幻莫测,胸脯淡了腹上浓了腿脚又浅淡了;愈是颜色浅淡的裙褶里,万千的宝石和碎金的闪光愈是璀璨。山顶上的千年积雪倒映不出影像,被深沉的蓝得发青的水融解了。白云白雪和山峰都无法在其中投下倒影留下印记,她太深了,抑或是太娴静了,不把任何献媚者收入眼睑?只有太阳是可以骄傲的,可以在那一袭长裙的每一寸裙褶的宝石上撩拨起闪光,她却依然沉静……雾的面纱又徐徐地遮盖过来了。

留在我灵魂深处的,是羞色里的纯净。至纯至洁的天池之水,便自然蓄蕴着羞羞的神色。不洁不净的东西可以以各种华丽和妖艳取悦于世,唯独那羞色难得仿造;纯洁的云和纯净的花和纯洁的心灵,我们都可以发现隐隐的羞羞之色;被把玩过的玉石即使有绝世的雕琢,被汗手油指抚摩过的花朵即使十分美艳,被龌龊充塞着的心灵即使做一万次美容,都不可能再从它们的眼神里泄出一丝一缕的羞色了。

天池的羞色来自她的水,上承天雨,下聚涌泉,皆无任何中间导流环节的污染;她的深厚(三百七十三米)使那些喜欢拈水嬉浪者望而畏步,避免了汗渍;她高踞海拔两千多米的长白山巅,绝除了灰土、烟尘和有害气体的浸染,保护着一份至纯至净至洁,那沉静里的羞色正是与天生丽质俱来的一种气韵,而这气韵在一切作为风景胜地的水境中都不可能找见了。

游移不定的眼神是否反射着心灵里的大九九小九九?混浊的眼色是否浮游着心底的脏?无光无亮的眼色是否透射着平庸与无奈?急切而又卑琐的眼神是否袒露着心灵深处那狂狷和卑怯交织着的火与烟的

浊流？再到哪里去寻觅如你——天上之池———样的羞色？

　　告别天之池，告别长白山，留一份纯净，留一份羞色，陶冶情感滋润心灵。

# 太白山记

刚到太白山下,先听到雷鸣似的吼声连续轰响,宏大而又沉闷。昨晚下了大半夜雨。汤峪河涨水了。第一眼看见夹在群山峡谷中的这条溪流,是在乱石上疾流飞溅起来又骤落下去的明里透黄的水柱和水花,紧接着那如雷的轰鸣声就铺天盖地倾灌进人的耳孔,心胸里顿时就波涌浪翻了。这是太白山,秦岭的最高峰,大约三千六七百米,山顶终年积雪,而汤峪里却有天赐的地热温水,三伏溽暑登山踏雪赏景,归来泡一回地壳里涌出的热汤,真是神仙过的日子了,古往今来人们都乐游不疲,都憧憬着至少有一回太白山的悦目赏心。

杂树恣意,野花凄迷。峡谷窄处仅容得脚旁湍急的流水和这一条贴着悬崖的车路。绕过横堵在眼前的直立的山峰,又豁然一片蓬勃着绿草野树的谷地,千姿百态,气象各异,人便为城市里精心打造的花卉园林惋惜其雕琢的小气和别扭了。在我多次穿越秦岭的印象里,其实你随便走进任何一道峪或一条沟,都是浏览不尽美不胜收的天然景致。

说话间进入四面堵实了的一方峡谷之中,迎面是座坡势稍缓却很宽幅的山林，一直往后倾过去也升高起来，直抵视力迷茫的灰云笼罩之中。右边是两座携手并立的山峰，几乎是直起直立，陡峭如墙，峰体的石头多有裸露，怪异在于北边那山的石头一条一条竖向摆列，南边一座的石条卧倒排比，真无法想象造化如何把如此亲近的两座山峰弄出截然不同的结构来。转过身看北边的那座山，才显得最为奇绝，整个一架山就是一块石头，几乎看不到断裂的缝隙，除了山顶和山脚被矮树杂草戴帽穿靴，其余的山体光滑无遮，灰白色和灰黑色相叠印，突兀横摆在人的眼前，真乃铜墙铁壁堵死将军的绝地了。

又一处景观却以李白演绎出传说来。这山体也差不多是偌大一块完整的石头，无裂缝无以存垢土，草木便无法寄生，树种草籽也难以藏匿，太光滑太陡峭了。几乎通体裸露的石头呈黑色，似有墨汁泼洒下来，一片片像是直泼的墨汁，一条条一绺绺像是墨汁流淌的痕迹。便有了神话般的传说，李白被大自然神刀鬼斧的创造陶醉了，也被美酒饮得真醉了，张狂起来时，扬手把墨汁泼洒出去，仍不能抑兴止狂，又把酒具抛掷出去，泼墨山的对面就有酷似酒壶酒盅的两座山。更绝在溪流里，有一块百余平方米的石头，灰白色里缀着暗红的石粒，恰如一张卧床。又是天赐给这位天才诗人的醉卧之榻了。这样宽大的一张石床，四面山风，白云高悬，清水拂过肢体，可以想见有怎样的舒畅，这是民间人士奖赏给李白的享受了。我到这儿才知晓，秦岭的这个最高峰取名太白山，却与大诗仙李白无关，早在唐以前就得名了。我却也生发一点欣慰。后人在太白山里为李白编织出这么浪漫的传说，让舞文弄墨的文人们可以找到一份自信；却也难得骄纵，毕竟诗没有写到李白那样的境地，也缺了这位诗仙独具的性情。

愈往峪沟里头走，凉风竟然变为刺激肌肤的寒气了，雨也星星点点落下来，山外正是热得人恨不得扒一层皮的溽伏，这儿却让人冻得时不时抖颤。经不住奇峰妙谷的诱惑，继续沿着汤峪河谷走着，山脚下飞出一道单檐角亭来，背倚青石崖壁，两根立柱，撑起单面瓦顶。三面无墙。下有一尊丈余的卧佛，浑身饰过金粉，黄灿灿的十分耀眼。卧佛造型优美，怡然神情，据说清代雕成，是一块完整的石头，近年间才被涂饰了金粉。一九三三年暑月，于右任进山散心赏景，驻足观瞻大佛，当即赋诗，现在依照于体笔迹镂刻在睡佛侧卧背后的崖壁上，诗曰："睡佛好，睡佛好，一睡百事了。我也想来睡，谁来把国保。"于右任国学渊深，写得一手好字，也写下诸多堪为绝妙的古体诗章，而如上述既类"打油"又像民谣的诗，当是稀罕一例。此时已是"九一八事变"之后两年。先生上太白山避暑消夏，心里还沉悬着被倭寇掠占的东北山河，无论如何是难以如佛般安卧青山碧溪的。这首"打油"韵味的短诗，亮示给我一种情怀，既是军人的，亦是诗家词人的，我愈加不敢轻泛称佛说道了。

## 口红与坦克

想到这个题目并最终确定下来，仍然觉得有点滑稽，甚至有那么一点荒谬。口红是什么，坦克又是什么？口红派什么用场，坦克又派什么用场？把两件风马牛不相及甚至完全对立的东西焊接成文章标题，首先倒是应该坦白，并非出于哗众取宠出奇制胜的念头，而是一年前在华盛顿街头看到的一尊雕塑的强烈印象。

那是一辆坦克，涂抹着如同实战坦克的铁黑颜色，体积也与实战坦克一般大小，只是没有现实主义的工笔细刻，它是一种粗线条的勾勒和大轮廓的模拟。从艺术上说，可能属于现实主义与现代派的杂变或中性改良。创造者显然并不是要展示这种常规武器的最新产品，甚至无意显示那一代产品属何种型号，只是作为一种常规武器中极具杀伤力的战争的形象，赫赫然摆置在美国首都的一条大街上，准确点说是在大街一旁的比较宽阔的一块草地上。它没有实战坦克最要害的那个部件——炮管，所以它永远也不可能去发射杀人毁物的炮弹。那根炮管被置换为一支口红，长短和粗细的尺码恰好类似炮管。这支口红端直地挺竖在坦克上，戳向天空，偏圆的顶头的红色，像一团火焰，像一瓣玫瑰，或者更像姣美性感的女人的嘴唇？

宽敞的车道，川流不息着各种色彩各种形状的轿车。人行道上，匆匆着或悠悠着世界各地各种肤色的男人女人大人和小孩。这辆驮载着一支口红的坦克，就这样与现代都市和谐地统一在一起，构成一道看上去美丽却不只让人仅仅感觉美丽的风景。我在第一眼瞅见它时，不仅没有丝毫焊接的感觉，而且有一种心灵深处的震撼，这震撼的余波一直储存到现在而不能完全消弭。

这尊雕塑的内蕴其实最明了不过，可说是一个十分陈旧的主题，然而又是迄今为止困惑着人类的一个共同的鲜活的话题，雕塑家用简练到简单的笔法，把一个牵涉所有国家和民族的生存理想的大话题凝铸为一组看来不可思议的"焊接"，如此明了，如此简练，又如此强烈。同类题材同类意旨的美术作品，最负名望的莫过于毕加索的那只和平鸽，还有一尊颇震撼人心的"铸剑为犁"的雕像，早已沉潜在各个民族一代又一代人的心灵深处，然而这尊象征意旨明朗、透彻的雕塑，依然昭示着人类最切近的生存忧患和生存理想。

人们在雕塑前驻足，凝眸，沉思，留影。白毛的欧洲人黄肤的亚洲人和黑脸卷毛的非洲人都在这儿驻足，把自己的情感寄托给雕像，又把雕塑创造者的美好愿望储存心间：企望这个世界能给他们的妻子女儿一支口红，永远不要发生某天早晨或深夜坦克碾过菜园和牛栏的惨景。德国鬼子和日本鬼子同时在欧、亚两个大陆这样干过，美国鬼子在朝鲜和越南这样干过，苏联同样在捷克和阿富汗如此干过。

用口红取代坦克。

这种强烈的艺术创造让一切平庸的艺术制作感到羞愧和难堪。然而它传达给我的又恰恰不单是艺术创造本身。相信看到这尊雕塑的任何人，都会把他关于战争的全部记忆（直接的或间接的）都激活了。

不仅如此，每每通过传媒看到世界某个角落坦克正在发射炮弹的画面或图片，我便联想到华盛顿街头的那尊雕塑。雕塑毕竟是雕塑，艺术也毕竟只是艺术，可以唤醒世界千万计的男女的呼应，可仍然阻止不住实战坦克的行动，坦克却仍然碾碎着那些地区该当涂口红的漂亮的嘴唇。

那个被国际法庭判处绞刑的东条英机和他的同僚战犯，几乎每年都要受到某个大臣乃至某个首相的参拜和祭奠。尽管此举受到整个亚洲和世界的谴责和侧目，闹剧和丑剧依然年年上演。我感到的不单是闹剧丑剧的可笑，而是惊讶参拜者露骨的虚伪，因为哪怕是一个小孩都会明白，即使烧一万吨香蜡纸表叩一万次响头念一万次佛，都不可能使那些战犯的罪恶魂灵得到安宁，更不可能得到超度了，至于那些在"教科书"和展览图片上屡屡偷偷摸摸搞小动作的人，不仅使世人看到了一个虚伪的灵魂，更看到了他们面对口红和坦克的现实的选择的可能性。

倒是那场世界大战的另一个发动国的现时首脑，在犹太人被害的坟墓前祭献的一束鲜花，尤其是出人意料的那一个长跪动作，不仅告慰的是长眠地下的被蹂躏的灵魂，重要的是使活着的我们看到了一个民族的大气。足以结束一个时代仇恨的一跪，必定成为历史性的一跪——他选择了口红。

那个靖国神社的门前广场，倒是应该有这样一尊坦克驮载口红的雕塑，让那些死去的罪恶的灵魂继续反省，也使那些活着的虚伪的灵魂反省出一个"小"来。

## 神秘一幕

四川西南部的大凉山和小凉山，在我的感觉里是除了西藏最为神秘的地方。

年轻时读过作家高缨写的小说《达吉和她的父亲》，随后又看了由小说改编的同名电影，那隐蔽在青山和河湾里的一幢幢茅草屋舍，女人俏丽的花裙和胸前挂着的精美的银器饰物，尤其是男人头上装饰着的那一根独角似的帽子，令一个自幼生活在内地关中的人感到新鲜又神秘。

后来，我一次又一次地在电影和电视上看到火箭和卫星发射的壮观景象，一次又一次引发的是壮观之后的神秘，是一个无知的外行对于距离自己太远的尖端科学的神秘感觉。

这卫星发自西昌，在凉山。然而这些都是后来不断叠加的印象，最初的关于凉山神秘的印象，却是来自红军长征彝海结盟那个历史性的一幕。

记不得是多大年龄时的事了，反正是少年时期，我知道了红军长征的故事。究竟是历史教员先讲的，还是我阅读连环画先知的，记不清了,也无关紧要。长征路上所发生的大大小小的故事,对于少先队员的我都有一种绝对的征服力量。然而仅就神秘感而言,却是刘伯承将军与彝族头领小叶丹歃血结盟的故事。

随着年龄的增长和人生阅历的丰富,对于作为世界上"闻所未闻的故事——长征",当然更多些了解了,然而歃血为盟的神秘依然雾罩在心头。

几十年后,一九九八年七月十九日,我终于有机缘拜谒歃血结盟之地——那隐蔽在青山秀岭之中的彝海,揭开从少年时代潜存到今天的那个历史性细节的神秘一幕了。

汽车在山上盘旋前进,公路在森林覆盖的山梁和沟壑之中盘旋。森林是人工培植的森林,也是我所见过的人造林中最壮观最具规模的森林。这是飞机撒播的树种,历经数年的精心呵护而培育成功的一片绿色。它是对一九五八年的大毁坏的忏悔,是中国人从愚昧走向觉醒回报给大地的一份真诚的祭礼。

汽车每一次转向拐弯,人的眼前便是一方新的姿色。色彩和光线千姿百色,那是天光和地韵和绿叶在山坡在山峁在沟坡沟底自然杂合的色调,每走一步你都能感到那色调在变化在流动。那种美你只能感到目不暇接,你只能感到心旷神怡;你不可能找到任何一个词句或一堆话语把它描绘准确,因为那气韵那色调那景象本身是瞬息万变的,人类创造的色彩(包括最出色的画家的调色板)是单调的,人类创造的语言也就显得更贫乏了。那叫自然。西昌人营造和呵护的这一片大自然的景象是西昌人的心灵诗篇。

进入纯自然的原始森林又是别一番天地和景致了。大片的天然草地和望不透的树木,使人惊叹和欢悦的同时亦由不得庆幸,野蛮的大毁坏的一九五八年的斧头尚没有砍到这里。

每一座山和每一条沟的每一寸空间，都呈现着一份不同的色彩和韵致。一团一团的白云一次又一次戏弄着太阳，阳光短暂的隐没和再一次复出，这千峰万沟的群山就气象万千了。即使最干枯最寡情的人到了这样的山地也不会无动于衷，即使心灵世界最低迷的那一根神经也会苏醒过来，陷入一种美的陶醉。那叫原始的大自然。

彝海在一座山顶上。这实在称不得海，而只能算是一个大水潭。如果按水潭的概念确实是够大的了。据说在凉山，有许多这样的水潭或者水池，而被称作彝海的水池或水潭其实是较小而又极普通的一个，然而却是知名度最高的一个，也是截至目前为中外游人观瞻最频繁的一个，歃血结盟的长征中的带有神秘色彩的一幕就发生在这里。

这凉山上颇多的水潭或水池的绝妙之处，一是处于海拔两三千米的高山顶上，蔚为壮观，也为带着原始韵味的群山酝酿出一方水的妩媚和水的娇娜；二是这水潭既不是汇聚小溪小泉之水而成，亦不是天雨汇集，而是来自地下，你找不到水的出处，水却在这儿聚潭聚池了不知多少万年。

我站在彝海边上，仅仅只是一种崇敬的心情来追寻革命历史的一块碑石，一块雾罩着神秘色彩的碑石，却无法沉重。即使我和同来的作家朋友努力追问查询，企图捕捉最生动最鲜为人知也最为准确的历史性细节的一枝一叶，显然再也无法进入沉重。

我完全可以想象当年结盟的红军统帅和士兵面临的困境乃至绝境，尽管这感受在事件的发生地比教科书（或连环画）上更贴近更具体也更深刻，然而无法进入当年哪怕是一个红军伙夫彼时彼地的焦虑与危机……我只是已经成为历史的那神秘一幕的参观者和崇拜者，不可能重新进入沉重的体验。

彝海是平静的，水波不兴，如一面蓝色的镜子。绿树密密匝匝环绕着水,鸟儿在啁啾。阳光从枝叶间流泻下来,在水面上洒下一片闪闪烁烁的斑驳色彩。一只小水鸭在水里游过,波纹随兴随隐。当年那一群衣衫褴褛的红军士兵暂聚在这里,期待即将发生的那个历史性细节的彝海也是这样平静吗?一如许多万年以前一直平静过来的平静吗?

紧拥着彝海南沿儿的是一片缓坡,向西铺展而去。泛着淡黄的绿草,随着缓坡起伏着的曲线而起伏着,无名的各色花朵在曲线的任何部位都点缀出迷离和妩媚。野蜂和蝴蝶便成了草和花的君王,随意拈惹,真是蜂乱而蝶忙。缓坡倚靠着山,山上是密不露隙的森林。随着山势渐次升高,森林的色彩也渐次浑厚而深沉,直到遥远的树梢和白云相接相抚的峰巅处。刘伯承和彝族首领小叶丹歃血结盟的故事无须再叙写,这是任何中国人都熟知的。我现在才听说,血是一只公鸡的血,印象里似乎一直以为是他们两人割破手指的血呢。后来为此我专门查了字典,在"歃血为盟"词条下注释着:古代举行盟会时,宰杀牲畜,并以牲畜的血涂抹嘴唇,表示精诚团结,结为同盟。我便释然,用公鸡的血和着酒原是合乎古代传统规矩的。不过酒却确凿不是任何酒,是用彝海舀来的水滴进公鸡的鲜血,刘伯承和小叶丹双方都饮下了。据说一时找不到酒,便舀来彝海之水权且做酒。

这彝海之水自地下涌出,聚潭许多万年而不散不竭,便如自酿了几万年的一池美酒。彝海之水便促成了一种神圣的事业和一种真诚的精神的结盟,便成就了带着神秘色彩的历史性一幕,便没有重复石达开在大渡河上的天朝悲剧。

在一块稍微平坦的草地上,摆着三块青石,这是当年刘伯承和小叶丹以及翻译站着喝血酒的位置。稍后的草地上,有一方漂亮的雕塑,自然是把那历史性一幕的短暂的细节凝聚定格而成的形象。夏日高原强烈的阳光照在草地上，照着那雕像，照着那三块青石。

我坐在刘伯承站过的那块石头上，依然无法感受当年将军的心情，依然无法进入沉重，依然无法挥去那雾罩了几十年的神秘，而愈觉神秘了。

现在在人们从中国的南方北方到此游览，观赏凉山大自然的奇异的景致，瞻仰当年在这里发生的神秘的一幕，自然会汲取种种自以为珍贵的东西。历史不能重复体验，而动人的细节却永久存活在后来人心里，历史便不会泯灭。

不会泯灭的历史性细节还发生在这神秘的一幕之后。刘伯承与小叶丹歃血结盟之后，刘伯承将军率领的红军赢得了时间，强渡过了大渡河。晚来迟到的国民党军队便杀害了小叶丹，继续搜捕小叶丹的亲属。小叶丹的夫人和孩子在凉山彝族同胞的保护下，流亡逃躲了整整十四年，直到西昌解放。夫人把当年由毛泽东赠送给小叶丹的一面绣有"中国工农红军"的红旗整整保存了十四年，共和国成立后就交给人民政府了。我的神秘的感觉终于雾散，眼前扬起灿烂的节日的礼花，纷纷的花雨莫如说血雨，有小叶丹的一滴，一个凉山彝人的血。

我的家乡有民谚说：摘不到瓜，拔蔓；逮不住雀儿，砸蛋。活画出那些邪恶的人凶残而又虚弱的无赖嘴脸。中国民间的邪恶的人和封建政权里邪恶的势力莫不如是。

人民终于进入和平发展的理想时代了。在这样荒僻的凉山修筑出漂亮的柏油公路，培育起如此美丽的森林，更不需赘记从奴隶制度下一步跨越到现代生活中的彝族人了。

美丽的彝海是一面天成的镜子。

## 伊犁有条渠

到了伊犁，朋友便说林则徐。我的近四十年未见过面的老同学，一见面先说林则徐；新结识的伊犁地区的作家朋友，一松开握着的手便说林则徐；当地的州和县的领导干部给我介绍林则徐；维吾尔族和哈萨克族的朋友同样热烈地对我讲述林则徐。

车子驶过伊犁市郊区漂亮的公路，一条清渠伴着公路在绿杨下流淌，朋友便指给我看，这是林则徐当年流放伊犁时修的，叫湟渠。走进伊犁老街，朋友又指给我看一条小巷，林则徐在伊犁接受朝廷惩罚的两年多时间里，就住在这条小巷里的一院平房内。从乌鲁木齐来伊犁的路上，朋友又说，林则徐一八四二年也是循着这条路走过的。这条路是沿着天山向西伸展的，天山依然是暗褐色的如同生锈的铸铁，山脚下是无边无垠的秀美的草地。在刚刚落成的林则徐纪念馆里，朋友指着一架木头车说，林则徐发配新疆从西安上路时，就坐进了这辆木轮马车，历时四个多月，经过乌鲁木齐再走进伊犁。我便怀着一种崇拜而又好奇的心情绕车观看一圈，只见两个硕大的木制车轮，木板割制的车厢，两根很粗的车辕木。坐着这样的一架木车历经四个多月的行程，尽可以让人随意去想象旅途的种种艰辛了。

在伊犁，林则徐留下了一道永不磨损的光环。把他弄到这里来的道光皇帝原有目的是出于惩罚的羞辱，没想到的是，这却使被惩罚者的精神人格获得了不朽，这常常成为古今中外的一个历史法则，尤其是漫长的封建专制的中国以及相对短暂的"文化大革命"时期，往往被惩罚者最后胜利，成为历史不损的光环，而惩罚者自己却最终接受了历史的羞辱。

我在杨树和柳树列岸的湟渠边徘徊。湟渠的水是泛着乳白色的清流。这水的颜色不同于北方的河的水色，也不同于南方的江的水色，更相异于海水的颜色。这水来自天山，是天山积雪融化而成的天上之水，伊犁河便是汇聚这雪山之水而独具色彩的河流。伊犁河从中国的伊犁流到哈萨克斯坦国那边去了。湟渠之水是林则徐率众从伊犁河截流引来的。

这水从一八四四年引流成功到现在，流过一百五十余年，依然充沛而又欢畅地流着，流进号称塞外江南的伊犁的田地和果园，流进农舍的水缸和牧民的饮马槽，一百五十余年以来就这样滋润着这块美丽的土地和多姿多彩的各民族子孙。我企图揣度一个戴罪受罚遭羞辱的人，以怎样的气魄和襟怀在山地和沙滩上亲自踏勘出百余公里水渠的大略走向和具体定位来；一个年过半百的老人，又以怎样的勇气和耐心亲自组织调度汉、维吾尔、哈萨克和锡伯等民族的人民，去开凿修建伊犁地区最宽最长的这条渠。是什么东西铸就林则徐强大的心理力量，踏倒了加给他的惩罚、羞辱，克服了半百之躯的衰老，依然故我地在流放之地实施这项惠佑民众的水利工程？当他在漠风透骨的边陲踏勘和奔走的时候，想没想过那个把他发配到这里来的皇帝在干什么，以及用巧舌和唾液把他喷吐得满脸腥臊的穆彰阿、琦善之流此刻又在干什么呢?

我们绵延两千余年的封建历史,无论正史抑或野史,最生动的篇章,其实就是忠臣的热血和奸党的口水。尘封冷寂的历史摆在书架上,却仍然无情仍然冷峻:造成一个王朝兴与衰、存或亡的决定性因素,不仅是忠臣义士的热血,而更是奸党的口水。口水往往胜过热血,这是漫长的封建历史过程中各家王朝不断重复的悲剧,是不争的史实。但到清道光帝这一次重演,口水战胜热血就有点不同了。因为这不只是清王朝的兴衰与死亡的事了。面对英帝国的蛮横侵略,奸党们的口水不单是吐到林则徐的脸上,更是吐到整个中华民族的脸上;奸党们的口水摧折的不单是林则徐的一顶花翎,更是整个民族的脊梁。我们在中国最后一个封建王朝的衰败和灭亡过程中,看到了一场也许是最生动最惊心动魄的口水战胜热血的悲剧。它给我们的最不可接受的心理刺激或者说历史教训是,摧毁一个国家和民族的尊严的不仅是侵略者的坚船利炮,居然还是更具内腐蚀力的口水。几个奸党的口水所喷吐出来的条约,使整个民族蒙羞受辱了一个世纪。及至今天我站在林则徐的湟渠沿儿上,似乎还能嗅到那口水的腥臭气味。

我终于来到湟渠的渠首。

湟渠进水的渠首工程修建在东巴扎尔。

东巴扎尔是一个小镇,由三条质地良好的沥青铺设的公路组成一个标准的三岔口,高级轿车、大型货车、长途客车和手扶拖拉机在三股道上穿梭,这样偏远的小镇使人感觉不到荒僻,显现着一种蜕皮图新的气氛。小镇对面是一道沙石堆积的荒坡,有两股道路便绕着那荒坡左右延伸。站在小镇一家小饭店的店门旁朝下望去,便是湟渠渠首的建筑。

那是一条绿色的河川。伊犁河的主要支流之一的喀什河,紧紧贴着东巴扎尔小镇的脚流向远处。河水自然是乳白色的天山雪水，河床不宽，水量充沛，有异于旱季里所有北方河流的干滩景象。河的两岸是丛生的柳树组成的婆娑的林带。湟渠从这里破开喀什河的河岸，把天山之水引进百余公里的人工修凿的大渠，这水便不再自然地流失，而变得无价了。这湟渠紧紧贴着东巴扎尔小镇的崖坡，和喀什河并排比肩流过一段距离便分手了，流向伊犁腹地，就在千村万舍的门楼下和葡萄园里喧闹。我站在山坡上久久眺望那远去的喀什河和烟柳婆娑的绿波，久久眺望那相伴着的湟渠和同样被烟柳荫护着的渠水在视野消失。

我和朋友在东巴扎尔镇的小饭店就餐，是一大碗用羊肉汤和西红柿烩煮的揪面片，这是我在新疆的首选食品，甚至超过了手抓羊肉。小饭店是一个维吾尔族青年开的，门面不大，小老板的肚子却够大的。他是炉头，主勺，炒菜烩面十分熟练，上唇的一绺黑色胡须浪漫自信。揪面片的是两个更年轻的维吾尔族小伙子，在案板上揉面搓面，往锅里一边揪着面片，一边说着生硬的普通话，神情却透着调皮，透着这个民族素常的幽默。只有唯一的一个女孩是腼腆的，黄色卷曲的头发，眼睛是淡蓝的，尤其是那翘起的鼻尖，秀丽又可爱。

我吃着揪面片，在露天的东巴扎尔小镇上，歪过头就可以瞅见坡坎下的喀什河和湟渠渠首建筑。这个渠首工程是林则徐亲自督建的，据说安排在渠首工程的民工是清一色的锡伯族人。我现在就餐的这个三岔口小镇，当年是否为锡伯族人安营扎寨的场地，不得考证。然而这小镇上肯定叠加着林则徐的脚印，因为这小镇是观察喀什河流向和湟渠走向的最佳方位……许多年以前，自从我在中学历史课本上知道了那一场鸦片战争，也就记住了一个叫作林则徐的中国人。许多年以后，我在西部边陲伊犁的东巴扎尔小镇上，寻觅这个人的足迹，发着英雄的血和奸党的口水的慨叹。

　　东巴扎尔。三岔口。塞外荒漠上的东巴扎尔,系结在喀什河上的一个小镇,留给我一个鲜活的历史记忆。

# 林中那块阳光明媚的草地
## ——俄罗斯散记之二

早晨醒来便听见哗哗哗的雨声。拉开窗帘就看到满天低沉的黑云,从黑云里倾泻而下的雨条闪着些微的亮光。到俄罗斯整整一周了,走到哪里都是蓝天白云下碧透的天空和鲜亮的阳光,今天遇到下雨了。有阳光又有雨,当是感受俄罗斯大地自然天象变幻的一个小小的又是难得的完满。

冒雨去图拉,拜谒托尔斯泰。车行四小时,大雨一路都在不歇气地下着。我总是忍不住拉开车窗,开阔的原野覆盖着望不透的森林,无边无沿的草场,都笼罩在迷迷蒙蒙的雨雾里。飞进车窗的雨滴打湿了我的头脸,这是托翁故乡的雨。

临近图拉城的标志,是路边终于出现了人。一顶顶简便装置的帆布或塑料帐篷,零散地撑持在公路边上,摆列着一排货架,守候着一个一个女人,都在卖着以图拉命名的饼子。

据说这种饼是闻名俄罗斯的土特产品,以黑麦制成,别一番独特绵长的香味且不论,绝对不加任何防腐剂却可以存贮半年以上,久享盛名。看着在雨篷下守候过路客捎带图拉饼的女人,我顿然联想到家乡关中类同的情景,每到五月初,通往我的白鹿原的原上和原下的两条公路边,便摆满一筐筐一笼笼刚刚摘下来的樱桃;通往临潼秦兵马俑的路旁,九月的石榴和九月末的火晶柿子招惹着世界各方的男女;还有去女皇武则天陵墓的路边,垒堆如小塔的锅盔,既可以整摞整个售购,也可以切成西瓜牙儿一般大小零卖,还有人索性就把大铁锅支在路边现烙现卖。

乾县的锅盔虽不及图拉饼的盛名,却在遍地锅盔的关中独俏一枝,皮脆里绵,满口麦子纯正的香味,武则天在锅盔的香味里滋润了一千多年,该当改为女皇牌锅盔了。看着那些伫立在路边的图拉女人,我想大约和关中路边守候的农夫农妇一样,卖下钱不外乎盖新房,供孩子读书,以及为儿女娶媳妇办嫁妆。托翁故乡的农民和关中乡民谋求生活的方式和思路如出一辙。

车过图拉城时,雨缓解松懈下来。汽车穿过图拉城,从街面建筑和街道的景致看,都显示着一种久远的陈旧,与中国任何一个中小城市一夜之间的全新面目都显示着距离性差别。雨时下时停,出图拉城就看到远方天际一抹蓝天和阳光。拐过两个交叉弯道,就看到一排很长的林木遮蔽下的围墙和一个阔大的门,这就是托翁自己命名的"林中那块阳光明媚的草地"——庄园故居了。

站在宽大的门口,一眼看见两排整齐高大的白桦树的甬道,通向林木笼罩的深处。我跨进大门并走上白桦树下的甬道,踏着用三合土铺垫的大平小不平的路面,庆幸自己终于有缘走在遍布着托翁脚印的土地上了。

托翁一生都走在这庄园里的大路小径果园耕地和林荫草地上,我踏在已经消失沉寂了托翁脚步响声的印痕里,依然感知着一个伟大灵魂神圣的灵性。白桦树依然枝叶茂盛，白色鲜亮的树皮浮泛着诗意。头顶的枝叶不断洒下水滴。甬道土路的小坑浅洼里积着雨水。

左边有一排涂成灰蓝色的木板房，是马厩，庄园里曾经耕田拉车以及溜达的好多匹马，就养在这里，现在依着原样原封不变地保存着，自然都已经圈干槽净了，我似乎还可以闻到马粪马尿和畜生混合的气味。甬道右边还有一排蓝灰色的木板房，是贮藏草料和马具的库房，可以看到门里散落的干草，还有犁具、围脖和套绳，似乎刚刚罢耕归来卸下，散发着马脖子的臊味儿。

还保存着农耕生活记忆的我，顿然浮现出这里添草拌料和骡马踢踏喷鼻的生机勃勃的图景。现在是一片人畜不再的冷寂。

甬道尽头往右拐进去，是一座涂成黄色的两层小楼，这是托尔斯泰的居室和写作间。下层一个大约不超过十平方米的小屋子里，托翁写成了《战争与和平》。

我站在这间屋子的一瞬间，弥漫在心头的神秘顿然散失殆尽了。一张不大的木板桌子，不仅谈不到精致或讲究，大约当初只刷过一层清漆，可以清楚地看到被磨损的或粗或细或直或歪的木纹；可以猜想长胳膊长腿的托翁伏案写作时，肯定会摊占大半个桌面。

房间里还有一只小茶几和一张单人床，这床也应是我见过的最窄的一张床了，当是写得腰酸背痛时伸懒腰的设施。房间不仅没有装饰装潢，更没有如中国文人惯常装备的字画铭题之类，连一个像样的书架都不置备。到二楼的一间几乎同样小的房间里，也是漆成淡黄色的一张木桌，椅子的四条腿截断了一截，低到如同我家里的马扎。

据说是托翁视力不好，椅子低点就可以缩短眼睛和稿纸的距离，避免了低头弓腰。

在这间小小的简便到简陋的书房里，托尔斯泰写成了《安娜·卡列尼娜》。我还想看看写作《复活》的房间，讲解员说这部写作长达十年的小说，托尔斯泰先后换过三个写作间，没有解释换房的原因。

我走出这座二层小楼时，脑子里就突显着两张淡黄色的木桌。我更加确信作家从事的写作这种劳动，最基本的条件不过就是一张桌子和一把椅子，可以铺开稿纸可以坐下写字，把澎湃在胸腔的激情和缠绕在脑际的体验倾泻到稿纸上就足够了，与房子的大小屋内的装备和墙面上贴挂的饰物毫无关系。

说句不算抬杠的话，如果脑子里是空乏的胸腔里是稀薄的，即使有镶着宝石的黄金或白银的桌椅也无济于事。无论如何，我至今还想着那把太低太矮的椅子，坐上去就得把腿伸到很远，坐久了会很不自在的，何不加高桌子的四条腿，同样可以达到既不弯腰低头而缩短眼睛和稿纸的间距，况且能够让双腿自由自如地屈伸……

在这座托尔斯泰写作和生活的黄色小楼前，有一块不大的空地，该当算作院子吧。在这方小院的三面，都是稠密到几乎不透阳光的树林，林间长满杂草，俨然一种森林的气息。楼前的这方小院，除了供人走的台阶下的土路，也都栽种着花草，却不是精细琢磨的管理，完全是自由生长的泼势。

花草园子里有一棵合抱粗的树，不见一片绿叶，粗壮的枝股和细细的枝条，赤裸在空中，在四周一片浓密的绿叶的背景下，这棵树就令人感到一种死亡的凄凉。

我初看到这棵枯死的树时，就贸然想到保存它与周围的景致太不谐调，随之了知到这棵树非凡的存在，竟然有一种内心深处的震撼。

枯枝上挂着一只金黄色的铜钟，我初看时就想到小学校里上课下课敲出指令的铜钟。托尔斯泰属于贵族，却操心着贫苦农民的疾苦和委屈，以真诚之心帮助那些寻找救助的人，久而久之，那些四野八乡遭遇困境的乡民便寻到这个庄园来。托尔斯泰在楼前院子的这棵树上挂了这只铜钟，供寻访的穷人拉响，托尔斯泰就会放下钢笔推开稿纸，把敲钟的穷人请进楼里，听其诉叙困难和冤屈，然后给予帮扶救助。

据说有时竟会在这棵树下发生排队，等候敲钟。然而没有哪怕是粗略的统计，曾经有多少穷人贫民踏进这座庄园走到这棵树下，憋着一肚子酸楚和一缕温暖的希望攥住那根绳子，敲响了这个铜钟，然后走进了小楼会客厅，然后对着胡须垂到胸膛的这位作家倾诉，然后得到托尔斯泰的救助脱离困境。

这棵曾经给穷人和贫民以生存希望的树已经死了，干枯的枝条呈着黑色，枝干上的树皮有一二处剥落，那只金黄色的铜钟静静地悬空吊着，虽依原样系着一条皮绳，却再也不会有谁扯拉了。救助穷人的托尔斯泰去世已近百年，这棵树大约也徒感寂寞，已经失去了承载穷人希望的自信和骄傲，随托翁去了。

托翁晚年竟然执意要亲手打造一双皮靴，而且果真打造出来了，而且很精美很结实也很实用。我自然惊讶这位伟大作家除了把钢笔的效能发挥到无可企及的天分之外，还有无师自通操作刀剪银针制作皮靴的一双巧手；我自然也会想到这位既是贵族庄园主又是赫赫盛名的作家，绝不会吝啬一双靴子的小钱而停下笔来拎起牛皮；恰恰是他几乎彻底腻歪了以往的贵族生活，以亲自操刀捏锥表示向平民阶层的转向和倾斜。一种行动，一种决绝，一种背离。

我在听着那位端庄的俄罗斯姑娘说这个逸事时，瞬间想到曾经在什么传媒上看到谁说谁已有了贵族的气象和派势，显然是一种时尚推崇。我似乎感到某些滑稽，昨天还用旧报纸（城里人）和土圪垯（乡下人）擦屁股，一夜睡醒来睁开眼睛宣布成了贵族了……托尔斯泰把他精心制作的这双皮靴送给一位评论家朋友。这位评论家惊讶不已，反复欣赏之后，郑重地把这双皮靴摆到书架上，紧挨着托尔斯泰之前送给他的十二卷文集排列着，然后说：这是你的第十三卷作品。

这话显然不单是幽默，是以俄罗斯人素有的幽默语言方式，表述出对一位伟大作家最到位最深刻的理解。

我真感觉到幸运，在林中的这块草地上领受到了明媚的阳光。雨在我专注于黄色小楼里的一张桌子一把椅子一张照片一页手稿的时候，完全结束了。头顶是一片蓝色的天空和自在悬浮着的又白又亮的云。林子顶梢墨绿的叶子也清亮柔和起来。阳光从枝叶的空隙投到林子里的硬质土路上，洒在小小的聚蓄着雨水的坑洼里，更显一种明媚。

走到一大片苹果园边，天空开阔了，阳光倾泻到苹果树上，给已经现出颓势老色的叶子也平添了柔和和明媚。树枝上挂着苹果，有的树结得繁，有的树稀里吧啦挂着果子。苹果长足了时月停止再长，正在朝成熟过渡，青色里已淡化出一抹白色。

从果树的姿势看，似乎疏于管理；从果形判断，当是百余年前的老品种了，在中国西北最偏远的苹果种植区，早在十几二十年前都淘汰了。这些苹果树和大面积的园子，自然完全不存在商业生产的意义，而是作为托翁的遗存保留给现在的人，现在依然崇拜和敬仰这位伟大灵魂的五洲四海的人。我看不到托翁了，却可以抚摸托翁栽植的苹果树，在他除草剪枝施肥和攀枝折果的果林间走一走，获得某种感应和感受，不仅是慰藉，而且是一种心理的强力支撑。

沿着一条横向的硬质土路走过去。湿漉漉的路面上有星星点点的阳光。路两边是高耸的树，从浓密的树叶的空隙可以看到碎布块似的蓝天和白云，平视过去则尽是层层叠叠的湿溜溜的树干。

我尽可以想象雨后初霁的傍晚，阳光乍泻的林间树丛中，托翁拨开草叶采摘蘑菇的清爽。树林间有倒地的枯木，杆皮上生出绿苔和白茸茸的苔衣，都依其自由倒地的姿态保存着，更添了一种原始和原生形态的气息。

这里已没有了剪枝疏果吆马耕田采蘑制靴的托尔斯泰的身影，没有了闻钟迎接穷人听其诉苦的托尔斯泰，也没有了在木纹桌前摊开稿纸把独自的体验展示给世界的托尔斯泰了。然而，一个伟大的灵魂却无所不在。

恰在我到这儿来之前几天，《参考消息》转载一篇文章，说欧美一些作家又重新阅读陀思妥耶夫斯基和托尔斯泰了。我便想，小说的形式和流派如狗追兔子般没命地朝前抢着，跑到"后后后"的地段上，终于有人歇下来缓口气，又往来路上回眺了。看来似乎没有完全过时的形式，只有空虚肤浅的内容最容易被淡忘被淹没。

横着的路出现了三岔口，标示左边通托翁的墓地。路上的光线似乎暗下来，许是树木更密了，也许是太阳光照角度的差异，路面和小水坑里已经看不到亮闪闪的光斑了。在树林的深处，看到了托翁的墓地，完全是意料不及想象不出的一块墓地。在一块临近浅沟的边沿，有一片顶大不过十平方米人工培植的草坪，中间堆着一道土梁，长不过一米，高不过半米，是一种黑褐色的泥土堆培而成。上面没有遮掩，四周没有栅栏防护，小土梁就那样无遮无掩地堆立在小小的草坪上。

我站在草坪前，竟有点不知所措。这样简单的墓地，这样低矮的土梁标志，比我家乡任何一个农民的墓堆都要小得多。没有任何碑石雕像，就是一坨草坪一撮褐黑的泥土，标志着一个伟大灵魂的安息之地。

那个小土梁上,有一束鲜花。我在转身离去的一瞬,似乎意识到,托尔斯泰是无须庞大的墓地建筑来彰显自己的,也无须勒石刻字谋求不朽的,那小小的草坪和那一道低矮的土梁,仅仅只标示着一个业已不朽的灵魂安息在这里。

离开墓地和通往墓地的林间幽径,有一片开阔的草地,灿烂着红的白的紫的金黄色的野花。季节还算是夏天,雨后的太阳热烈灿烂,仍不失某种羞羞的明媚。我沉浸在野草野花和阳光里,心头萦绕着托翁为自己的庄园所作的命名,"林中那块阳光明媚的草地",真是恰切不过的诗意之地,又确凿是现实主义的具象。

## 第四辑　顿生诗情上高崖

# 一株柳

这是一株柳树，一株在平原在水边极其普遍极其平常的柳树。

这是一株神奇的柳树，神奇到令我望而生畏的柳树，它伫立在青海高原上。

在青海高原，每走一处，面对广袤无垠青草覆盖的原野，寸木不生青石嶙峋的山峰，深邃的蓝天和凝滞的云团，心头便弥漫着古典边塞诗词的悲壮和苍凉。走到李家峡水电站总部的大门口，我一眼就瞅见了这株大柳树，不由得"哦"了一声。

这是我在高原见到的唯一的一株柳树。我站在那里，目力所及，背后是连绵的铁铸一样的青山，近处是呈现着赭红色的起伏的原地，根本看不到任何一种树。没有树族的原野尤其显得简洁而开阔，也显得异常苍茫和苍凉。这株柳树怎么会生长起来壮大起来，怎么就造成高原如此壮观的一方独立的风景？

这株柳树大约有两合抱粗，浓密的枝叶覆盖出百十余平方米的树荫；树干和树枝呈现出生铁铁锭的色泽，粗糙而坚硬；叶子如此之绿，绿得苍郁，绿得深沉，自然使人感到高寒和缺水对生命颜色的独特锻铸；它巍巍然撑立在高原之上，给人以生命伟力的强大的感召。

我便抑止不住猜测和想象：风从遥远的河川把一粒柳絮卷上高原，随意抛撒到这里，那一年恰遇好雨水，它有幸萌发了；风把一团团柳絮抛撒到这里，生长出一片幼柳，随之而来的持续的干旱把这一茬柳树苗子全毁了，只有这一株柳树奇迹般地保存了生命；自古以来，人们也许年复一年看到过一茬一茬的柳树苗子在春天冒出又在夏天旱死，也许熬过了持久的干旱却躲不过更为严酷的寒冷，干旱和寒冷绝不宽容任何一条绿色的生命活到一岁；这株柳树就造成一个不可思议的奇迹，千年奇迹万年奇迹，无法猜度它是否属于一粒超级种子。

我依然沉浸在想象的情感世界：长到这样粗的一株柳树，经历了多少次虐杀生灵的高原风雪，冻死过多少次又复苏过来；经历过多少场铺天盖地的雷殛电轰，被劈断了枝干而又重新抽出了新条；它无疑经受过一次又一次摧毁，却能够一回又一回起死回生，这是一种顽强一种侥幸还是有神助佛佑？

我的家乡的灞河以柳树名贯古今，历代诗家词人对那里的柳枝柳絮倾洒过多少墨汁和泪水。然而面对青海高原的这一株柳树，我却崇拜到敬畏的情境了。是的，家乡灞河边的柳树确有引我自豪的历史，每每念诵那些折柳送别的诗篇，都会抹浓一层怀恋家园的乡情。然而，家乡水边的柳树却极易生长，随手折一条柳枝插下去，就发芽就生长，三两年便成为一株婀娜多姿风情万种的柳树了；漫天飞扬的柳絮飘落到沙滩上，便急骤冒出一片又一片芦苇一样的柳丛。青海高原上的这一株柳树，为保存生命却要付出怎样难以想象的艰苦卓绝的努力？同是一种柳树，生活的道路和生命的命运相差何远？

这株柳树没有抱怨命运，也没有畏怯生存之危险和艰难，更没有攀比没有忌妒河边同族同类的鸡肠小肚，而是聚合全部身心之力与生存环境抗争，以超乎想象的毅力和韧劲生存下来发展起来壮大起来，终于造成了高原上的一方壮丽的风景。命运给予它的几乎是九十九条死亡之路，它却在一线希望之中成就了一片绿荫。

我崇拜这株高原柳树。

# 告别白鸽

老舅到家里来,话题总是离不开退休后的生活内容,谈到他还可以干翻扎麦地这种最重的农活儿,很自豪的神情;养着一只大奶羊,早晨起来挤下羊奶煮熟和孙子喝了,孙子去上学,他则牵着羊到坡地里去放牧,挺诱人的一种惬意的神色;说他还养着一群鸽子,到山坡上放羊时或每月进城领取退休金时,顺路都要放飞自己的鸽子。我禁不住问:"有白色的没有,纯白的?"

老舅当即明白了我的话意,不无遗憾地说:"有倒是有……只有一对。"随之又转换成愉悦的口吻:"白鸽马上就要下蛋了,到时候我把小白鸽给你捉来,就不怕它飞跑了。"老舅大约看出我的失望,继续解释说:"那一对老白鸽你养不住,咱们两家原上原下几里路,它一放开就飞回老窝里去了。"

我就等待着,并不焦急,从产卵到孵化再到幼鸽独立生存,差不多得两个月,急是没有用的。我那时正在远离城市的乡下故园里住着读书写作,大约七八年了,对那种纯粹的乡村情调和质朴到近乎平庸的生活,早已生出寂寞,尤其是陷入那部长篇小说的写作以来的三年。这三年里我似乎在穿越一条漫长的历史隧道,仍然看不到出口处的亮光,一种劳动过程之中尤其是每一次劳动中止之后的寂寞围裹着我,常常难以诉述难以排解。我想到能有一对白色的鸽子,心里便生出一缕温情一方圣洁。

出乎我意料的是,一周没过,舅舅又来了,而且捉来了一对白鸽。面对我的欣喜和惊讶之情,老舅说:"我回去后想了,干脆让白鸽把蛋下到你这里,在你这里孵出小鸽,它就认定这儿为家咧。再说嘛,你一年到头闷在屋里看书呀写字呀,容易烦。我想到这一层就赶紧给你捉来了。"我看着老舅的那双洞达豁朗的眼睛,心不由怦然颤动起来。

我把那对白鸽接到手里时,发现老舅早已扎住了白鸽的几根羽毛,这样被细线捆扎的鸽子只能在房屋附近飞上飞下,而不会飞高飞远。老舅特别叮嘱说,一旦发现雌鸽产下蛋来,就立即解开它翅膀上被捆扎的羽毛,此时无须担心鸽子飞回老窝去,它离不开它的蛋。至于饲养技术,老舅不屑地说:"只要每天早晨给它撒一把苞谷粒儿……"

我在祖居的已经完全破败的老屋的后墙上的土坯缝隙里,砸进了两根木棍子,架上一只硬质包装纸箱,纸箱的右下角剪开一个四方小洞,就把这对白鸽放进去了。这幢已无人居住的破落的老屋似乎从此获得了生气,我总是抑止不住对后墙上的那一对活泼泼的白鸽的关切之情,没遍没数儿地跑到后院里,轻轻地撒上一把玉米粒儿。起始,两只白鸽大约听到玉米粒儿落地时特异的声响,挤在纸箱四方洞口探头探脑,像是在辨别我投撒食物的举动是真诚的爱意抑或是诱饵。我于是走开,以便它们可以放心进食。

终于出现奇迹。那天早晨,一个美丽的乡村的早晨,我刚刚走出后门扬起右手的一瞬间,扑啦啦一声响,一只白鸽落在我的手臂上,迫不及待地抢夺手心里的玉米粒儿。接着又是扑啦啦一声响,另一只白鸽飞落到我的肩头,旋即又跳弹到手臂上,挤着抢着啄食我手心里的玉米粒儿。四只爪子掐进我的皮肉,有一种痒痒的刺疼。然而听着玉米粒儿从鸽子喉咙滚落下去的撞击的声响,竟然不忍心抖掉鸽子,似乎是一种早就期盼着的信赖终于到来。

又是一个堪称美丽的早晨,飞落到我手臂上啄食玉米的鸽子仅有一只,我随之发现,另外一只静静地卧在纸箱里产卵了。新生命即将诞生的欣喜和某种神秘感,立时就在我的心头漫溢开来。遵照老舅的经验之说,我当即剪除了捆扎鸽子羽毛的绳索,白鸽自由了,那只雌鸽继续钻进纸箱去孵蛋,而那只雄鸽,扑啦啦扑向天空去了。

终于听到了破壳出卵的幼鸽的细嫩的叫声。我站在后院里,先是发现了两只破碎的蛋壳,随之就听到从纸箱里传下来的细嫩的新生命的啼叫声。那声音细弱而又嫩气,如同初生婴儿无意识的本能的啼叫,又是那样令人动心动情。我几乎同时发现,两只白鸽轮番飞进飞出,每一只鸽子的每一次归巢,都使纸箱里欢闹起来,可以推想,父亲或母亲为它们捕捉回来了美味佳肴。

我便在写作的间隙里来到后院,写得拗手时到后院抽一支烟,那哺食的温情和欢乐的声浪会使人的心绪归于清澈和平静,然后重新回到摊着书稿的桌前;写得太顺时我也有意强迫自己停下笔来,到后院里抽一支雪茄,瞅着飞来又飞去的两只忙碌的白鸽,聆听那纸箱里日复一日愈加喧腾的争夺食物的欢闹,于是我的情绪由亢奋渐渐归于冷静和清醒,自觉调整到最佳写作心态。

这一天,我再也按捺不住神秘的纸箱里小生命的诱惑,端来了木梯,自然是趁着两只白鸽外出采食的间隙。哦!那是两只多么丑陋的小鸽，硕大的脑袋光溜溜的，又长又粗的喙尤其难看，眼睛刚刚睁开，两只肉翅同样光秃秃的，它俩紧紧依偎在一起，静静地等待母亲或父亲归来哺食。我第一次看到了初生形态的鸽子，那丑陋的形态反而使我更急切地期盼蜕变和成长。

我便增加了对白鸽喂食的次数，由每天早晨的一次到早、午、晚三次。我想到白鸽每天从早到晚外出捕捉虫子，不仅活动量大大增加，自身的消耗也自然大大增加，而且把衔来的最好的吃食都喂给幼鸽了。

说来挺怪的，我按自己每天三餐的时间给鸽子撒上三次玉米粒儿，然后坐在书桌前与我正在交缠着的作品里的人物对话，心里竟有一种尤为沉静的感觉，白鸽哺育幼鸽的动人的情景，有形无形地渗透到我对作品人物的气性的把握和描述着的文字之中。

又是一个美丽的早晨，我在往地上撒下一把玉米粒儿的时候，两只白鸽先后飞下来，它们显然都瘦了，毛色也有点灰脏有点邋遢。我无意间往墙上的纸箱一瞅，两只幼鸽挤在四方洞口，以惊异稚气的眼睛瞅着正在地上啄食的父亲和母亲。那是怎样漂亮的两只幼鸽哟，雪白的羽毛，让人联想到刚刚挤出的牛乳。幼鸽终于长成了，所有可能发生的意外或不测的担心顿然化解了。

那是一个下午，我准备到河边上去散步，临走之前给白鸽撒一把玉米粒儿，算是晚餐。我打开后门，眼前一亮，后院的土围墙的墙头上，落栖着四只白色的鸽子，竟然给我一种白花花一大堆的错觉。两只老白鸽看见我就飞过来了，落在我的肩头，跳到手臂上抢啄玉米。我把玉米撒到地上，抖掉老白鸽，好专注欣赏墙头上那两只幼鸽。

两只幼鸽在墙头上转来转去，瞅瞅我又瞅瞅在地上啄食的老白鸽，胆怯的眼光如此显明，我不禁笑了。从脑袋到尾巴，一色纯白，没有一根杂毛，牛乳似的柔嫩的白色，像是天宫降临的仙女。是的，那种对世界对自然对人类的陌生和新奇而表现出的胆怯和羞涩，使人顿时生出诸多的联想：刚刚绽开的荷花，含珠带露的梨花，养在深山人未识的俏妹子……最美好最纯净最圣洁的比喻仍然不过是比喻，仍然不及幼鸽自身的本真之美。这种美如此生动，直教我心灵震颤，甚至畏怯。是的，人可以直面威胁，可以蔑视阴谋，可以踩过肮脏的泥泞，可以对叽叽咕咕保持沉默，可以对丑恶闭上眼睛，然而在面对美的精灵时却是一种怯弱。

小白鸽和老白鸽在那幢破烂失修的房脊上亭亭玉立。这幢由家族的创业者修盖的房屋，经历了多少代人的更替而终于墙颓瓦朽了，四只白色的鸽子给这幢风烛残年的老房子平添了生机和灵气，以至幻化出家族兴旺时期的遥远的生气。

夕阳绚烂的光线投射过来，老白鸽和幼白鸽的羽毛红光闪耀。

我扬起双手，拍出很响的掌声，激发它们飞翔。两只老白鸽先后起飞。小白鸽飞起来又落下去，似乎对自己能否翱翔蓝天缺乏自信，也许是第一次飞翔的胆怯。两只老白鸽就绕着房子飞过来旋过去，无疑是在鼓励它们的儿女勇敢地起飞。果然，两只小白鸽起飞了，翅膀扇打出啪啪啪的声响，跟着它们的父母彻底离开了屋脊，转眼就看不见了。

我走出屋院站在街道上，树木笼罩的村巷依然遮挡视线，我就走向村庄背靠的原坡，树木和房舍都在我眼底了。我的白鸽正从东边飞翔过来，沐浴着晚霞的橘红。沿着河水流动的方向，翼下是蜿蜒着的河流，如烟如带的杨柳，正在吐絮扬花的麦田。四只白鸽突然折转方向，向北飞去，那儿是骊山的南麓，那座不算太高的山以风景和温泉名扬历史和当今，烽火戏诸侯和捉蒋兵谏的故事就发生在我的对面。

两代白鸽掠过气象万千的那一道道山岭，又折回来了，掠过河川，从我的头顶飞过，直飞上白鹿原顶更为开阔的天空。原坡是绿的，梯田和荒沟有麦子和青草覆盖，这是我的家园一年四季中最迷人最令我陶醉的季节，而今又有我养的四只白鸽在山原河川上空飞翔，这一刻，世界对我来说就是白鸽。

这一夜我失眠了，脑海里总是有两只白色的精灵在飞翔，早晨也就起来晚了。我猛然发现，屋脊上只有一双幼鸽。老白鸽呢？我不由得瞅瞄天空，不见踪迹，便想到它们大约是捕虫采食去了。直到乡村的早饭已过，仍然不见白鸽回归，我的心里竟然是惶惶不安。这当儿，舅父走进门来了。

"白鸽回老家了，天刚明时。"

我大为惊讶。昨天傍晚，老白鸽领着儿女初试翅膀飞上蓝天，今日一早就飞回舅舅家去了。这就是说，在它们来到我家产卵孵蛋哺育幼鸽的整整两个多月里，始终也没有忘记老家故巢，或者说整整两个多月孵化哺育幼鸽的行为本身就是为了回归。我被这生灵深深地感动了，也放心了。我舒了一口气："噢哟！回去了好。我还担心被鹰鹞抓去了呢！"

留下来的这两只白鸽的籍贯和出生地与我完全一致，我的家园也是它们的家园；它们更亲昵地甚至是随意地落到我的肩头和手臂，不单是为着抢啄玉米粒儿；我扬手发出手势，它们便心领神会从屋脊上起飞，在村庄、河川和原坡的上空，做出种种酣畅淋漓的飞行姿态，山岭、河川、村舍和古原似乎都舞蹈起来了。然而在我，却一次又一次地抑制不住发出吟诵：这才是属于我的白鸽！而那一对老白鸽嘛……毕竟是属于老舅的。我也因此有了一点点体验，你只能拥有你亲自培育的那一部分……

当我行走在历史烟云之中的一个又一个早晨和黄昏，当我陷入某种无端的无聊无端的孤独的时候，眼前忽然会掠过我的白鸽的倩影，淤积着历史尘埃的胸脯里便透进一股活风。

直到惨烈的那一瞬，至今依然感到手中的这支笔都在颤抖。那是秋天的一个夕阳灿烂的傍晚，河川和原坡被果实累累的玉米棉花谷子和各种豆类覆盖着，人们也被即将到来的丰盈的收获鼓舞着，村巷和田野里泛溢着愉快喜悦的声浪。我的白鸽从河川上空飞过来，在接近西边邻村的村树时，转过一个大弯儿，就贴着古原的北坡绕向东来。两只白鸽先后停止了扇动着的翅膀，做出一种平行滑动的姿态，恰如两张洁白的纸页飘悠在蓝天上。正当我忘情于最轻松最舒悦的欣赏之中，一只黑色的幽灵从原坡的哪个角落里斜冲过来，直扑白鸽。白鸽惊慌失措地启动翅膀重新疾飞，然而晚了，那只飞在头前的白鸽被黑色幽灵俘掠而去。我眼睁睁地瞅着头顶天空所骤然爆发的这一场弱肉强食、侵略者和被屠杀者的搏杀……只觉眼前一片黑暗。当我再次眺望天空，唯见两根白色的羽毛飘然而落，我在坡地草丛中捡起，羽毛的根子上带着血痕，有一缕血腥气味。

侵略者是鹞子，这是家乡人的称谓，一种形体不大却十分凶残暴戾的鸟。

老屋屋脊上现在只有一只形单影孤的白鸽。它有时原地转圈，发出急切的连续不断的咕咕的叫声；有时飞起来又落下去，刚落下去又飞起来，似乎惊恐又似乎是焦躁不安；我无论怎样抛撒玉米粒儿，它都不屑一顾更不像往昔那样落到我肩上来。它是那只雌鸽，被鹞子残杀的那只是雄鸽。它们是兄妹也是夫妻，它的悲伤和孤清就是双重的了。

过了好多日子，白鸽终于跳落到我的肩头，我的心头竟然一热，立即想到它终于接受了那惨烈的一幕，也接受了痛苦的现实而终于平静了。我把它握在手里，光滑洁白的羽毛使人产生一种神圣的崇拜。然而正是这一刻，我决定把它送给邻家一位同样喜欢鸽子的贤，他养着一大群杂色信鸽，却没有白鸽。让我的白鸽和他那一群鸽子合帮结伙，可能更有利生存；再者，我实在不忍心看见它在屋脊上的那种孤单。

它还比较快地与那一群杂色鸽子合群了。

我看见一群灰鸽子在村庄上空飞翔，一眼就能辨出那只雪白的鸽子，欣慰我的举措的成功。

贤有一天告诉我，那只白鸽产卵了。

贤过了好多天又告诉我，孵出了两只白底黑斑的幼鸽。

我出了一趟远门回来，贤告诉我，那只白鸽丢失了。我立即想到它可能又被鹞子抓去了。贤提出来把那对杂交的白底黑斑的鸽子送我。我谢绝了。

又过了一些日子，失掉我的两只白鸽的情感波澜已经平静，老屋也早已复归平静，对我已不再具任何新奇和诱惑。我在写作的间隙里，到前院浇花除草，后院都不再去了。这一天，我在书桌前继续文字的行程，窗外传来了咕咕咕的鸽子的叫声，便摔下笔，直奔后院。在那根久置未用的木头上，卧着一只白鸽。是我的白鸽。

我走过去，它一动不动。我捉起它来，它的一条腿受伤了，是用细绳子勒伤了的。残留的那段细绳深深地陷进肿胀的流着脓血的腿杆里，我的心里抽搐起来。我找到剪刀剪断了绳子，发觉那条腿实际已经勒断了，只有一缕尚未腐烂的皮连接着。它的羽毛变成灰黄，头上粘着污黑的垢甲，腹部黏结着干涸的鸽粪，翅膀上黑一坨灰一坨，整个儿污脏得难以让人握在手心了。

我自然想到，这只丢失归来的白鸽是被什么人捉去了，不是遭了鹞子。它被人用绳子拴着，给自家的孩子当玩物？或者连他以及什么人都可以摸摸玩玩的？白鸽弄得这样脏兮兮的，不知有多少脏手抚弄过它，却根本不管不顾被细绳勒断了的腿。我在那一刻突然想到，它还不如它的丈夫被鹞子扑杀的结局。

我在太阳下为它洗澡，把由脏手弄到它羽毛上的脏洗濯干净，又给它的腿伤敷了消炎药膏，盼它伤愈，盼它重新发出羽毛的白色。然而它死了，在第二天早晨，在它出生的后墙上的那只纸箱里……

## 拜见朱鹮

中国有熊猫，世界独一无二，国宝。

中国有朱鹮，同样独一无二，同样为国宝。

朱鹮在中国，也只是在陕西洋县一地有。洋县在秦岭南麓，汉江边上，有平坦的坝子，有曲线优美舒展温柔的缓坡，有重叠起伏一袭秀气的丘陵，有挺拔伟岸弥漫着原始森林气息的秦岭群峰，有如画如诗的田畴和稻地，更有性情温和天性怡然的乡民……在世界各地的朱鹮相继灭绝（日本仅余一只失去繁育能力的老鸟）的现今，洋县却存留住了这种鸟儿。

想到今天就可以看到朱鹮，竟有拜谒的激动和忐忑。这种心态源自既久的关于朱鹮的传闻的神秘。九十年代初，第一次从报刊上看到在陕西洋县发现朱鹮的消息，看到了这种前所未闻的稀世珍禽的倩影，尽管报纸上照片的印刷质量极差，然而这鸟儿的仙姿丽影依然飘逸显现，留下来一个梦幻丽人的记忆。那时候，同时就滋生了想一睹其风姿的欲望。整整十年了，曾经有过下汉中途经洋县的行程，却没有机缘去攀见，欲望便滞积在心里，愈久愈强烈。

十年里，有关朱鹮的印象不断地加深着，报刊和电视上不断有关于朱鹮的消息，都是令人兴奋和欣慰的：最初发现的几只朱鹮安全无虞。国家已经在洋县建立朱鹮救护基地，并派出专家精心养护。日本友人捐资救护朱鹮，有社会团体也有个人。更令人振奋的消息说，在洋县某地又发现朱鹮聚生的群体。十年下来，朱鹮的族群从最初的几只已经繁衍到两百只，成为一个令世界惊羡的华丽家族了，这个濒临灭种的鸟类珍品注定不会从最后一块栖息之地消失了。

朱鹮在南美的丛林里已经消失了，不再重现。朱鹮在日本仅存一只，也到了年迈色衰失掉繁殖本能的奄奄状态，绝灭是注定了的。日本国民为这种鸟儿即将面临的灭绝，几乎举国哀怨，且有自省，他们的许多东西都趋世界前列，而一个小鸟的保护却屡遭失挫，以至眼巴巴看着它绝世而去。朱鹮被日本人视为国鸟，有某种悠长的情结。据说日本人通过几种途径渴求得到中国朱鹮，以弥补国人心里那份永久的遗憾和亏欠，直到天皇访华向国家领导人提出这种愿望，于是就有一对名为"友友"和"洋洋"的朱鹮从洋县起程东渡日本，一路专车监护，经西安，举行隆重的赠送仪式，然后直飞东邻岛国，使人想起那位出塞的汉家女王昭君。我在到达丘陵缓坡下的朱鹮救护基地时，有一位日本人刚刚离开。确凿无误的消息说，一九九八年东渡日本的"友友"和"洋洋"已经成功地哺养了第一只后代，作为日本国鸟的朱鹮有了第一个递增的数字，据说又轰动了日本。

我在电视上看到过有关朱鹮的专题片，一袭嫩白，柔若无骨，在稻田里踯躅是优雅的，起飞的动作是优雅的，掠过一畦畦稻田和一座座小丘飞行在天空是优雅的，重新落在田埂或树枝上的动作也是一份优雅。这个鸟儿生就的仙风神韵，入得人眼就是一股清丽，拂人心肺。头顶一抹丹红，长长的紫黑的喙的尖头竟然是红色，两条细长的腿红色惹眼，白色的翅膀的内里却是红色的，像是白面红里的被子，通体嫩白中点缀着这几点丹朱，凭想象尽可以勾勒它的美妙了。

凭着积久的印象和愿望，在即将见到朱鹮的真身时，就有了某种拜谒至仙的感觉。我在朱鹮救护基地看见的朱鹮是笼养的，未免遗憾，它们无法飞翔起来，只能在人工搭设的木架上栖息，在笼子圈定的沙地上蹒跚，在人和鸟共同筑成的巢窝产卵孵卵。四月正是朱鹮的繁殖期，不能惊扰。据说受了惊扰的雌鸟激素会受影响，减少产卵数量，我就甘愿远远地站着。

另外的遗憾还是因为时月。处于繁育期的朱鹮，羽毛竟然神奇地变换了，变换出一身的灰色，据专家说这是鸟儿为了保护自己以迷惑天敌的生理性转换。白色的羽毛已经变成灰色，从头到尾，那灰色也有深和浅的不同层次，深灰浅灰和灰白色，像是野战将士的迷彩服。这种羽毛在季节中的变化，最初连专业人员也产生过错觉，以为在山野里又发现了朱鹮的"新新人类"，后来才知闹了笑话，仍然是朱鹮，灰色的朱鹮是白色的朱鹮适应生存发展的一种色变。

灰色的朱鹮头顶上耀眼的丹红暗淡了，长喙尖头的红色也变成铁红了，长腿的红色也收敛了艳丽，只有翅膀内里的红色还依旧鲜亮。为了繁育后代，为了繁育期卧巢和不能远行的安全，这鸟儿一身素装，把天生丽质隐蔽起来，像最爱美的少妇在月子里的不修边幅和甘愿的邋遢。对我来说，遗憾虽然有，毕竟见到了真实的朱鹮，优雅依旧，神韵依然，因在笼子里的栖卧和蹒跚，依然不失其仙风神韵的优雅。

为了防止最丑恶的蛇和老鼠偷食鸟蛋和幼鸟，偌大的笼子用罕见的细密的钢丝织成围就。我无法想象蛇和鼠对朱鹮生存的威胁和残害的惨景，然而自然界从来就是这样混生着。专家还告诉我，养在笼子里的朱鹮,最初是从野外抢救回来的"老弱病残",经人工科学养护脱离危险,它们就不习惯笼子里的囚守般的限制往外扑逃,常常撞到丝网上而伤翅破头,感染溃烂致死。于是就在网内再设一层软网,有效地解决了这个棘手的问题。正是这一道软网,使日本人感到自己脑袋还有不开窍的那一面,能造出世界上最好的汽车和电器,却想不到这一张软网,致使饲养的朱鹮屡屡发生撞伤以致死亡的惨事。

我还是想看到纯如白雪公主的朱鹮,还是渴望观赏朱鹮在稻田和缓坡地带飞翔在蓝天白云下的仙风神韵。需得等到秋天或冬天,朱鹮的幼鸟也能翱翔天空时,哺育和监护后代的使命宣告完成,就逐渐变换出嫩白的羽毛和几点惹眼的丹红,就可以看到掠过水田和绿树的仙姿神韵了。

留下遗憾,也留下依恋和向往,待秋后满山红叶时,再到洋县朱鹮聚居的山野来,再做礼拜。

## 家有斑鸠

住到乡下老屋的第一个早晨,刚睁开眼,便听到"咕咕——咕咕"的鸟叫声。这是斑鸠。虽然久违这种鸟叫声,却不陌生,第一声入耳,我便断定是斑鸠,不由得惊喜。

披上衣服,竟有点迫不及待,悄声静气地靠近窗户,透过玻璃望出去,后屋的前檐上,果然有两只斑鸠。一只站在瓦楞上,另一只围着它转着,一边转着,一边点头,发出"咕咕咕咕"的叫声。显然是雄斑鸠在向雌斑鸠求爱,颇为绅士,像西方男子向所爱的女子鞠躬致礼,"咕咕咕"的叫声类似"我爱你"的表白。

这是我回到乡下老屋的第一个早晨看见的情景。一个始料不及的美妙的早晨。

六年前的大约这个时节,我和文学评论家王仲生教授住在波士顿城郊他的胞弟家里。尽管这座三层小洋楼宽敞舒适,我和王教授还是更喜欢站着或坐在后院里。后院是一片绿茸茸的草坪,有几种疏于管理的花木。这一排房子的后院连着后面一排小楼房的后院,中间有一排粗大高耸的树木分隔。树木的枝杈上,栖息着毋宁说侍立着一群鸟儿。一种通体黑色的梭子形状的鸟，在人刚开开后门走到草坪边的时候，梭子黑鸟便从树枝上飞下来，落在草坪上，期待着人撒出面包屑或什么吃食。你撒了吃剩的面包屑或米粒儿，它们就在你面前的草地上争食，甚至大胆地跳到人的脚前来。偶尔，还会有一只两只松鼠不知从哪棵树上蹿下来，和梭子鸟儿在草地上抢夺食物。

我在那个令人忘情的人与鸟兽共处的草坪上，曾经想过在我家的小院里，如若能有这样一群敢于光顾的鸟儿就好了。近年来我们的经济成就令世人瞩目，然而要赶上人家的年生产总值和人均收入的水平，尚需一个较长的时日；然而我们的鸟儿和诸如松鼠的小兽敢于到居民的阳台和农民的小院来觅食，却是不需花费财力物力的事，只需给鸟儿和兽儿一点人道和爱心就行了。然而实际想来，实现这样人鸟人兽共存共荣的和谐景象，恐怕也不是短时间的事。

飞翔在我们天空的鸟儿和奔驰在我们山川里的兽儿，对人的恐惧和绝对的不信任是一个基本的事实。我们把爱鸟爱兽作为一个普遍的社会意识来提倡，不过是十来年间的事。我们把鸟儿兽儿作为美食作为美裳作为玩物作为发财的对象而心狠手狠的年月，却无法算计。我能记得和看到的，一是一九五八年对麻雀发动的全民战争，麻雀虽未绝种，倒是把所有飞翔在天空的各色鸟儿吓得肝胆欲裂，它们肯定会把对人的恐惧和防范以生存戒律传递给子子孙孙。再是种种药剂和化肥，杀了害虫长了庄稼，却把许多食虫食草的鸟儿整得种族灭绝。更不要说那些利欲熏心丧尽良知的捕杀濒临灭绝的珍禽异兽者。我曾瞎猜过，能够存活到今天的鸟类、兽类，肯定具备一组特别优秀的专司提防、警惕人类伤害的基因。不然，早该在明枪暗弓以及五花八门的机关和陷阱里灭绝了。

还是说我家的斑鸠。

我有记事能力的时候就认识并记住了斑鸠,像辨识家乡的各种鸟儿一样,不足为奇。斑鸠在我的滋水家乡的鸟类中,是最朴拙最不显眼近乎丑陋的一种鸟。灰褐色的羽毛比不得任何一种鸟儿,连麻雀的羽翅上的暗纹也比不得。没有长喙和高足,比不得啄木鸟和鹭鸶。没有动人的叫声,从早到晚都是粗浑单调的"咕咕咕——咕咕咕"的声音。它的巢也是我所见过的鸟窝中最简单最不成型的一种,简单到仅有可以数清的几十根柴枝,横竖搭置成一个浅浅的潦草的窝。小时候我站在树下,可以从窝的底部的缝隙透见窝里有几枚蛋。我曾经在六十年代的小学课文上看到过以斑鸠为题编写的课文,说斑鸠是最懒惰的鸟,懒得连窝也不认真搭建,冬天便冻死在这种既不遮风亦不挡雨的窝里。

然而,整个八十年代到九十年代初,我住在祖居的老屋读书写字,没有看见过一只斑鸠。尽管我搞不清斑鸠消亡的原因,却肯定不会是如童话所阐述的陋窝所致,倒是倾向于某种农药或化肥的种类性绝杀。这种普通的毫不起眼的鸟儿的绝踪,没有引起任何村人的注意。我以为在家院的周围再也看不到斑鸠了。

斑鸠却在我重返家乡的第一个清晨出现了,就在我的房檐上。

我便轻手开门,怕惊吓了它。它还是飞走了。

我朝院中的空地上撒一把小米,或一把玉米糁子,诱使它到小院里来啄食。

初始,无论我怎样轻手蹑足开门走路,它一发现我从屋内走到院中,"扑棱"一声就从屋脊或围墙上起飞了,飞入高高的村树上去了。我仍然往小院里撒抛米谷。直到某一日,我开开门出来,两只斑鸠突然从院中飞起,落到房檐上,还在探头探脑瞅着院中尚未吃完的谷米。我的心里一动,它终于有胆子到院内落脚啄食了,这是一次突破性的进展。

　　我和斑鸠的关系获得令人振奋的突破之后，随之便是持久的停滞不前。斑鸠在房檐在房脊在院墙上栖息追逐，似乎已经放心无虞。然而有我在场的时候，它们绝不飞落到院里来啄食，无论我抛撒的米谷多么富于诱惑。有几次我从室内的窗玻璃前窥视到斑鸠在院中啄食米谷的情景，一旦我出门，它们便惊慌地飞上房顶。这一刻，我清醒地意识到，它还不完全是我家的斑鸠。

　　要让斑鸠随心无虞地落到小院里，心里踏实地啄食，在我的眼下，在我的脚前，尚需一些时日。

　　我将等待。

# 种菊小记

朋友在一家公园供职,前年送我几盆花色各异的菊花,我大为惊讶,人工竟然能培养出这样争奇斗妍的花色品种来。

花谢之后,我便将盆栽菊花送回乡下老家,移栽到小院里。一来是偷懒,免得时时操心旱涝,也少去了天天或隔天浇水的麻烦,土地里毕竟要比花盆耐得伏旱。二来是出于性情,我更喜欢那些自发自然自由生长的原生形态的草木,向来不大欣赏那种栽剪得太规整的东西,包括盆栽花木,尤其不忍心观赏那些被人为地扭曲到奇形怪状的盆景,总是产生欣赏女人小脚的错觉。这样,这几盆菊花一旦移栽到小院的泥土里,便被迫还原为野生形态,任由其发芽、长茎,任由其倒伏在地上。秋来时花儿开了,白色的更显得白,紫色的更显得紫,抽丝带钩的花瓣更显得生动。只是比原先的花要小许多了。小点就小点吧,少了修饰的痕迹,看起来我倒觉得更顺眼。

今年清明前,妻子去了一回城乡交界处的古庙会,买了几团菊花的根,同样栽在小院里,一视同仁,一任其自由发展,只是不知道这几种菊花是何品种,开什么形状的花色。一团团的花根埋到地下,也就埋下了一团团的花谜,看着蓬勃起来的叶子和茎秆,常常就有揭开谜底的期待。我在这些菊花旱得叶子发蔫时,便用井水浇个透湿浇个痛快,便可耐得多日高温。入秋后一场阴雨,原有的新栽的菊花秆茎全都匍匐到地上,扑倒在院中的路径边沿,我也不想扶起它。有乡友来,建议并出主意,弄几根竹棍或树枝,把菊花枝秆儿绑扶起来。我口头应诺,却仍未实施,心里想着,它自己长得太疯太软,它自己撑持不住要扑倒在地,何必要我扶绑。再说铺地的菊花开了,当会是另一种风情,也许呢。

前不久有一次时日不长的外出。回到原下的小院时,映入眼帘的却是一片惹人的金黄,黄得那么灿烂,黄得那么鲜嫩,又黄得那么沉静,令我抑止不住心颤。记得离家时,这一丛丛古庙会上买来的菊花已呈现出繁密的骨朵花苞,我以为花期尚早,因为暑气浊热还在,起码也应在野菊花之后,不料,它率先开了,这一丛菊花的谜就这样揭开,金色铺地,花团锦簇,一团一团的金黄的花朵任性开放,直教我左看右看立着看蹲下看不忍离去。

看到这一丛铺地盛开的菊花,金黄金黄的颜色,脑海里便浮出黄巢那首广为流传的咏菊的诗来。说真话,我记着这首诗,却不喜欢这首诗。从表征意义上,我不赞同"我花开罢百花杀"的狭隘小气。如果真应了黄巢的心愿,百花杀尽,只存留菊花,这世界就太单调太孤清了。不光在我不能忍受,恐怕任何正常的人都会不堪的。黄巢的咒语自己未能实现,却在千余年后的"文革"中发生了,中国文坛百花杀尽,只准存活八个样板戏。搞到一花独放独尊,肯定会出麻烦,肯定长久不了的。从这首诗的深层说,黄巢不过是以菊花自喻,隐含着称王称霸的政治抱负。联想到刚刚做了皇帝的李自成的胡来,以及尚未完全称帝的洪秀全和他的诸王们的胡整,黄巢即使做了皇帝,肯定也强不到哪儿去。只有菊花是无辜的,向来被有风骨的文人学士暗喻明恋地作为傲霜独立品行的一种花,无端地被称帝当王心切的黄巢拉出来称了一回霸,连柔嫩可人的花瓣也被拟化为黄金盔甲。

昨日傍晚,阴霾初开,夕阳在云缝中乍泄乍收。我走出小院,走上村后的原坡,野花凄迷,蚱蜢起落,树青草也绿着,却已分明是秋的景致了。山沟里,坡坎上,一簇簇一丛丛野菊花已经含苞,有待绽放。往昔的记忆中,这山野间的菊花一旦开放,满山遍野都是望不断的金黄,我家小院里的那一丛无法比拟,任何花园里的娇生惯养的公主般的同类也是无法比拟的。那种天风地气所孕育的野菊花,其气象其烂漫其率真,都是人工或小院所难以为之的。

作菊花诗两首,以释怀,以备忘。

### 其一　家菊

含露凝香铺地开,小院金菊报秋来。

秋风秋雨秋阳好,顿生诗情上高崖。

### 其二　野菊

何事争春斗妍态,不与桃杏一时开。

伏花凋谢香色去,抖出遍山黄花来。

# 火晶柿子

## ——《我的树》之四

我喜欢柿树。柿子好吃,这是最主要的因由。柿树不招虫害,任何害虫病菌都难以近身,大约是柿树特有的那种涩味构成了内在的天然抗拒,于是便省去了防虫治病的麻烦,也不担心农药残留的后患。柿树又很坚韧,几乎与榆槐等柴树无异,既不要求肥力和水分,也不需要任何稍微特殊的呵护。庭院里可以栽植,水肥优良的平川地里可以茁壮,土瘠水缺的干旱的山坡上、塄畔上同样蓬蓬勃勃,甚至一般柴树也畏怯的红石坡梁上,柿树仍可长到合抱粗。按照习惯或者说传统,几乎没有给柿树施肥浇水的说法。然而果实柿子却不失其甘美。

在柿树家族里,种类颇多。最大个儿的叫虎柿,大到可称出半斤。虎柿必须用慢火温水浸泡,拔去涩味儿,才香甜可口。然慢火的火功和温水的温度要随机变换,极难把握,稍有不当就会温出一锅僵涩的死柿子,甭说上市卖钱,白送人也送不出去。再说这种虎柿还有一个致命的弱点,不能存放,温熟之后即卖即食,隔三天两日尚可,再长就坏了,属于典型的时令性水果。还有一种民间称为义生的柿子,个头也比较大,果实变红时摘下,搁置月余即软化熟透,味道十分香甜。麻烦的是软化后便需尽快出手，或卖钱或送亲友或自家享受，稍长时间便皮儿崩裂柿汁流出，不可收拾，长途运送都是比较难以解决的问题。再有一种名曰火罐的柿子，果实较小，一般不超过半两，尽管味道与火晶柿子无甚差异，却多核儿，成为重大的弹嫌之弊，所以不被钟爱，几乎遭到淘汰而绝种，反正我已多年不见此物了。只有火晶柿子，在柿树家族中逐渐显出优长来，已经成为独秀柿族的王牌品种了。

火晶，真是一个热烈而又令人富于想象的名字。火是这种柿子的色彩，单一的红，红的程度真可以用"红彤彤"来形容来喻示。我在骊山南麓的岭坡上见到过那种堪称红彤彤的景观，一棵一棵大到合抱粗的柿树，叶子已经落光掉净了，枝枝丫丫上挂满繁密的柿子，红溜溜或红彤彤的，蔚为壮观，像一片自燃的火树。"火晶"名字中的"火"字大约由此而产生，"晶"也就无须阐释或猜想了。把"火"的色彩与"晶"字联结起来，便成为民间命名的高雅一种，恐怕只有民间的智者才会创造出这样一个雅俗共赏的柿子的名字来。

火晶柿子比虎柿比义生柿子小，比火罐柿子大，个重两余，无核。在树上长到通体变成橙黄时摘下来，存放月余便软化熟透，尤其耐得存放，保管得法的农户甚至可以保存到春节以后，仍不失其新鲜甘美的原味。食时一手捏把儿，一手轻轻掐破薄皮儿，一撕一揭，那薄皮儿便利索地完整地去掉了，现出鲜红鲜红的肉汁，软如蛋黄，却不流，吞到口里，无丝无核儿，有一缕蜂蜜的香味儿。乡间小贩摆卖火晶柿子的摊位上，常见蜜蜂"嗡嗡"盘绕不去，可见其诱惑。

关中盛产柿子，尤以骊山为代表的临潼的火晶柿子最负盛名。一种名果的品质决定于水土，这是无法改变的常识。我家居骊山之南，白鹿原原坡之北，中间流着一条倒淌河灞水，形成一条狭窄的川道，俗称灞川，逆水而上经蓝田约五十里进入王维的辋川。由我祖居的老屋涉过灞水走过平川登上骊山南麓的坡道，大约也就半个小时。水土和气候无大差异，火晶柿子的品质也难分上下，然而形成气候形成品牌的仍然是临潼。

大约是"文革"后期，诺罗敦·西哈努克亲王携妻引子到西安时，参观兵马俑往来的路上，王子发现路边有农民摆的火晶柿子小摊，问及此果，陪随人员告之。回到西安下榻处，有心的接待人员已经摆放好一盘经过精心挑选的火晶柿子，并说明吃法。王子生长在热带，未见过亦未吃过北方柿子并不足怪，恰是这种中国关中的火晶柿子令其赞赏不绝，直到把一盘火晶柿子吃完，仍然还要，不管斯文且不说了，连陪随人员的劝告（食多伤胃）也任性不顾。果然，塞了满肚子火晶柿子的王子到晚上闹起肚子来，引起各方紧张，直接报告北京有关领导，弄出一场虚惊。王子虽然经历了一个难受的夜晚，离开西安时仍不忘要带走一篮火晶柿子。

这个真实的传闻流传颇广。在关中普通到不能再普通的柿子，竟然上了招待外宾的果盘，而且是高贵的王子，确实令当地人始料不及。想来也不足奇，向来都是物以稀为贵的。二十世纪八十年代中期，我到与临潼连界的蓝田县查阅县志时发现，清末某年，关中奇冷，柿树竟然死绝了。我得到一个基本常识，柿树原来耐不得严寒的。但那年究竟"奇冷"到怎样的程度，却是无法判断的，那时怕是连一根温度计也没有。到二十世纪九十年代头上，我在原下的祖屋写作《白鹿原》的时候，这年冬天冻死了一批柿树，我至今记得这年冬天的最低温度为零下十四摄氏度，持续了半月左右，这是几十年来西安最冷的一个冬天。村子里许多农户刚刚挂果的葡萄统统冻死了，好多柿树到春末夏初还不发芽，人们才惊呼柿树被冻死了。我也便明白,清末冻死柿树的那年冬天"奇冷"的程度,不过是零下十几摄氏度而已。

编志人在叙述"奇冷"造成的灾害时,加了一句颇带怜悯情调的话,曰:柿可当食。我便推想,平素当作水果的柿子,到了饥馑的年月里,就成为养生活命的吃食了。确凿把柿子顶做粮食的事发生在二十世纪六十年代初的"三年困难时期",及十年"文革"之中,临潼山上的山民从生产队分回柿子,五斤顶算一斤粮食。想想吧,作为口福消遣的柿子是一种调节和品尝,而作为一日三餐的主食,未免就有点残酷。然而,我又胡乱联想起来,被当地山民作为粮食充饥的柿子,在西哈努克王子那里却成为珍果,可见人的舌头原本是没有什么天生贵贱的。想到近年某些弄得一点名堂的人,硬要做派出贵族状,硬要做派出龙种凤胎的不凡气象,我便担心这其中说不准会潜伏着类似火晶柿子的滑稽。

我在祖居的屋院里盖起了一幢新房,这是八十年代中期的事,当时真有点"李顺大造屋"的感受。又修起了围墙,立了小门楼,街门和新房之间便有了一个小小的庭院。我便想到栽一株柿树,一株可以收获火晶柿子的柿树。

我的左邻右舍及至村子里的家家户户,都有一棵两棵火晶柿树,或院里或院外;每年十月初,由绿色转为橙黄的柿子便从墨绿的树叶中脱颖而出,十分耀眼,不说吃吧,单是在屋院里外撑起的这一方风景就够惹眼了。我找到内侄,让他给我移栽一棵火晶柿子树。内侄慷慨应允,他承包着半条沟的柿园。这样,一株棒槌粗的柿树便植栽于小院东边的前墙根下,这是秋末冬初最好的植树时月里做成的事。

这株柿树栽下以后,整个前院便生动起来。走出屋门,一眼便瞅见高出院墙沐着冬日阳光的树干和树枝,我的心里便有了动感。新芽冒出来，树叶日渐长大了，金黄色的柿花开放了，从小草帽一样的花萼里托出一枚枚小青果，直到缀满枝丫的红灯笼一样的火晶柿子在墙头上显耀……期待和祈祷的心境伴我进入漫长的冬天。

二十世纪五十年代初我读小学时，后屋和厦房之间窄窄的过道里有一株火晶柿树，若小碗口粗，每年都有一树红亮亮的柿子撑在厦房房瓦上空。我于大人不在家时，便用竹竿偷偷打下两三个来，已经变成橙黄的柿子仍然涩涩的，涩味里却有不易舍弃的甜香。母亲总是会发现我的行为，总是一次又一次斥责，你就等不到摘下搁软了熟了吗？直到某一年，我放学回家，突然发现院里的光线有点异样，抬头一看，罩在过道上空的柿树的伞盖没有了，院子里一下子豁亮了。柿树被齐根锯断了。断茬上敷着一层细土。从断茬处渗出的树汁浸湿了那一层细土，像树的泪，也似树的血。我气呼呼问母亲。母亲也阴郁着脸，告诉我，是一位神汉告诫的。那几年我家灾祸连连，我的一个小妹夭折了，一个小弟也在长到四五岁时夭亡了，又死了一头牛。父亲便请来一个神汉，从前院到后院观察审视一番，最终瞅住过道里的柿树说：把这树去掉。父亲读过许多演义类小说，于这类事比较敏感，不用神汉阐释，便悟出其中玄机，"柿"即"事"。父亲便以一种泰然的口吻对我说，柿树栽在家院里，容易生"事"惹"事"。去掉柿树，也就不会出"事"了。我的心里便怯怯的了，看那锯断的柿树茬子，竟感到了一股鬼气妖氛的恐惧。

没有什么人现在还相信神汉巫师装神弄鬼的事了，起码在"柿"与"事"的咒符是如此。因为我的村子里几乎家家户户的院里门外都有一株或几株柿树。人在灾变连连打击下便联想到神的惩罚和鬼的作祟，这种心理趋势由来已久，也并非只是科学滞后的中国乡村人独有，许多民族，包括科学已很发达的民族也颇类同，神与鬼是人性软弱的不可避免的存在。我在前院栽下这棵柿树,早已驱除了"柿"与"事"的文字游戏式的咒语,而要欣赏红柿出墙的景致了。漫长的冬天过去了。春风日渐一日温暖起来。我栽的柿树迟迟不肯发芽。

直到春末夏初,枝梢上终于努出绿芽来。我兴奋不已,证明它活着。只要活着就是成功,就有希望。大约两月之后,进入伏天,我终于发觉不妙,那仅仅长到三四寸长的幼芽开始萎缩。无论我怎样浇水,疏松土壤,还是无可挽回地枯死了。

这是很少有的现象,我喜欢栽树,不敢说百分之百成活,这样的情况确实极少发生。这株火晶柿子树是我尤为用心栽植的一棵树,它却死了。我久久找不出死亡的原因,树根并无大伤害,树的阴阳面也按原来的方向定位,水也及时适度浇过,怎么竟死了呢。问过内侄,他淡淡地说,柿树是很难移栽的,成活率极低。我原是知道这个常识的,却自信土命的我会栽活它。我犯了急功近利轻易求取成功的毛病,急于看到一棵成景的柿树。于是便只好回归到最老实之点,先栽软枣苗子,然后嫁接火晶柿子。

一种被当地人称作软枣的苗子,是各种柿树嫁接的唯一的砧木。软枣生长十分泼势,随便甚至可以说马马虎虎栽下就活了。我便在小院的西北角栽下一株软枣,一年便长到齐墙的高度。第二年夏初,请来一位嫁接果树的巧手用俗称热粘皮的芽接法一次成功,当年冒出的正儿八经的火晶柿子的新枝,同样蹿起一人高。叶子大得超过我的巴掌,新出的绿色的干儿竟有食指粗,那蓬勃的劲头真正让我时时感知初生生命的活力。为了防止暴风折断它的尚为绿色的嫩干,我为它立了一根木杆,绑扶在一起,一旦这嫩干变成褐黑色,显示它已完全木质化了,就尽可放心了。我于兴奋鼓舞里独自兴叹,看来栽成树走捷径还是不行的。这个火晶柿子树的起根发苗的全过程完成了,我也就留下了一棵树的生命的完整印象,至今难以忘怀。

这株火晶柿树后来就没有故事了。没有虫害病菌侵害,在院里也避免了牛马猪羊的骚扰,对水呀肥呀也不讲究,呼呼啦啦就长起来了,分枝分杈了,长过墙头了,形成一株青春活力的柿树了。这年冬天到来时,我离开久居的祖屋老院迁进城里去,一年难得回来几次。有一年回来正遇着它开花,四方卷沿的米黄色小花令人心动,我忍不住摘下两朵在嘴里嚼着咽下,一股带涩的甜味儿,竟然回味起背着父母用竹竿偷打下来的生柿子的感觉。

今年春节一过,我终于下定决心回归老家,争取获得一个安静吃草安静回嚼的环境。我的屋檐上时有一对追逐着求偶的"咕咕咕"叫着的斑鸠。小院里的树枝和花丛中常常栖息着一群或一对色彩各异的鸟儿。隔墙能听到乡友们议论天气和庄稼施肥浇水的农声。也有小牛或羊羔蹿进我忘了关闭的大门。看着一个个忙着农事、忙着赶集售物的男人女人毫不注意修饰的衣着,我常常想起那些高级宾馆车水马龙衣冠楚楚口红眼影的景象。这是乡村,那是城市,大家都忙着,大家都在争取自己的明天。

我的柿树已经碗口粗了。我今年才看到了它出芽、开花、坐果到成熟的完整的生命过程。十月初,柿子日渐一日变得黄亮了,从浓密的柿树叶子里显现出来,在我的墙头上方,造成一幅美丽的风景。我此时去了一趟滇西,回来时,妻子已经让人摘卸了柿子。

装在纸箱里的火晶柿子开始软化。眼见得由橙黄日渐一日转变为红亮。有朋自城里来,我便用竹篮盛上,忍不住说明:这是自家树上的产物。多路客人无论长幼无论男女,无不惊叹这火晶柿子的醇香,更兼着一种自家种植收获的乡韵。看着客人吃得快活,我就想起一件有关火晶柿子的逸事。某年参加一个笔会,与一位作家朋友聊天,他说某年到陕西参观兵马俑的路上品尝了火晶柿子，尤感甘美，临走时又特意买了一小篮，带回去给尚未尝过此物的南方籍的夫人。这种软化熟透的火晶柿子稍碰即破，当地农民用剥去了粗皮的柳条编织的小篮儿装着，一层一层倒是避免了挤压。他一路汽车火车，此物不能装箱，就那么拎着进了家门，便满怀爱心献给了亲爱的夫人。揭开柳条小篮，取出上边一层红亮亮的柿子，顿觉情况不妙，下边两层却变成了石头。可以想象他的懊丧和生气之状了。事过多年和我相遇聊起此事，仍然火气难抑，末了竟冲我说，人说你们陕西人老实，怎么这样恶劣作假？几个柿子倒不值多少钱，关键是让我几千里路拎着它，却拎回去一篮子石头，你说气人不气人？这在谁都会是懊丧气恼的，然而我却调侃道，假导弹假飞船没准儿都弄出来了，陕西农民给柿篮子里塞几块石头，在造假行业里，只能算是启蒙生或初级水平，你应该为我的乡党的开化而庆祝。朋友也就笑了。我随之自我调侃，你知道我们陕西人总结经济发展滞后的原因是什么吗？不急不躁，不跑不跳，不吵不闹，不叫不到，不给不要，所谓关中人的"十不"特性。所以说，一个兵马俑式的农民用当地称作料僵石（此石特轻）的石头冒充火晶柿子，把诸如我所钦敬的大城市里的名作家哄了骗了涮了一回，多掏了他几枚铜子，真应该庆祝他们脑瓜里开始安上了一根转轴儿，灵动起来了。

玩笑说过也就风吹雨打散了。我却总想着那些往柳条编的小篮里塞进冒充火晶柿子的石头的农民乡党，会是怎样一种小小的得意……

## 两株玉兰树

清明前一日后晌回到老家,到村子背靠的白鹿原北坡上,在父母的坟头烧了一堆被视为阴币的黄纸。尽管明知这是于逝者没有任何补益的事,然而每年此日不仅不能缺少,甚至早早就泛溢着一种甚为急切的情绪。自己心里明白,上坟烧纸和跪拜的行为,无非是为消解对父母恩德亏欠太多的负疚心理,获得一种安慰。

天气很好。温润的风似有若无。西斜的依然明媚的阳光下,原坡和河川满眼都是蓬勃的绿色和黄色,绿的是返青的麦苗,黄的是盛开的油菜花,间有零星散落在坡梁上杏花的粉白。

回到老屋小院,便坐在前院闲聊。许是那种负疚心绪得到消解,许是得了这明媚春色的滋润,竟是一种难得的轻松和平静。记不得是谁颇为惊诧地叫了一声,玉兰树开花了。我便朝大门右侧的玉兰树看去,在树梢稍下边的一根分枝上,有两朵白花。我的心微微一颤,惊喜得轻叫一声,从坐着的小凳上站起来,几步走到玉兰树下,久久观赏那两朵玉兰花。那是两朵刚刚绽放的玉兰花,雪白,鲜嫩,纤尘不染,自在而又尽情地展示在细细的一根枝条上,洁白如玉,便想到玉兰花的名字确属恰切。玉兰树尚不见一片叶子，叶芽刚刚在枝条上突出一个个小豆般的苞，花儿却绽放了。我久久地看那两朵花儿，竟然不忍离去。玉兰花在我其实也算不得稀罕，见得也早也多了，之所以发生一缕不寻常的惊喜，这是开在自家屋院里的玉兰花，而且是我栽植的玉兰树苗，便有了一种情结；还有一种非常因素，就是这株玉兰树苗成长过程的障碍性经历，曾经让我颇费过一番心思。

几年前我重回原下小院读书写字，一位在灞河滩苗圃打工的乡党，闲聊中听说我喜欢玉兰花，便给我送来一株不过食指粗的幼苗，我便在大门右侧的围墙根下挖坑栽下了。为了便于浇水和保护，我在玉兰幼苗四周用砖箍了一圈护栏。得到我的用心守护和浇灌，玉兰树苗日见蹿高，分枝，加粗，蓬蓬勃勃，生机盎然，我便期待花苞的出现。恰好盼到玉兰树应该发苞开花的规定期树龄，不仅没有开花，失望且不论，等到叶子成形，我发现了非常的征象，本应是深绿色的叶子，却呈现着浅黄；即使到盛夏烈日暴晒的时月，各种树叶都变得深绿近青的颜色，我的玉兰树叶反而由浅黄变得几乎透亮了。任谁都会看出这是一种病态的表征。村里乡党见了，有说是蛴螬咬了树根，有说是缺肥，有说是化肥施多烧了根，等等。后两种说法不能成立，我栽植时填的是农家粪土，不缺肥更不会发生烧根的事，倒是蛴螬啃食树根有可能发生，却也无可奈何。我曾扒土寻找蛴螬，一只也未见到。我就怀疑大约是玉兰根自身发生了什么病患。

等到第二年，玉兰树仍然是满树病态的黄叶，自然不会开花了。我便有所动摇，这株病态的树会不会自愈？需得几年才能缓解过来？如果等过几年不仅缓解不了反而病情加重以致枯死了，那我就会白等了。我便想挖掉它，重植一株。拿着镢头刨挖的一瞬，却似乎听到一种凄婉的求生的哀音，那一片片透亮的黄叶似乎也幻化成哭相，我便举不起镢头来。突然想到，任它继续存在着，如果真的挨过了病患，当一树健康墨绿的叶子呈现在小院里的时候，我会获得一种别样的欣慰和鼓舞；如果万一病患发展到发生枯死，再换植一株也无妨，这株玉兰树便保存下来。约略记得去年夏天回家，玉兰树的叶子变绿了，尽管仍不像正常的叶子那么深色近青的绿，却不是往年那种透亮的黄色了，我不由得庆幸，它的病情缓解了，更庆幸我握在手里的镢头没有举起来……今年，这株玉兰树开花了。尽管只有两朵，却是一种美的生命的胜利。对遭遇过生存劫难之后开放的这两朵洁白如玉的玉兰花，就不单是通常对所见的玉兰花的欣赏的愉悦了，多了一缕人生况味的感受。

栽在中院里的一株广玉兰，相对而言似乎简单得多了。这是我离开老屋小院之后一年春天栽下的。大约是我栽植上述这株玉兰幼苗的时候，问过送来玉兰树苗的乡党，苗圃里有没有广玉兰？问过也就不在心了，尤其是返城之后就淡忘了。这年清明回家祭祖时，那位乡党又送来一株广玉兰幼苗。他竟然对我的那句问话经年而不忘，知道我每年清明肯定回老家，便预备下这株我问过的广玉兰树苗，让我颇感动。我就把它栽到中院左侧的北边，避免后屋对阳光的遮蔽。

我之所以喜欢广玉兰，不全在它的各种颜色的花朵，更偏爱它的四季常青的绿叶。多年前到广东见识这种迥异于玉兰树的广玉兰，尽管很喜欢它四季不落的深沉的绿色，却不曾发生拥有的奢望，常识让我难以动心，这种在南方温暖湿润气候环境里生长欢实的好树，难得抵御北方凛冽的寒风和大雪。及至近年间，我在西安看到作为街心路边风景的广玉兰树，才意识到我犯了一个想当然的错误。这种广玉兰树在干燥缺雨的西安依然蓬蓬勃勃，有紫红的花，也有雪白的花；尤其是那浓密的深绿色叶子，在最难熬的冷风刺骨的三九寒冬里，依然蓬勃着一道绿色，为天灰地枯的冬天的西安增添了一种生命的活力。我就在第一眼看见这道风景时，便想给我家屋院栽植一株广玉兰，冬日回到老家，开门进院能看到一株绿树，当会是别一番生动情怀……这株广玉兰的幼苗终于栽到中院了。

我对这株广玉兰的管护，远不及前院那株玉兰树。这是难能补救的事。我居住在城里，偶尔回到乡下老屋，才可能为它浇一桶水，拔除杂草，每到夏天常有的久旱不雨的时月，它就只好忍受干渴了。然而，这株广玉兰生长的欢实简直令我不可思议，每隔二三月回家看到它时，又冒高了一大截，树干也变粗了许多，且又伸出二三条横枝来。不过二三年，树梢已经高过房檐了，树干也有我的胳膊粗了，我便想到它该开花了。

这株连管护粗疏都说不上的广玉兰，就这样茁壮起来蓬勃起来。春天夏天和秋天且不论，每到山枯水瘦的冬天回到老家时，看到的是白鹿原北坡灰黄的枯草，灞河川道里落光了叶子的果树和杂树，路边上烧荒留下的黑色灰渣。而一旦走进屋院，看到绿色依旧的广玉兰，这古老的祖居的屋院洋溢着生命的活力，心理上便泛起一种鲜活。就在我盼着它开花的期待心绪里，灾难却不期而至。那是三年前的隆冬季节，一场多年少见的大雪降至。雪后多日我回到乡下老屋，便看到一副惨不忍睹的场景，广玉兰的主干从高处折断了，颇为庞大的枝叶躺在尚未融尽的残雪上。我看着主干折断处白色的断茬，再看看脚旁的断枝，一种隐痛久久难以化释。这是太浓密的树叶上积压的雪所导致的惨相。无论怎样惨不忍睹怎样心疼，却无可奈何，我只能弥补，便用水在地上和了一团泥巴，涂抹到白色的断茬上，这是乡村里抚慰断枝的传统技法。当我涂抹着泥巴的时候，心情渐渐缓解了，相信到来年春天，断茬处肯定会发出新芽来，这是我种树的生活经验。

去年夏天回家时，从断茬处长出的主枝，已经和主干浑然一体了，初看竟看不出曾经让我心疼的断折的痕迹，凑近了才能看到重新弥合后的新枝与老干树皮颜色的差异。我便有了灾难之后的完全的欣慰。尤其让我格外惊喜的是，广玉兰开花了。枝叶太过繁密，几朵紫红色的花朵夹在树叶之间，不拨开枝叶竟难以发现。我似乎不大在意这花的色彩，也不甚在意这花朵夹在枝叶之间难得赏心悦目，我栽广玉兰的着意处，原本是为着冬日的小院有一派绿色。

山枯水瘦万木萧条的隆冬季节，回到祖屋小院，我能看到蓬勃的绿树绿叶。

初春的刚刚明媚的阳光里，回到祖屋小院，我可以尽情观赏洁白如玉的玉兰花。

这方久蓄着许多代先人命运的沉重气氛的小院里，平添了绿叶的鲜活和玉兰花的柔媚。我回归的向往便铸成永久。

## 遇合燕子，还有麻雀

燕子来了。

刚一打开门，燕子就飞过来，"唧唧唧唧"吵叫着，在过厅的四周旋飞，自然是寻找可以筑巢的地方。有时候多到十余只，在前屋后屋的过厅和屋檐下旋转。整个屋院里，呈现熙熙攘攘热热闹闹的气氛。无论在南方或在北方，燕子都被平民视为吉祥的美和善的形象，也是春天的象征。尽管寒风依旧刺脸，尽管冰雪封冻枯草遍地，心里却已洋溢着春天的气息了。燕子都来了啊！

拒绝燕子，我便闭了前门，也关了后门，不许燕子到屋内筑巢。我十分喜欢这种洋溢着吉祥洋溢着善良的鸟儿，却又不得不硬着心肠拒绝它们进屋，确是无奈的事。

二十世纪八十年代某一年，小燕子在我刚刚建成的前屋里寻觅栖息之地，最后选定了装着电灯开关的那个圆形木盒子，据此便衔泥筑窝。我和妻子和孩子都怀着一份欣喜，在新屋里添一对喜气洋洋的燕子，于心理上似乎平添了一份令人舒悦的吉祥气氛，都十分珍爱十分欢迎这一对客鸟。很短几天，小燕的窝巢极快地长高着，令我惊呀，曾戏谑简直是深圳速度啊！那时候，深圳建筑业挣脱了中国建筑行当习以为常的慢腾腾，以几天建一层楼房的高速度震惊了中国，被誉为深圳速度，也成为中国经济改革的一个形象化的代名词。我同时也发现了不妙：燕子用泥筑成大半的窝上，夹杂着一枝枝细长的草枝草叶，悬吊在空中，看上去乱糟糟脏兮兮的。印象中燕子是用纯粹的河泥造窝的，怎么会夹杂这么多草枝？问及村人，老者说，燕子有两种，一为瑚燕，用纯粹的河泥筑窝；一为草燕，用杂合着草枝草叶的河泥造窝。我才大开眼界，知道燕子中也有精致和粗糙的类别。

在我新屋里筑巢的这一对燕子，无疑是属于粗糙类的草燕一种了。但终归是燕子，粗糙就粗糙一点吧，我自己其实也不属于精致雅细之人，粗糙的人和粗糙的燕子正好合拍，正好可以为邻为伍，谁也不必嫌烦谁。到得这一对燕子夫妇开始轮换卧巢孵卵的时候，我又发现了不妙。墙上开始出现黑一道黄一道的排泄物。留心观察发现，卧巢孵蛋的燕子后急了，便把屁股撅出窝口，完了事又钻进窝去继续孵蛋，墙上就流下来一道儿秽物。我就觉得不能容忍，粗糙也不能粗糙到这种程度嘛！然而还是容忍了，主要是因为那窝里正在孵化的两枚蛋，说不定小燕就要破壳而出了呢。家人已多怨言，说没见过这样又懒又脏的燕子。怨归怨，嫌归嫌，只盼小燕尽早出窝离巢。

及至雏燕出壳，及至嫩雏逐渐长大羽丰，食量与日俱增，排泄量也同步增加，整个那一片墙壁，已经被燕粪涂抹得不堪入目，地上也落着脏物。每有客人来，迎面看见这幅景象，总是说把窝捣了，太不像样子了。我忍耐着那份惨不忍睹，承受着那份脏，直到发现雏燕已经出窝试飞，终于下了逐客令……因为实在无法辨别瑚燕和草燕，便闭了门，一律拒绝燕子进屋，有点因噎废食的简单。

拒绝燕子，另有一个更硬的原因。我一个人住在这个祖居老屋里，常有出门的时候，短则一日，长则十天半月，走了就得锁门，燕子苦心巴力筑巢育雏，都会前功尽弃，甚或虐杀幼雏。即使精致的瑚燕，也无法容留。然而心里确实期盼能有一对瑚燕为邻为友，每天"唧唧啾啾"呢喃着，添一分生气和祥和。

真是令人喜出望外的事。早春时节去南方十天，回到原下老家时，我的第一发现，就是有燕子择定了居地。在前屋的后檐下，在那个粗大的挑梁和后墙构成的三角地带，有一个正在建筑着的燕窝。我一眼就看出来，那窝纯粹是用细腻的河泥垒堆的，一根一丝杂草也不见，据此可以断定属于精致的瑚燕了。它选择的地方也太好不过，无论我在家或出外，都不妨碍它筑窝和将来育雏。

又是深圳速度。两只燕子轮番衔着泥回来，把泥团搭在茬口上，歪着小脑袋左按一下，右按一下，然后就飞走了。我很奇怪，一团一团的河泥里掺着细沙，本是很松散的，比普通黄泥的黏合力差得远了，怎么会黏结得牢靠？似乎村人说过，燕子嘴里自含胶。是说燕子的口腔里分泌一种可以使泥团增强黏结力的液体。无法验证，不得而知，反正那窝与日俱增着，速度极快。我在暗自庆幸遇合了这一对精致的瑚燕的愉快心境里，看着专心致志忙忙碌碌筑巢的燕子，常常浮出幼年的一幅难忘的情景来。

大约是我刚刚入学启蒙，还没有认下几个字的时候。某天放早学回家，看见父亲在后屋明间的脚地上锯一块小小的薄板，比我的课本大不出多少。我便问，锯这板干什么。父亲说给燕子架一个垒窝的台板。他说有一对燕子在屋梁上飞来飞去，有两三天了，估计找不到可以落泥垒窝的台板。叔父在一边不经意地说，等你给燕儿把台板架好了，它又不来了。父亲自顾自做着，在刨光的木板的一面，用毛笔写下四个大字，并问我，你都算是学生了，认不认得这几个字。我丝毫也不觉得难堪,因为父亲其实也明白我不可能认识这四个笔画很繁杂的汉字。他有点洋洋得意地念道:喜燕来朝。他继续以洋洋得意的口吻给我讲说,燕子是吉祥鸟,也是喜鸟善鸟,在谁家垒窝是喜事。我便问"朝"是什么意思。父亲嗯了一声,朝嘛也不敢说朝拜。咱是穷家百姓……叔父已经走开了。他几乎是个文盲,大约不屑看取父亲咬文嚼字的做派。然而父亲随之端来木梯,先在檩木上砸进两枚生铁方钉,再把木板架上去,又用细绳捆扎牢靠。我在梯子旁边瞅着"喜燕来朝"那四个悬在空中的毛笔字,积着灰尘结着隔年蛛网的老房旧梁,似乎顿然有了可期待的灵气了。母亲在催过我和父亲吃饭之后,随口说出几句关于燕子的歌谣:不吃你家米,不脏你家地,只借你家高房垒窝育儿女,也给你家添份喜……

我对燕子最初的认知和记忆,就是这天早晨留下的。父亲精心搭置的木板平台,真的招来了一对燕子。后来怎么垒窝、孵卵、育雏,年代久远,已不甚了了,只是清楚地记得,那对燕子不仅自己不在窝口拉屎,连它们孵出的雏燕的排泄物,也都转移到屋院以外的野地里去了。父亲说,燕子叼着虫回到窝喂小燕,出窝时就把小燕拉的屎叼走了,燕子这鸟比有些人还通灵性。这是事实,在写着"喜燕来朝"的木板上筑成的燕窝下面的脚地上,从来也没见过一次秽物,直到雏燕出窝。几十年后我才知晓,燕子中还有既脏地又脏墙令人生厌的草燕一类。据村人说,现在的燕子比过去多多了,村里好多人家都有燕子垒窝,十之八九都是粗糙的草燕,弄得屋里脏兮兮的,又不忍心赶出门去。瑚燕已经少得不成比例,越显得珍贵,也越难遇合了。我多庆幸啊!

看着最后一团湿泥干涸,再不见有新的湿漉漉的河泥垒加,我就明白燕子的这个建筑物大功告成了。这是怎样奇妙的一幢鸟类的伟大建筑啊：贴着墙的一面逐渐悬吊下去，形成一个小小的兜儿，然后又缓缓地朝前往上垒上去，最后收成一个仅仅只容得燕子出入的小口。我便可以推想，那个悬吊在最下部的兜儿，肯定是为产卵设计的，卵不至于乱滚，雏燕藏在这个兜底儿，恰如一个四面设围的摇篮，避免了瞎滚瞎爬而掉出来摔死的危险。这个燕窝是倚赖挑梁和墙壁平面屋檐的三角地带垒成的，根本没有像我父亲在屋梁上架设的木板做基础，也没有十余年前那对草燕在前屋电灯开关的木盒上垒窝的依托，难度就很大了。这是一个完全悬空的建筑。这是燕群里的一对建筑大师出神入化的杰作，令我叹为观止。可以断定，这是它们的父母无法教给它们的方法和技巧，也是无法从它们的同类那儿模仿的，因为根本不存在完全相同的垒窝筑巢的环境，一切都得依据具体环境提供的可能性，去构思去设计去施工。由此可以推想每一对燕子的每一次筑巢，都是一次重新开始的全新的创造，无法仿效同类，也无法重复自己。

我察觉新垒的燕窝呈现出一种静谧，只有一只燕子在屋院里偶尔掠过，估计这是那只公燕，母燕静卧新巢产卵了。我无意间也就放轻了脚步，出入后门走过头顶的那个神秘的燕窝时，自然生出一缕拘谨，生怕惊扰了它。想到再过一些时日，那神秘的窝巢里将会传出雏燕争食的声音，该是多么美妙哦。

外出一周回到原下，打开已经积尘的铁锁，首先想看一看前屋后檐下的燕窝，似乎没有任何动静。我便想到，可能正在产卵或孵卵哩，不到饿极或尿急，燕子是不会出窝的。几天过去了，我竟然没有发现燕子一次出入其巢，便有些疑惑，担心也就潜生了。后来就站在较远处的后屋前门口耐心等候，许久仍不见燕子出入的踪迹，倒是有两只甚至多只燕子出入前屋和后屋的大门，或在屋院上空旋飞，却不见进出窝口，这是怎么回事呢？又过了许多天，我终于断定，这个燕窝已是一个空巢,心里竟冷寂起来,猜想这对精心设计苦力构建了窝巢的燕子,不可能另择栖地重筑新巢,也不可能是被孩子虐杀,因为即使最捣蛋的孩子,也不会捉燕子的。我唯一能想到的是农药的绝杀。然而这个时节的乡村里,麦子已经接近成熟,早熟的水果都是不再施洒农药的。然而也不敢肯定,说不定什么人在菜园里喷了药汁……无论这种猜测的可靠性几何,结果却是不可改变的残酷,燕子确凿没有了,难得遇合的不脏我家地的瑚燕。

我的心里渐渐平复,在后屋里继续我写字或看书的事。某日中午,我撂下钢笔点燃一支卷烟,透过窗户玻璃无意朝前看去,看到一只麻雀从前屋后檐下飞出来,心里一惊,用水泥板构建的前屋后檐,没有任何鸟雀可以落脚的东西,这麻雀是不是从燕窝里飞出来的?我便走出后屋前门,站在台阶上想看个究竟。待了许久,再也看不到麻雀进出燕窝的奇迹发生,便想到刚才可能恰恰看见了一只从屋檐下掠过的麻雀,怪我多疑了,便又重新拾起钢笔。

当我再次点烟的时候,无意间又看见了从前屋后檐下飞出一只麻雀。这回我没有走出门去,就隐蔽在原位上隔着窗玻璃偷窥,果然,一只麻雀从屋檐上空折转下来,钻进那个燕窝里去了。我几乎脱口而出,雀占燕巢,千古奇观。随之就放声大笑了,笑得我都岔住气了。我读书读到有趣处时哑然失笑,是常有的事,有时候一个人走路想着某些滑稽可笑的事或人,也会暗自发笑。然而像这样的忍俊不禁的大笑,而且是我一个人独居着的偌大空寂的屋院,却是绝无仅有的事。真是不可思议!好你个麻雀兔崽子!任谁都知道鸠占鹊巢的故事,然而恐怕没有谁如我有幸目击雀占燕巢的滑稽了。那么精美的燕窝里,现在飞出来又钻进去的,竟然是土头灰脑的麻雀。乡村人惊奇这类不可思议的怪事时常说,奇哉怪哉,楸树上结串蒜薹。现在恰好可以套用乡村人的这个句式，奇哉怪哉，燕窝里飞出麻雀。我突然想到那位诡秘奇思的天才作家蒲松龄，编尽了天下妖魔鬼怪的奇事逸闻，怕是也想不到麻雀竟会占据燕巢。我听说过蛇和老鼠钻进燕窝偷食燕蛋的事，并不为奇，只觉得残忍。然而麻雀怎么可能欺侮燕子呢？

在鸟儿的王国里，有益鸟和害鸟之分，这是人类按鸟的习性对自身的利害而做出的划界。如果就鸟儿王国本身而言，有食肉类和以草虫为食物的区分。食肉一类的鸟如鹰、鸠、雕、鹞等，以捕杀各种鸟儿和小型动物营养自己，甚至凶残暴戾到敢于攻击人类，它们是鸟类王国里的希特勒和日本鬼子。以各种植物的叶子和果实或小虫为食物的鸟儿，是鸟类王国里的"各民族人民大众"，在广阔的大地上寻觅自己喜好的嫩叶、种子和虫子，互不干扰互不威胁和平共处。鸠占鹊巢就是鸟类王国里恶对善的欺凌。鸠是嗜血成性的凶鸟，而鹊是被人作为报喜禳灾的喜鸟而钟爱的。我却突发奇想，鸠残忍地捕杀喜鹊一类善鸟可能是时时发生的事，而鸠霸占喜鹊窝巢的事恐怕谁也没有目睹过。我见过无数的喜鹊窝巢，是鸟类中最不讲究最潦草的一种，用比较粗硬的树枝杂乱无章地搭压在一起，疏漏如同箩眼。这样的窝，鸠怕是看不到眼里的。鸠占鹊巢无非是喻示恶对善的欺凌，强武对弱势的霸道，没有谁去考察鸠是否真的霸占过鹊的窝巢。

麻雀却霸占了燕子的窝巢，我已先睹为快。

麻雀在鸟类王国里，无疑属于弱势一族中的弱势，那么小的体形，对任何鸟儿都不会构成威胁。在人类的眼里，不该被视为与人争谷的害鸟而曾被动员起来的六亿人民（一九五八年全国人口）围歼，即使为其平反之后，人们也没有太在乎过它，小孩子们的弹弓首先瞄准的还是麻雀。这个被凶鸟欺压也被人类轻贱着的小小麻雀，却可以欺侮燕子。而燕子在人的眼里和心里，自古都是颇为高贵的可以享受

"喜燕来朝"架板的贵宾。如果用人类拳击的规则来度量，麻雀和燕子属于同一个量级，大约都不过零点一公斤的体重吧。然而麻雀却可以以武力霸占燕巢，怕是燕子生性太善也太娇弱了……我这样推测。

我把这个类似"楸树上结了蒜薹"的奇事讲给村里人，听者哈哈一笑便解谜了。村人说，麻雀根本不会和燕子动武。麻雀只要往燕子窝里钻一回，燕子就自动给麻雀把窝腾出来了。为啥？麻雀身上的臊气把燕子给熏跑了。燕子太讲究卫生了，闻不得麻雀的臊气。

哦！这又是我料想不到的学问，一个令我惊心的学问。

鸠以武力霸占鹊巢，如同人类历史中大大小小的臭名于世的侵略者，人们恐惧他们的暴力，却不奇怪他们曾经的出现和存在。然而麻雀呢？虽不具备如鸠一样的强力和嗜血成性的残暴，却可以用自身的腥臊气味把太过干净的燕子恶心一番，逼其自动出逃，达到如鸠一样霸占其巢的目的，而且不留鸠的恶。由此类推到自然界，如若蛆虫爬进了蚕箔，蚕肯定会窒息而死，其实蛆对蚕是不具备攻击力的。如若把一株臭蒿子栽到兰花盆里，后果将不言而喻。再推及人类社会生活中的臭与香、丑与美、恶俗与高雅、鸨婆与林黛玉、泼皮无赖和谦谦君子，其实是不必交手结局就分明了。

这倒成为我开心的一大景观。我站在台阶上抽烟，或坐在庭院里喝茶，抬头就能看见出出进进燕窝的麻雀的得意和滑稽，总忍不住想笑。起初，麻雀发现我站着或坐在院里，还在屋檐上或墙头上窥视，尚不敢放心放胆地进入燕窝，一旦我转身进屋，"刺溜"一声就钻进去了，还有点不好意思的心虚，显现出贼头贼脑的样子。时间一久，大约断定我其实并不介入它占燕巢的劣行，就变得无所顾忌地大胆了，无论我在屋里或檐下，它都自由出入于燕窝。我也就对麻雀吟诵：放心地在燕窝里孵蛋，再哺育小麻雀吧！毕竟也还是一种鸟哦！

第五辑　白鹿原头信马行

## 父亲的树

又有两个多月没有回原下的老家了。离城不过五十华里的路程，不足一小时的行车时间，想回一趟家，往往要超过月里四十的时日，想来也为自己都记不清的烦乱事而丧气。终于有了回家的机会，也有了回家的轻松，更兼着昨夜一阵小雨，把燥热浮尘洗净，也把心头的腻洗去。

进门放下挎包，先蹲到院子拔草。这是我近年间每次回到原下老家必修的功课。或者说，每次回家事由里不可或缺的一条。春天夏天拔除院子里的杂草，给自栽的枣树柿树和花草浇水；秋末扫落叶，冬天铲除积雪。每一回都弄得满身汗水灰尘，手染满草的绿汁。温习少年时期割草以及后来从事农活儿的感受，常常获得一种单纯和坦然，甚至连肢体的困倦都是别一番滋味的舒悦。

前院的草已铺盖了砖地，无疑都是从砖缝里冒出来的。两月前回家已拔得干干净净，现在又罩满了，有叶子宽大的草，有秆子颇高的草。有顺地扯蔓的草，吓得孙子旦旦不敢下脚，只怕有蛇。他生在城里，至今尚未见过在乡村土地上爬行的蛇，只是在电视上看过。他已经吓得这个样子，却不断问我打过蛇没有，被蛇咬过没有。乡村里比他小的孩子，恐怕没有谁没见过蛇的，更不会有这样可笑的问题。我的哥哥进门来，也顺势蹲下拔草，和我间间断断说着家里无关紧要的话。我们兄弟向来就是这样，见面没有夸张的语言行为，也没有亲热的动作，平平淡淡里甚至会让生人产生其他猜想，其实大半生里连一句伤害的话从来都没有说过，更谈不到脸红脖子粗的事了。世间兄弟姊妹有种种相处的方式，我们却是于不自觉里形成这种习惯性的状态。说话间不觉拔完了草，堆起偌大一堆。我用竹笼纳了五笼，倒在门前的场塄下，之后便坐在雨棚下说闲话，懒得烧水。幸好还有几瓶啤酒，当着茶饮，想到什么人什么事，有一搭没一搭地聊着。还有一位村子里的兄弟，也在一起喝着扯着闲话。从雨棚下透过围墙上方往外望去，大门外场塄上的椿树支撑着天空。记不清谁先说到这棵树，是说这椿树当属村子里现存的少数几棵最大的树，却引发了我的记忆，当即脱口而出，这是咱伯栽的树。这话既是对哥说的，也是对那位弟说的。按当地习俗，兄弟多的家族，同一辈分的老大，被下辈的儿女称伯，老二被称爸，老三老四等被称大。有的同一门族的人丁超常兴旺，竟有大伯二伯三伯大爸二爸三爸和大二大三大八大的排列。这里的乡俗很不一般，对长辈的称呼只有一个字，伯、爸、大、叔、妈、娘、姨、舅、爷等，绝对没有伯伯、爸爸、大大、妈妈、娘娘、姨姨、爷爷、舅舅等的重复啰唆……我至今也仍然按家乡习惯称父亲为伯。父亲在他那一辈本门三兄弟里为老大。我和同辈兄弟姐妹都叫一个字：伯。如此说来，这文章的标题该当是：伯的树。

我便说起这棵椿树的由来。大约是"三年困难时期"最困难的一九六〇或是一九六一年，我正上高中，周日回到家，父亲在生产队出早工回来。肩上扛着镢头，手里攥着一株小树苗。我在门口看见，搭眼就认出是一株椿树苗子。坡地里这种野生的椿树苗子到处都有，那是椿树结的荚角随风飘落，在有水分的土壤里萌芽生根，一年就可以长到半人高的树秧子。这种树秧如长在梯田楞坎的草丛中，又有幸不被砍去当柴烧，就可能长成一棵大椿树；如若生长在坡地梯田里，肯定会被连根挖除晒干当作好柴火，怕其占地影响麦子生长。父亲手里攥着的这根椿树苗子是一个幸运者，它遇到父亲。不是被扔在门前的场地上晒干了当柴烧，而是要郑重地栽植，正经当作一棵望其成材的树了，进入郑重的保护禁区了；也自这一刻起，它虽是普通不过平凡不过的一棵树，却已经有主了。就是父亲。父亲给我吩咐，你去担水。他说着就在我家门前的场塄边上挖坑。树只是个秧儿，无须大坑，三镢头两铁锨就已告成，我也就没有要替父亲动手，而是按他的指令去担水。那时候我们村里吃的是泉水，从村子背后的白鹿原北坡的东沟流下来，清凌凌的，干净无染。泉水在村子最东头，我家在村子顶西边。我挑一回水，最快也需半小时。待我挑水回来，父亲早已挖好坑儿，坐在场塄边儿上抽旱烟。他把树苗置入一个在我看来过大的土坑里。我用铁锨铲土填进坑里，他把虚土踩踏一遍，让我再填，他再踩踏。他教我在土坑外沿围一圈高出地面的土梁，再倒进水去。我遵嘱一一做好，看着土坑里的水一层一层低下去，渗入新填的新鲜土坑里，成活肯定是毫无一丝疑义。父亲又指示我，用酸枣刺棵子顺着那个小坑围成一圈栽起来，再用铁丝围拢固定，恰如篱笆，保护小椿树秧子，防止猪拱牛抵羊啃娃娃掐折。我从场边的柴堆上挑选出一根一根较高的业已晒干的酸枣棵子（这是父亲平时挖坡顺手捡回来的），做着这项防护措施。父亲坐在地上抽烟，看着我做。我却想到，现在属于父亲领地的，除了住房的庄基，就是这块附属于庄基地门前的一小片场地了，充其量有二厘地。下了这个场塄，就是统归集体的土地了。父亲要在他可以自主掌控的二厘场地上，栽种一棵椿树。

我对父亲的一个尤为突出的记忆，就是他一生爱栽树。他是个农民，种玉米种麦子务弄棉花是他的本职主业，自不必说，而业余爱好就是栽树。我家在河川的几块水地，地头的水渠沿上都长着一排小叶杨树。水渠里大半年都流淌着从灞河里引来的自流水，杨树柳树得了沃土好水的滋养，迎着风如手提般长粗长高。随意从杨树或柳树上折一根枝条，插到渠沿的湿泥里，当年就长得冒过人头了，正如民间说的"三年一根椽，五年长成檩"的速度。二十世纪五十年代中期以前，我的父亲就指靠着他在地头渠沿培植的这些杨树，供给先后考上高小和初中的哥和我的学杂费用。那时的小学高年级，我都是住宿搭灶的学生。父亲把杨树齐根斫下来，卖了椽子，大约七八毛钱一根，再把树根刨出来，剁成小块，晒干，用两只大老笼装了，挑过灞河，到对岸的油坊镇上去卖，每百斤可卖一块至一块两毛钱。我至死都不会忘记五十年代中期的这两项货物——椽子和木柴的市场价格。无须解释原因，它关涉我能否在高小和初中的课堂上继续坐下去。父亲在斫了树干刨了树根的渠沿上，当即就会移栽或插下新的杨树秧或树枝，期待三年后斫下一根椽子卖钱。父亲卖椽卖柴供两个儿子念书的举动无意间传开，竟成为影响范围很宽的事。直到现在，我偶尔遇到一些同里乡党，见面还要感叹几句我父亲当年的这种劳动，甚至说"你伯总算没有白卖树卖柴"的话。不久，农村实行合作化以后，土地归集体，父亲也无树根可刨了。我就是在那一年休了学，初中刚念了一个学期。不过，我那时并不以为休学有多么严重，不过晚一年毕业而已，比起班上有些结婚和得了儿女的同学，我是年龄最小的一个。这是解放后才获得念书机会的乡村学生的真实情况，结婚和生孩子做父母的初一学生每个班都有几个，不足为奇。

我在每个夏天的周日从学校回到家中，便要给父亲的那棵椿树秧子浇一桶水。这树秧长得很好，新发出的嫩枝竟然比原来的干子还粗，肯定是水肥充足的缘由。某一个周六下午我回家走到门口，一眼望见椿树苗新冒出的嫩枝折断了头。不禁一惊，有一种心疼的惋惜。猜想是被谁撞折了，或被哪个孩子掐折了。晚上父亲收工回来吃晚饭时，说是一个七八岁的骚娃（调皮捣蛋的娃）用弹弓打断的。父亲说，娃嘛！就是个骚娃咯。用弹弓耍哩瞄准哩，也不好说他啥。后来就在断折处，从东西两边发出两枝新芽来，渐渐长起来。我曾建议父亲，小树不该过早分杈，应该去掉一枝，留下一枝才能长高长直。父亲说，先不急，都让长着，万一哪个骚娃再折掉一枝，还有一枝。父亲给骚娃们留下了再破坏的余地，我就不仅仅是听从了，还有某点感动。再说这椿树秧子刚冒出来便遭拦头折断的打击，似乎憋了气，硬是非要长出一番模样来，从侧旁发出的两根新芽更见茁壮，眼见着拔高，竞相比赛一般生机勃勃。父亲怕那细干负载不起茂盛的叶子，一旦刮风就可能折断，便给树干捆绑一根立竿，帮扶着它撑立不倒不折。这椿树便站立住了。无意间几年过去，我高考名落孙山回乡当了民办教师，为生活为前程多所波折，似乎也不太在意它了。这椿树已长得小碗粗了。小碗粗的椿树已经在天空展开枝杈和伞状的树冠，却仍然是两根分枝，父亲竟没有除掉任何一根，他说越长越不忍心砍那多余的一根分枝了，就任其自由生长。这椿树得了父亲的宽容和心软，双枝分杈的形态就保持下来。直到现在都合抱不拢的大树，依然是对称平衡的双枝撑立在天空，成为一道风景，甚至成为一种标志。有找我的人向村人问路，最明了的回答就是，门口场塄有一棵双杈椿树。

到八十年代初始，生活已发生巨大转机，吃饱穿暖已不再成为一个问题的好光景到来时,我已筹备拆掉老朽不堪的旧房换盖新房了,不料父亲得了绝症。他似乎在交代后事,对我说,场塄上那棵椿树,可以伐倒做门窗料。我知道椿树性硬却也质脆,不宜做檩当梁,做门窗或桌椅却是上好木材。父亲感慨,我栽了一辈子树,一根椽子都没给自家房子用过,都卖给旁人盖房子了,把这椿树伐下来,给咱的新房用上一回。我听了竟说不出话,喉头发哽。缓解一阵后,我对父亲说,门窗料我会想办法购买(那时木材属统购物资),让椿树长着。我说不出口的一句话是,父亲留给我的活物,就只剩下这一棵椿树了。不久,父亲去世了,椿树依然蓬勃在门外的场塄上。八十年代初,我随之获得专业写作的机会,索性回到原下老家图得清静,读书写作,还住在遇到阴雨便摆满盆盆罐罐接漏的老屋里,还继续筹备盖房。某一天,有两三个生人到村子里来寻买合适的树,一眼便瞅中了我父亲的这棵椿树,向村人打听树的主人。村人告诉说,那主家自己准备盖房都舍不得伐它,你恐怕也难买到手。买家说可以多掏一些钱,随之找到我,说椿树做家具是好材料,盖房未必好,可以多给一些钱,让我去选购枕木这些上好的盖房材料,并说明他们是做家具卖的生意人。我自然谢绝了。这是绝无商议余地的事。我即使再不济,也不能把父亲留给我的最后一棵树砍了。这椿树就一直长着,直到现在。每隔一段时日抽空回到老家,到门口第一眼看到的就是这棵椿树,父亲就站在我的眼前,树下或门口;我便没有任何孤独空虚,没有任何烦恼,没有任何腌臢的事能够把人腻死……

  我和我哥坐在雨棚下聊着这棵椿树的由来。他那时候在青海工作,尚不清楚我帮父亲栽树的过程。他在"大跃进"的头一年应招到青海去了,高中只学了一年就等不得毕业了,想参加工作挣钱。其实,还是父亲在这时候供给着两个中学生,可以想见其艰难。我是依靠着每月八元的助学金在读书,成为我一生铭记国家恩情的事。"大跃进"很快转变为灾难。青海兴建的厂矿和学校纷纷下马关门。哥和许多陕西青年一样无可选择又回到老家来,生产队新添一个社员。哥听了我的介绍,却纠正我说,这椿树还不是最老的树,父亲栽的最老的树要算上场里地角边的皂荚树。那是刚刚解放的五十年代初,我们家诸事不顺,我身后的两三个弟妹早夭,有一个刚生下六天得一种"四六风症"死去,有一个妹妹和一个弟弟都长到三四岁了,先后都夭亡了。家养一头黄牛,也在一场畜类流行瘟疫里死了。父亲惶恐里请来一位阴阳先生,看看哪儿出了毛病。那阴阳先生果然神奇,说你家上场祖坟那块地的西北角太空了,空了就聚不住"气"。邪气就乘虚而入了。父亲吓得不知如何是好,急问如何应对如何弥补。阴阳先生说,栽一棵皂荚树。并且解释,皂荚树的皂荚可以除污去垢,而且树身上长满一串串又粗又硬的尖刺,更可以当守护坟园的卫士。父亲满心诚服,到半坡的亲戚家挖来一株皂荚树秧子,栽到上场祖坟那块地的西北角上。成活了也长大了,每年都结着迎风撞响的皂角儿。这皂荚树其实弥补得了多少空缺是很难说的,因为后来家里也还出过几次病灾,任谁都不会再和阴阳先生去验证较真了。这儿却留下一棵皂荚树,父亲的树,至今还长着,仍然是一年一树繁密的皂角儿,却无人摘折了,农民已经不用皂角洗涤衣服,早已用上肥皂洗衣粉之类。哥说了父亲的这棵皂荚树,我隐约有印象,不如他清楚,我那时不太在心,也太小。现在,在祖居的宅院里,两个年过花甲的兄弟,坐在雨棚下,不说官场商场,不议谁肥谁瘦,也不涉水涨潮落,却于无意中很自然地说起父亲的两棵树。父亲去世已经整整二十五年,他经手盖的厦屋和他承继的祖宗的老房都因朽木蚀瓦而难以为继,被我拆掉换盖成水泥楼板结构的新房了,只留下他亲手栽的两棵树还生机勃勃，一棵满枝尖锐硬刺儿的皂荚树，守护着祖宗的坟墓陵园；一棵期望成材作门窗的椿树，成为一种心灵感应的象征，撑立在家院门口，也撑立在儿子们心里。

每到农历六月，麦收之后的暑天酷热，这椿树便放出一种令人停留贪吸的清香花味，满枝上都绣集着一团团比米粒稍大的白花儿，招得半天蜜蜂，从清早直到天黑都嗡嗡嘤嘤的一片蜂鸣，把一片祥和轻柔的吟唱洒向村庄，也把清香的花味弥漫到整个村庄的街道和屋院。每年都在有机缘回老家时闻到椿树花开的清香，陶醉一番，回味一回，温习一回父亲。今年却因这事那事把花期错过了，便想，明年一定要赶在椿树花开的时日回到原下，弥补今年的亏空和缺欠。那是父亲留给这个世界也留给我的椿树，以及花的清香。

## 家之脉

女儿和女婿在墙壁上贴着几张识字图画，不满三岁的小外孙按图索文，给我表演：白菜、茄子、汽车、火车、解放军、农民……

一九五〇年春节过后的一天晚上，在那盏祖传的清油灯下，父亲把一支毛笔和一沓黄色仿纸交到我手里："你明日早起去上学。"我拔掉竹筒笔帽儿，是一撮黑里透黄的动物毛做成的笔头。父亲又说："你跟你哥合用一只砚台。"

我的三个孩子的上学日，是我们家的庆典日。在我看来，孩子走进学校的第一步，认识的第一个字，用铅笔写成的汉字第一画，才是孩子生命中光明的开启。他们从这一刻开始告别黑暗，走向智慧人类的途程。

我们家木楼上有一只破旧的大木箱，乱扔着一堆书。我看着那些发黄的纸页和一行行栗子大的字问父亲："是你读过的书吗？"父亲说是他读过的，随之加重语气解释说："那是你爷爷用毛笔抄写的。"我大为惊讶，原以为是石印的，毛笔字怎么会写到和我的课本上的字一样规矩呢？父亲说："你爷爷是先生，当先生先得写好字，字是人的门脸。"在我出生之前已谢世的爷爷会写一手好字，我最初的崇拜产生了。

父亲的毛笔字显然比不得爷爷，然而父亲会写字。大年三十的后响，村人夹着一卷红纸走进院来，父亲磨墨、裁纸，为乡亲写好一副副新春对联，摊在明厅里的地上晾干。我瞅着那些大字不识一个的村人围观父亲舞笔弄墨的情景，隐隐看到了一种难以言说的自豪。

多年以后，我从城市躲回祖居的老屋，在准备和写作《白鹿原》的六年时间里，每到春节的前一天后响，为村人继续写迎春对联。每当造房上大梁或办婚丧大事，村人就来找我写对联。这当儿我就想起父亲写春联的情景，也想到爷爷手抄给父亲的那一厚册课本。

我的儿女都读过大学，学历比我高了，更比我的父亲和爷爷高了（他们都没有任何文凭，我只有高中毕业）。然而儿女唯一不及父辈和爷辈的便是写字，他们一律提不起毛笔来。村人们再不会夹着红纸走进我家屋院了。

礼拜五晚上一场大雪，足足下了一尺厚。第二天上课心里都在发慌，怎么回家去背馍呢？五十余里路程，步行，我十三岁。最后一节课上完，我走出教室门时就愣住了，父亲披一身一头的雪迎着我走过来，肩头扛着一口袋馍馍，笑吟吟地说："我给你把干粮送来了，这个星期你不要回家了，你走不动，雪太厚了……"

二女儿因为误读俄语，补习只好赶到高陵县一所开设俄语班的中学去。每到周日下午，我用自行车带着女儿走七八里土路赶到汽车站，一同乘公共汽车到西安东郊的纺织城，再换乘通高陵县的公共汽车，看着女儿坐好位子随车而去，我再原路返回西蒋村——正在写作《白鹿原》的祖屋。我没有劳累的感觉，反而感觉到了时代的进步和生活的幸福，比我父亲冒雪步行五十里为我送干粮方便得多了。

我不止一次劝告女儿和女婿，别太着急了，孩子三岁还不到，你教他认什么字嘛！他现在就应该吃饭、玩耍甚至捣蛋，才符合天性。女儿和女婿便说现在人对孩子智商如何如何开发，及至胎儿。我便把我赌上去："你爸爸八岁才上学识字，现在不光写小说当作家，写毛笔字偶尔还赚点润笔费哩！"

父亲是一位地道的农民，比村子里的农民多了会写字会打算盘的本事，在下雨天不能下地劳作的空闲里，躺在祖屋的炕上读古典小说和秦腔戏本。他注重孩子念书学文化，他卖粮卖树卖柴，供我和哥哥读中学，至今依然在家乡传为佳话。

我供三个孩子上学的过程虽然也颇不轻松，然而比父亲当年的艰难却相去甚远。从私塾先生爷爷到我的孙儿这五代人中，父亲是最艰难的。他已经没有了私塾先生爷爷的地位和经济，而且作为一个农民也失去了对土地和牲畜的创造权利，而且心强气盛地要拼死供两个儿子读书。他的耐劳他的勤俭他的耿直和左邻右舍的村人并无多大差别，他的文化意识才是我们家里最可称道的东西，却绝非书香门第之类。

这才是我们家几代人传承不断的脉。

## 别路遥

我们不得不接受这样的事实,无论这个事实多么残酷以至至今仍不能被理智所接纳,这就是:

一颗璀璨的星从中国文学的天宇陨落了!

一颗智慧的头颅终止了异常活跃、异常深刻也异常痛苦的思维。

这是路遥。

他曾经是我们引以为自豪的文学大省里的一员主将,又是我们这个号称陕西作家群的群体中的小兄弟;他的猝然离队将使这个整齐的队列出现一个大位置的空缺,也使这个生机勃勃的群体呈现寂寞。当我们——比他小的小弟和比他年长点的大哥以及更多的关注他成长的文学前辈们看着他突然离队并为他送行,诸多痛楚因素中,最难以承受的是物伤其类的本能的悲哀。

路遥从中国西北的一个自然环境最恶劣也最贫穷的县的山村走出来,为中国当代文学的繁荣创造了绚烂的篇章。这不单是路遥个人的凯歌。它至少给我们以这样的启迪,我们这个民族所潜存的义无反顾的进取精神和旺盛而又强大的艺术创造力量。路遥已经形成开阔宏大的视野，深沉睿智地穿射历史和现实的思想，成就大事业者的强大的气魄，朝着创造的目标，实现创造理想时必备的坚韧不拔的意志和艰苦卓绝的耐力，充分显示出这个古老而又优秀的民族的最优秀的品质。

路遥热切地关注着生活演进的艰难的进程，热切地关注着整个民族摆脱沉疴复兴复壮的历史性变迁，以及由此而产生的巨大痛苦和巨大欢乐。路遥并不在意个人的有幸与不幸，得了或失了，甚至包括伴随着他的整个童年时期的饥饿在内的艰辛历程。这是作为一个深刻的作家的路遥与平庸文人的最本质区别。正是在这一点上，路遥才成为具有独立思维和艺术品格的路遥。

路遥短暂的"人生"历程中，躁动着炽烈的追求光明追求美好健全社会的愿望，他没有一味地沉默也不屑于呻吟，而是挤在同代人们中间又高瞻于他们之上，向整个社会和整个世界揭示这块古老土地上的青春男女的心灵的期待，因此而获得了无以数计的青春男女的欢呼和信赖。他走进他们心中。

路遥的精神世界是由普通劳动者构建的"平凡的世界"。他在中国当代作家中最能深刻地理解这个平凡世界里的人们对中国意味着什么。他本身就是这个平凡世界里并不特别经意而产生的一个，却成了这个世界人们的精神上的执言者。他的智慧集合了这个世界里的全部精华，又剔除了母胎带给他的所有腥秽，从而使他的精神一次又一次裂变和升华。他的情感却是与之无法剥离的血肉情感。这样，我们才能破译长篇小说《平凡的世界》里那深刻的现代理性和动人心魄的真血真情。路遥在创造那些普通人生存形态的平凡世界里，不仅不能容忍任何对这个世界的过去和现在、历史和现实的解释的随意性，甚至连一句一词的描绘中的矫情娇气也绝不容忍。他有深切的感知和清醒的理智，以为那些随意的解释和矫情娇气的描绘，不过是作家自身心理不健全的表现，并不属于那个平凡世界里的人们。路遥因此获得了这个平凡世界里数以亿计的普通人的尊敬和崇拜，他沟通了这个世界里的人们和地球人类的情感。这是作为独立思维的作家路遥最难仿效的本领。

我们无以排解的悲痛发自最深切的惋惜。四十三岁，一个刚刚走向成熟的作家的死亡意味着什么。本来，我们完全可以自信地期待，属于路遥的真正辉煌的历程才刚刚开始。我们深沉的惋惜正是出自对一个文学大省、一个国家和民族的文学事业的无法弥补的损失。

一切已不能挽回于万一。所有期待即使是自信的有把握的，也都在五天前的那个早晨被彻底粉碎了。然而我们就路遥截止到一九九二年十一月十七日早晨八时二十分的整个生命历程来估价，完全可以说，他不仅是我们这个群体，在更广泛的中国当代青年作家中，也是相当出色相当杰出的一个。就生命的历程而言，路遥是短暂的；就生命的质量而言，路遥是辉煌的。能在如此短暂的生命历程中创造出如此辉煌如此有声有色的生命的高质量，路遥是无愧于他的整个人生的，无愧于哺育他的土地和人民的。

以路遥的名义，陕西作协寄望于这个群体的每一个年轻或年长的弟兄，努力创造，为中国文学的全面繁荣而奋争。只是在奋争的同时，千万不可太马虎了自己，这肯定也是路遥的遗训。

路遥同志，你走完了短暂而又光辉的"人生"之旅，愿你的灵魂在"平凡的世界"里的普通劳动者中间和他们赖以生存的土地上得到安息！

一九九二年十一月二十一日在告别仪式上

## 默默此情谁诉

十一月三日，我从乡下住处回到作协已是十二点钟了。我匆匆赶到西安晚报社张月赓家里，交给他一件捎带的东西。闲聊间月赓说，好久没见老蒙了，我想请你和老蒙到家里来喝一杯，我们三个还没在一起喝过酒哩！我就告诉他，老蒙给我说过两三次：约月赓来，咱们三个喝一杯。于是，我就让他约人定时间。我期待着这样的一次聚会……可是，谁料想，就在这一天清晨，蒙老师突然离开我们到另一个世界去了。

他走得那么匆忙，没来得及给他的亲人和朋友们留一句话，这是令人多么痛心的事啊！

此前四个月的七月中旬，作协在太白县召开"陕西长篇小说创作讨论会"，蒙老师作为陕西文学界活跃的评论家被邀参加。他是从宝鸡来到太白县的。他在宝鸡为西大作家班的青年作家联系洽谈写报告文学集子的事，忙得不亦乐乎，终于完满地解决了问题。这是暑假，没有了教学的负担而可以潜心著书立论的宝贵时间，他毅然放弃了，冒着关中三伏的酷热到宝鸡奔走，为青年作家创造创作实习的条件。

在太白一见面，他就说，太白好凉快，我是到这儿乘凉来了。完全是一种逛会的宣言。我已经了知他的这种习性，其实他是最认真的会员。他一次不落地参加讨论会，听取发言者的或是长篇宏论或是一言半语的插话。他一直没有说话，直到最后一个下午才说了大约不到一刻钟的话。他的发言不是所有的人都会赞同，这是极正常也是极普通的事，而他的坦率诚恳的用心却几乎使所有的人都为之感动。他是那样严肃认真热情地关注着长篇小说创作的发展以及陕西中青年作家的创作的现状。

我因此而想到八年前在太白的相聚。那是粉碎"四人帮"后文艺复兴初期作协召开的一次很成功的会议。当时陕西开始涌现出一批中青年作家，会议讨论这批作家的优长和发展。我和蒙万夫老师被会议的组织者安排在一个屋子。我当时和他认识不久，交往不多，有点儿怯生或者说陌生。我想，我是来自乡间的草莽，他是高等学府的教师，我总觉得无法掩饰自己的浅陋。但他待人随和的态度和那种随意的习性使我很快消除了拘谨。那时候我的短篇《信任》刚刚获得全国优秀短篇小说奖，我说到从这篇小说引起的惶惑。他说，你就写你的，你按你的兴趣写。《信任》好得很！有个性。没有个性的作品就跟没有个性的人一样让人难受。短短几天的相处，我感受到了一个可信赖的良师益友的脾性正与我合拍，从此就开始了我们愈来愈真挚的感情的交汇和友情的发展。此后八年之久以至到第二次相聚在太白，我们的友谊可以说像夏天一样成熟了。

我那时在灞桥区文化馆工作，馆里举办了一期创作讲习班，灞桥地区的农村、工厂、学校等单位的五六十名文学爱好者参加了。我去西安大学约请蒙老师讲课，他满口应承，这就一下消除了我来时心存的"庙小难安大神"的顾虑。我随之就抱歉地说明，文化馆无车，我也借不来车，只好委屈你坐公共汽车了。他反而怨我说，你这人，作那个难干啥哩！你给我说清去灞桥该坐哪路车，在哪儿乘车、换车就行了，再就甭管了，保证误不了讲课。果然，我早晨起来还未来得及吃早点，蒙老师已经走进我的屋子。一进门就轻松地说，汽车方便得很嘛！路也不远。我就感到他是继续以轻松的话来解除我的窘迫。金钱和利害可以使人结成铁哥们儿死党，而真诚却使人更觉得可靠和信赖，也更耐人回味和珍惜。

他的讲演大获成功——我是第一次听他正儿八经拉开场子讲文学创作。他没有讲义，一直站着而拒绝坐椅子。他一口气讲了三个多小时，讲到托尔斯泰、巴尔扎克、雨果和柳青，又讲到中国一九八〇年那时候活跃于文坛的中青年作家以及陕西的中青年作家和他们的作品。他纵古横今旁征博引深入浅出，把比较干巴的文学理论讲得生趣盎然，偶尔夹带的轶事趣闻引起哗笑，而又紧紧围绕他讲话的命题。课后几个学员直后悔没带录音机来，说把这场讲课录下来再整理出来就是一篇严密的论文。我有同感。他讲课时的选词用语十分严密，似乎是在念讲义，而他手里什么也没拿。这是我第一次见识作为学者的蒙万夫的硬功夫、真本领以及演讲的风采。

作为学者的蒙老师身上又保存着明显的农民的生活习性。他对农村的事特别有兴趣，我们见面时，他就问农村的收成，责任制实行过程中的农民情绪。他第一次到我乡下的住处来，我正在完成新屋建筑的最后工作，几个农民青年工匠正吃饭，他就和他们坐到一张小桌上，拒绝我为他另外置饭的考虑，而且很快就和那些青年工匠聊得嘻嘻哈哈。

那天饭后我领他到灞河川道里散步，春夏相交时节的河川正是最丰满的景色，麦子孕穗，豌豆结荚，河水清冽，水鸟恋情于水上沙滩。我和张月赓在水边说话,蒙老师已脱了鞋袜,涉水到河心露出水面的大石头上,掬膝而坐,环顾四野。老张对我说,看看,老蒙陶醉于大自然的韵味里去了。我却想到他说过他也是来自农村,考上大学才进入西安,他也许沉入童年农村生活的回味,那是对一种熟悉的却又久违了的生活的回嚼。老张说,我们还是不要扰乱老蒙的情绪。于是,我俩就顺着水边走下去,走过半里多远,回头望过去,蒙老师仍然坐在那块露出河心的大石头上凝神不动,像一尊石雕。当我们终于涉过河水,走上对岸的沙堤会面以后,蒙老师第一句话就是:现在才最清醒地感觉到城市单元楼的全部可怕了!

认识蒙老师不久,他即向我提出,你以后在什么地方发表东西,告诉我一声,说清报纸杂志的名字和期号,我一定会找到的。如果你有多余的寄给我一份更好了。他没有说要这些东西作何用。我也没有问,以为他想看看我的创作发展罢了。自此以后,我就如约把我在一些杂志和报刊发的东西寄给或送给他。他看罢后,往往就成为我们再见面时的话题。此后他又提出,让我把此前发表过的全部作品送给他一览,包括"文革"前的几篇很难称为作品的习作以及"文革"当中曾使我汗颜的几篇小说,我把存留下来的全都背去给他看了。当他后来送还给我的时候,已经替我编了码,整理得有条有理了。

后来,他约我认真谈一次,不仅是创作,还有生活的历程。那天在一间储藏杂物的屋子里我们谈开了,有他的三四个学生一起谈,整整谈了一天,从家庭谈到读书和工作的整个历程,谈到第一次对文学感兴趣以及后来走过的坎坷的创作之路。谈话虽然杂乱无章,却也是我自己一次较为认真的回顾。不久他和学生把我的谈话整理成文,打印成册,并送给我几份。我仍然搞不清他费这么大的力气的用意,只是以为他想了解我的生活和文学经历而已。但有一天他告诉我,《笔耕》文学评论组拟出版一本评论西北五省活跃的中青年作家的评论集,《笔耕》的主要评论家每人写一个作家,我的评论由他写。他说,我现在才觉得可以给你说这个话了,关于你的评论我可以写了。又过了好些日子,有一天收到他的信,说文章已写完,让我去看看。我一看就愣住了,洋洋三万言,已经誊写清楚,名曰《陈忠实论》。那本书规定只能容纳一万字,他就节选出一万字编入了,整个文章后来发表在《文学家》杂志上。看罢文章我才明白,此间我们几次见面,几次交谈,都是他对我的创作的一些思考,和我交换看法。那些看法成为他的评论文章的重要论点。我无意评说这篇文章。我对这篇文章的看法早已与他谈过,尤其使我感动的是他做学问的那种认真精神,为了这篇文章,他间接和直接摊了多少工夫啊!

大概正在他酝酿写作这篇文章的时间里,我在《延河》上发了一篇《答读者问》的创作谈。他看罢即写信给我,说他想不到我说的"最喜欢的作品是《梆子老太》"的话,约我谈一下。此前他曾谈过他不大欣赏《梆子老太》,认为与其他中篇相比是次一些的。我说,不是我觉得这部中篇写得好与不好的问题,我喜欢这部中篇只是因为《梆子老太》改变了以往以故事和情节结构作品的手法,是以人物结构的,是创作试验。他仍然申述这篇作品不好的原因,而且有点激动。于是,我们第一次发生了争论。争论的结果是他仍然把自己的观点写进了评论。我因此反而更敬重他:一个认真做学问的人的品格本该如此。

今天离蒙老师去世已很久,回忆我和他从相识到相知的十个年头里,我们已经有过多少次倾心的交谈:他催我奋进,给我安慰。可如今,天上人间,何处话衷肠……

## 难忘一种鸟叫声

在乡村生活和工作的几十年里，每到公历五月中下旬的初夏时节，无论是行走在乡间土路上，抑或是坐在月光朦胧的自家小院里，都会听到"算黄算割——算黄算割"的鸟叫声。在乡村叫得上和叫不上名字的诸多鸟儿中，最让人亲切的鸟叫声，莫过于这种被乡人称作"算黄算割"的鸟儿了。没有任何神秘的因由，这种鸟叫声提醒庄稼人，麦子黄熟一点就要及时收割一点，不能等得整块麦子全黄熟了才收割。那样往往会被骤来的暴风雨毁了成熟的也是即将到口的麦子。其实，麦子一边黄熟一边收割，这是任何一个庄稼人都明白的常识，谁也不会太在乎空中响着的这种"提醒"。然而，人们对"算黄算割"的鸟鸣声和对这种鸟儿的亲切感，在于它传达的小麦即将成熟的喜讯。对于喝了一个冬天又一个春天的苞谷糁子的庄稼人来说，麦子成熟最切实的意义，便是碗里可以挑出美味的面条了，锅里可以烙出酥脆的白面锅盔了。尤其是那些日子过得紧巴到吃了上顿愁下顿的人家，早已瞪着眼瞅着麦苗返青，拔节，吐穗，扬花，再由绿变黄，"算黄算割"的鸟叫声，既撩拨着他们急不可待的心，也搅动着他们亏欠太久的饱腹的欲望。

在我幼年的记忆里,虽然没有饥饿,却对纯粹的白面馍馍有一种本能的期盼,盼到过年,可以吃到白面包子、饺子和臊子面,过罢初五,就换成苞谷面馍了。再盼到收割麦子,打下新麦,直到地净场光,大约半个月左右,馍和面条都是新麦磨下的纯白面做的,之后又以苞谷、豌豆等杂粮为生了,正所谓"跟着碾麦子的碌碡过个年"。打下第一场新麦,磨下白面,母亲总要先烙一张焦黄酥脆的锅盔,为割麦子拉运麦子碾打麦子没黑没白劳作的父亲改善生活。我却早已迫不及待地守候在锅台边,看着母亲把擀好的白面锅盔放进锅里,当即发出吱吱吱的响声,便有香味弥散开来。及至三翻三扣,满屋满院都漫浮着锅盔的香气儿,我早已口水连连下咽了。母亲把烫手的锅盔从锅里拎起,旋即摆放到案板上,拿起切面刀切成大小匀称的方块。我急不可待地从她刀下抓过一块还有点烫手的锅盔,咬出嘎嘣脆响的声音,那是美味香甜到刻骨铭心的吃食了……我对"算黄算割"鸟叫声的敏感,源自幼年的生存感受,即使活到这把年纪,每到初夏时节,在城市的街巷里听到树梢上一声连一声的"算黄算割"的叫声,脑子里便浮出在案板上从母亲刀下抓过锅盔的情景,口中似乎有口水溢出……

同时浮现于脑际的图像却有点不堪,那是在收割过麦子的麦茬地里搂拾遗丢的麦穗的情景。父亲和母亲收割完一块地里的麦子,母亲回家做饭,父亲用木轮推车把一捆捆麦子拉运回麦场上,麦茬地里遗丢的零散麦穗,要用竹篾或铁丝制作的一个大笆子搂拾,这是我要干的活。其实不单是我,凡能拖动那把笆子的农村男孩,都要干这种劳动。其实那笆子的分量并不重,搂拾的麦秆麦穗也已晒干,没有多少重量,难耐的是头顶火辣辣的太阳,直晒得裸露的胳膊由红变黑,再脱下一层层白色的皮来。在河川的小块水田里,地头有白杨树,搂到地头可以在树荫下乘一会儿凉，还可以从水渠里撩水洗脸。最难受的是在坡地上，地块大，周边见不到一棵树，更见不到一滴水，拖着筢子从地这头搂到那头，再从那头搂到这头，头顶的大太阳晒着，脚下的麦茬地也像火烤一样，满脸满身都流出汗水，直到没有汗水可以流出，喉咙里也似乎有一种着火的焦灼。这是我幼年从事的劳动项目中最不堪的一种。父亲又拉着空车到地里来装麦捆，大约看到我不堪忍受乃至气急败坏的脸色，没有安慰或劝导，只是平静地说一句，这会儿你想一想白面锅盔就好办了……

后来上了中学，读到唐诗"锄禾日当午，汗滴禾下土。谁知盘中餐，粒粒皆辛苦"。我不是听人教诲之后才得知，而是在能拖动那把搂拾麦穗的竹筢的幼年就知道了"粒粒皆辛苦"的道理，是用流尽汗水再无汗水流出的切身感受获得的生存道理，盘中的餐更具体为母亲案板上的一块锅盔，或一碗纯粹麦子白面做成的面条。我对这位已记不得名字的诗人产生了敬重和亲近感。

记不清哪年看到一幅画，是一个拾麦穗的女孩，扎着羊角辫儿，穿着红兜肚，模样是天然的好看，正在收割过麦子的麦茬地里捡拾麦穗。我看见这幅画面，当即想到我拖着筢子搂拾麦穗的情景。我体会到的不堪和画面上那阳光而又富于诗情的美形成反差。我拾麦和搂麦是生活真实，画面上拾麦穗的女孩形象展现的是艺术化了的生活，未必要把拾穗者被太阳炙烤得淋漓的汗水和脱皮的肌肤的不雅画出来，那样就缺少诗性的浪漫诗性的美了。

生活真实和艺术真实是个大命题，我从喜欢上文学就面对这个命题了，几十年过来，依旧朦朦胧胧莫衷一是，姑且不赘。倒是宁可淡忘幼年搂麦穗拾麦穗的记忆，多欣赏画中所洋溢的诗性韵味，当会有一种解脱的轻松。

## 毛乌素沙漠的月亮

朋友电话约写一点有关月亮的记忆。话尚未落音,我的心底便有一轮又圆又大的满月缓缓浮现出来。这是我平生见过的最大的月亮,在毛乌素大沙漠的天空悬浮着,也沉浮在我的心底,整整二十五年了。

那是一九八五年的酷暑时月,由路遥挑头在陕北召开"长篇小说创作促进会"。"促进"二字彰显着这次会议的主旨,却也明白不过地提醒与会作家,应该考虑长篇小说创作的探索了。客观的情况是,新时期出现的一茬陕西青年作家,正热衷于中篇小说和短篇小说的创作,尚无一部长篇小说出版,作协领导有点着急,需要促进一下。会议的第二阶段由延安转移到毛乌素大沙漠中的塞北重镇——榆林,作家们的兴致更高涨了,纷纷表态要把长篇小说的创作列入最近的写作计划,"促进"促得会上会下的气氛十分热烈。挑头的路遥无疑也很受鼓舞,顿时突发奇想又别出心裁,要搞一场篝火晚会,就在荒无人迹的毛乌素沙漠里,这在当时无疑是一场浪漫而又颇为新潮的晚会。

柴火是向当地乡民购买的,一捆一捆干绷绷的沙柳棒子,见到引火便蹿起火苗,得着沙漠夜风的鼓吹,火势顿时便起一丈多高,把刚刚降下的夜幕现出一片光亮的空间。与会的这一茬作家正值青年壮年，又得着思想解放的时风的鼓舞，全都围着噼啪爆响的火堆几近疯狂地蹦跳起来，很难看到谁有规范的舞步，都是随心所欲地胡蹦乱跳，夹杂着平素很难发生的野性的狂呼吼叫，把静谧无息的毛乌素沙漠吵翻天了。我也夹杂其中，蹦着跳着，便有了难得的一次尽情放纵的生命狂欢。不料有人从背后抓住了我的胳膊，不容分说把我拉出狂欢的人窝儿，说，咱俩散散步去。依声音辨识，这是诗人子页。

我便随着子页走，几乎是漫无目的的无意识行走，却恰恰走在往北的沙地上。往北无疑是更为荒凉的沙漠腹地的方向。估摸不准走出多远了，篝火晚会的嘈杂的人声消失了，腾跃的火焰也看不见了，只有一片小小的略显红色的亮光标示着篝火晚会会场的方位。天上繁星点点，沙漠夜幕里仅有一丝微弱的亮色，我只能看见并排走着的子页的人形，完全看不清他的眉眼。凭着感觉判断，已经走得很远了，恰好脚下踩到了一道沙梁，两人不约而同停住脚步。他坐下来。我也坐下来。白天被晒得烫脚的沙子似乎还有余温。他说了些什么话，社会热点话题或文学写作什么的，认真的和不认真的，正经的或不正经的，现在竟通通忘记了，一句也没留下来。同样，我对他说了些什么话，也通通忘记了，一句都回忆不起来。我俩在沙梁上对面坐着，此起彼落地聊着（用西安当地话说叫"谝着"），仍然是谁也看不清谁的眉眼，依着说话的语调和口吻的缓急，感知对方的思想和情感。

无意间，我突然看见他脸上的轮廓了，不由一惊，瞬间就意识到月亮出来了。他几乎同时轻轻地惊呼：啊！多大的月亮！我转过身，就看见沙漠尽头地天相接的地方，浮现着一轮小碾盘那般大的月亮，惊得我一跃身站立起来。子页也站起来了。

多大的月亮。我忍不住赞叹。

没见过这么大的月亮。他也随口赞叹。

多大多圆哇。我忍不住再说一句,便想到当属农历的六月十五或十六。难得看见毛乌素沙漠的满月。子页庆幸地说。

子页是一位颇具广泛影响的诗人。我也算得一个作家。诗人的他和作家的我站在毛乌素沙漠里,面对初升起来的一轮满月,反复赞叹的词汇里,只有一个"大"字和一个"圆"字,竟然再反应不出一个更生动更美妙的文字来。我俩站在沙地上,看那又圆又大的月亮缓缓浮升起来。沙漠里偶尔传来一声单调的野兽的叫声,我可以辨出是狐狸,城市长大的子页却以为是狼。月亮浮上天际大约有一竿子高了,似乎渐渐缩小了一轮,却更明亮更清湛了。子页突然对我说:"我有一个提议——"却不说提议的内容。我也没有急于追问。只见他俯下身去,在月亮照亮的沙地上摸索,终于找到几根沙蒿秆儿,捋去枝叶,盯着我说:"面对毛乌素的满月,咱俩发誓——"说着便跪倒在沙地上,把三根蒿草秆儿双手举起,反复三匝,插在沙地上,颇为郑重地发出誓言:"我对毛乌素沙漠的月亮起誓,和忠实老哥肝胆相照,永不背叛……"我看着他突如其来的甚为庄重的举动,虽然始料不及,却没有任何犹疑,瞬即便和他并排跪下了,捡起三根替代香火的蒿草秆儿,照他的动作做起:双手握住蒿草秆儿,从胸前举起,到眉心,反复者三,同样插在他插着的蒿草秆儿的一边,也信誓旦旦地对着毛乌素沙漠上空的月亮起誓,誓词自然和他的誓词保持一致。待我说完,两人相应地转过脸来面对面瞅着对方,两双手便紧紧地握在一起,然后便四仰八叉倒躺在沙地上,纵声大笑起来……

有人吼叫我和子页的名字,我俩当即应了声,料想篝火晚会要收场了,我俩似乎还留恋这一方静谧神奇的夏夜的沙漠,更有沙漠上空越升越高也愈加明亮的月亮。奔到我俩面前的两位作家虚张声势:还以为你俩被狼吃了呢!我俩都不在意地笑笑。有位作家颇认真地渲染说,沙漠里的狼可厉害了,常叼牧民的羊。子页随机应变,从沙地上捞起他和我插下的蒿草秆儿,说:"我俩有金箍棒,什么样的恶狼都不怕……"

算不得结义,也算不得结拜,不过是面对沙漠上空一轮又圆又大的月亮,诗人子页诗性激情的瞬间生发的举动。我之所以毫无犹疑地响应,有一个基本的感知,就是子页弃政从文的人生选择。他在新时期文艺复兴的热烈而又神圣的文学氛围里,辞去了给一位重要领导当秘书的工作,自愿调动到文艺圈子里来,在作家圈里曾发生了好久的一阵议论。任谁都能预料,为一位重要的一把手当秘书多年,仕途上绝不会亏他的;他却舍弃了,毅然投身到文学圈子里来了,可见他对文学的痴迷和神往。平心而论,我和他认识也有四五年了,来往屈指可数,他热衷诗的创作,我学习写作的兴趣却在小说,文学大圈子里还有不同文学样式的几个小圈子。再说他住在西安城里,我住在白鹿原下的乡村,平素难得相遇。我对他最直接的印象,便是他舍弃官场投身文坛的举动,一个如此痴迷文学也神圣文学的同龄人,大致该当是可以信赖的……我便和他并排跪倒在毛乌素沙漠上,面对那一轮又圆又大的月亮。

之后二十五年,淡淡如水,一年半载遇合到一起,我看着他虽依旧浓密却大半花白的头发,他瞅着我光亮的谢顶,互相先自笑了,竟然谁对谁都说不出一句客套的话,开口总是调侃。待喝过两盅之后,或他或我就会说起毛乌素沙漠里用蒿草秆儿做香火对月起誓的事来,仿佛就在昨夜。可见毛乌素沙漠上空的那一轮又圆又大的月亮,沉浮在我的心底,也在他的心底沉浮着。我便自然想到,如果谁有了无论大或小的苟且之事,沉浮在心底的那一轮又圆又大的毛乌素沙漠天空的月亮，就再也浮现不出来了。原本仅属于诗人子页兴之所至的一项提议，其实不无玩笑作趣的成分，现在倒感觉到一种人生的颇可珍重的情趣了。

## 解读一种人生姿态

一

在散文《做一个简单的人》中，邢小利说他的朋友给他取了一个绰号，叫"邢直白"。这个绰号主要概括的是他的说话特征。

我和小利在一个单位的院子里和一幢住宅楼上工作生活了近二十年，关系可以说不远不近，疏疏朗朗，为公事打交道自然免不了，为私事打交道也是常有的，却不大留意他的说话方式。听到"邢直白"这个绰号，我想了想，不禁惊讶它的传神。如果就性情而言，"直白"这个绰号还真的是准确而又形象的。邢小利说话，不拐弯抹角，不口是心非，不看脸色也不看顶戴级别，是什么便说什么，直截了当说出来，直到一句几句把事说明白了。这自然是他为人处世说话的方式和特征，几十年如此一贯下来，他的朋友抓住这个特征再奖给这个不错的绰号，他也乐于领受。

我读小利的散文随笔，同时惊异地发现，他的文章的共同特征，竟也可以用"直白"二字概括其风貌。生活现象、人生情态、文学话题、历史旧事和现实热门，在他笔下，没有花里胡哨云遮雾绕终不得要领的虚空，也不见无病呻吟拿腔捏调的矫情和伪饰，全是真有所感真有所得的言说。言说的方式是简捷明快，以至语言都很少有形容词的修饰，凸显出来的印象便是直白。过去零星读到小利的文章，似有这种印象，这回集中读一部散文随笔书稿，更有这种总体风貌和本色质地的明朗感受了。

无论在纷繁的尘世生活中说话，还是在喧嚣的文坛上书写文字，在当今能做到直白，颇为不易。直白，既是一种语言姿态，更是一种人生姿态。我的脑海里现在就浮出来那个戳穿皇帝其实什么衣服也没穿的孩子。这个孩子就是以一种直说的姿态面对皇帝的，直到把话说白了。

## 二

最能见出小利人生姿态的是散文《做一个简单的人》。"我说的简单的人意思是：为人处世，特别是与人交往，尽量化繁为简，而不要把事情复杂化，更不要耍心眼，与人钩心斗角。"可以看作是他的立身宣言。

文章总是感时应世而出的。时下的社会生活形态，似乎恰恰是复杂化。即把很简单的事和处理这些事的最直接最规范的途径废置，寻求某种曲里拐弯草蛇灰线暗箱操作的幽径，取得一个意料不及面目全非又是出奇制胜的结局，名曰生存智慧。生存智慧酿造生存技巧。官场擢升商场暴利乃至文坛出名，更显灵的就是此道了。敢于挑战这样的生活世相宣言做一个简单的人，必定是见多了也洞透了所谓生活智慧和生存技巧所演示的龌龊，而独守一份清静，继而发出做一个简单的人的宣言，独立成一种人生姿态。

小利引用一个曾经有过显赫声名的红卫兵头目的话："在政治上只有头脑而没有良心。"小利断定："简单的人肯定做不到这一点。简单的人是讲良心的。"这里就划开了一个最基本也是最严峻的人生界限，即良心。良心的界限毁弃了，黑可以说成白，丑可以说成美，指鹿为马也不觉得荒谬了。良心毁弃的唯一因素就是某种生存目的的实现。譬如说在某种非正常的环境下，譬如说在自身能力和条件尚不具备的情势中，而要达到权欲的名利的生存目的，就得玩弄生存智慧生存技巧了，就不能简单地把黑说成黑把白说成白把丑说成丑把美说成美把鹿说成鹿把皇帝说成什么衣服也没穿的光屁股。指鹿为马的中国历史典故，正好为安徒生的童话《皇帝的新衣》提供了生活的依据或注释，前者为生活真实，后者为艺术真实，相得益彰，鉴示中外古今。为什么会把这样简单的事象完全弄到面目全非复杂混账呢？任谁都不会怀疑洋的和土的两帮重臣文化高低造成了失误，都是为了生活得更好的目的而讲究了生存智慧生存技巧的必然结局，良心显然没有了。这样，我就意识到关于简单的人的真实内涵，并不简单；而要做到一个简单的人，更不简单。其中丰厚而又严峻的意蕴是，守护良心，守护心灵家园的纯净，坚守作为一个人的尊严。

在《知识分子：神话与现实》一文中，小利列述了几位古今中外关涉知识分子操守的比较典型的人际关系，论说的是作为知识分子的品格。品格的核心就是良心，或曰良知。"正是有了变节者才显出守节人的可贵。"变节者之所以会变，就得先把良心变了；守节者之所以守住了节，关键是守住了良心。变节者变的过程，就是运用生存智慧生存技巧大显神通的过程；变节者变的结果，起码暂时达到了或擢升或牟利或扬名的生存目的，自然就把事象包括变节者自己都变得复杂化了。守节者坚守的过程，就是守护良心也守护作为一个人的尊严的过程；守节者坚守的结果，却可能被冷落被穿小鞋被戴"帽子"乃至被囚禁杀头。

这篇论说知识分子的随笔，可以当作关于"简单的人"这个概念的理性阐释。

在流行生存智慧生存技巧的生活流里，直言不讳标出自己的人生姿态，作为一个当代作家，就标示出清晰而又简明的人生坐标，一种凛然的清醒和自尊。

## 三

在散文随笔集《种豆南山》的阅读中，我的欣赏兴趣和既得启示后的兴奋点渐渐集中到一点：索解一种境界、一种情怀、一种人格、一种思想和这种思想发出的一种声音。正是这些形成作家邢小利独秉的人生姿态。

人的一生依着年龄划分出几个大的年轮区段。其中的三十、四十、五十岁当是最重要的三个区段。即使最寻常的男女，也会在这些重要关隘上发生自己的人生体验，敏感的作家就不用说了。小利在《四十感怀》里，整个是一派透亮的境界。这篇文章十分动人。作家奔到四十岁时关于世界关于生活关于事业，尤其是关于自己本身的理解和体验，进入一种哲理的睿智境界。因为真实，因为真诚，因为坦率式的直白，读来令我感动。我也读过一些包括政要在内的许多公众名人的此类述怀文章，参差不齐，无可厚非。但有一个基本的尺码就是真诚。如果一个人到了需要郑重宣示重要年龄区段上的感怀时，还说假话，还矫揉造作，我还能指望他什么时候真诚与人相对呢！小利的《四十感怀》，不单是真诚，难得的是使自己的生命提升到一个新的高度新的境界：

> 到了四十，只有两个感受：一是思想上顽固了，排斥的东西多了；二是心淡了，很多事也看淡了。当然看淡之后，对有些东西却更看重了。许多过去看轻的今天却觉得无比重要，许多过去看重的今天看来却不值一提。

我读到这里便久久徘徊在这段文字之中。我并不急于探究文字里面"顽固"着什么"看重"着什么"不值一提"的又是什么。我确凿感知到在四十岁这个最重要的年轮到来时，小利完成了一次意义非凡的生命价值的择向，完成了一次从心理到精神的剥离，进入一种全新的人生境界了。进入这个境界的作家，才敢提出做一个简单的人，才敢说良心，才敢审视知识分子的变节和守节，才敢鉴示历史的、现代的和正在运动着的现实生活中的知识分子灵魂操守上的种种。

在这样的人生境界里所展示的人生情怀，既是清丽沉静的，又是美丽动人的。清丽的情怀决定着作家生命的敏感和敏锐，对纷繁的生活事象，对气象万千的大自然，都会发生独有的体验，然后展示给读者一篇美好的文章。我很惊异小利在乡间读书的感觉。"在乡间读古人的著作觉得特别相宜，心能静下去，而读西人的书和今人的书，总觉得与情境更与心境不那么相宜，看不进去。"可以想象，在鸡鸣牛哞声中，在左邻右舍从墙头上弥漫过来的柴烟里，在深夜无边无际的静谧里，一位年富力强的青年作家在阅读中国古典的情景，浮躁和喧哗无染，自然使我想到"拥书自雄"的喻说。

在《乡居致友人》散文中，有一节关于雨的描绘——

> 夜里听风雨声，那真是很美的。若是柔风细雨，那就像是一个害羞的小女子欲来不来的样子，偷偷地藏在门外，躲躲闪闪的，招招手忽儿来了，迎上去忽儿又走了。若是大风大雨，那就像是旷野里万马奔腾，真有排山倒海之势。此时披衣坐起，静听万马奔腾之声，心中忽地生出一腔豪迈之情，思绪飘得很远……

这是我读过的文学作品中关于夜雨描写的最动人的篇章之一。这样的文字读过是不会轻易忘记的，可堪反复品味的。这样的文字是经过乡村细雨的滋润和滂沱大雨的拍击之后发出的心灵的颤音，属生命与自然交融的独特体验，只有纯净清丽的情怀才能敏感发生，不是凭想象凭文字功夫所能得到的。

在作家总体的人生姿态里，境界、情怀、人格三者是怎样一种相辅相成又互相制动的关系，是一个很值得研究的话题。是情怀、境界奠基着作家的人格，还是人格决定着情怀和境界，恐怕很难条分缕析纲目排列。我在小利的书稿阅读中，看见了一种境界、一种情怀，更透见一种令人肃然的人格精神。"在强权面前，有人被打折了腰，有人被按着跪倒，有人战抖着趴在地上，却也有这些节操高尚、宁死不屈的文化人，正是他们挺起了知识分子的脊梁，维护了知识分子的信念与价值。"作者所列举的这些形形色色的事象，任何一个知识分子甚至普通人都不会陌生，在诸如封建专制异国侵略以及极"左"政治这些强权面前，知识分子的种种表现，无论怎样五花八门形形色色，核心就是投降与否。而决定投降与坚守的关键便是前文已涉及的良心。

作为人的生理上的音质的软硬，小有差异，而决定知识分子骨质软硬的东西说到底是良心。小利论述这个作为知识分子安身立命的大课题的时候,就凸显出自己的价值取向,一种披阅古今剖皮见核的追问,自我人生选择的坐标就标示出来了。

如果说对已经沉寂的历史人物品格的坚守与投降的辨析,可以看出小利冷峻的犀利,那么,对当代知识分子人格操守的剖析,就复杂得多也费力得多。我读他评论长篇小说《沧浪之水》的长文时,已在此之前强烈地感受到这个问题,即当代知识分子的投降与操守。优秀的小说提供了一个可以让评论家说话的文本,但作为评论家出场的邢小利的理性的透彻,同样显示出自己在当代生活中的人格形态。

人格对于作家是至关重大的。人格限定着境界和情怀。保持着心灵绿地的蓬蓬生机,保持着对纷繁生活世相敏锐的透视和审美,包括对大自然的景象即如乡间的一场雨水都会发出敏感和奇思。设想一个既想写作又要投机权力和物欲的作家,如若一次投机得手,似乎可以窃自得意,然而致命的损失同时也就发生了,必然是良心的毁丧,必然是人格的萎缩和软弱,必然是对历史和现实生活的感受的迟钝和乏力,必然是心灵绿地的污秽而失去敏感。许多天才也只能徒唤奈何。邢小利的随笔中多处涉及知识分子的品格和人格,可能是他鉴于古今的太多的教训,对当代人的一个切中主脉又正在被忽视的提醒。

人格对作家的特殊意义,还在于关涉作家思想的形成和发展。尽管米兰·昆德拉引用过"人类一思考,上帝就发笑"的欧洲民间谚语,然而我理解的昆德拉,正是人类一位深刻超人的思考者。关于人类合理生存的思想,几乎贯穿在他的所有小说创作之中,甚至某些地方露出艺术形式载不动深重的思想的纰漏。作家必是思想家,这是不需辩证的常理。尤其是创作发展到一定程度的作家,在实现新的突破完成新的创造时,促成或制约的诸多因素中最重要的一点便是思想的穿透力。这个话题近年间已被文坛重新发现,重新论说。现在我要说的只是思想和人格的关系。

作家穿透生活迷雾和历史烟云的思想力量的形成,有学识有生活体验有资料的掌握,然而还有一个无形的又是首要的因素,就是人格。强大的人格是作家独立思想形成的最具影响力的杠杆。这几乎也是不需辩证的一个常规性的话题。不可能指望一个丧失良心人格卑下投机政治的人,会对生活进行深沉的独立性的思考。自然不可能有独自的发现和独到的生命体验了,学识、素材乃至天赋的聪明都凑不上劲来,浪费了。

小利的文学评论、散文和随笔,除了学识,除了艺术眼光这些大家都可以得到的优长之外,便是思想的力度。上述关于知识分子精神操守的话题,如果从作家创作发展的个人角度说,都是至关重大的关键所在。我正是在这一点上感知到一个外温而内刚的邢小利,一个熟识而又陌生的令人钦佩的年轻作家。

## 四

小利与说话相似的直白的文字,很耐得咀嚼,很富于魅力。

平静地叙说,尤其是随笔,摆列事实和史实,描人状物,简捷明快,娓娓道来,不冰不火,没有激烈极端的措辞,客观而准确的言说,温厚平实,幽默内蕴,更具思辨的力度。这在表面上看来是文字风格,却更多地见着作家的性格。民间有谚,有理不在声高。是否有理,凭高喉咙大嗓门是无济于事的。由此可以说,这种文字更表现着作家邢小利的自信。即如《"自由职业身"的前提》《我当县令》这样与具体对象辩论或曰商榷的文字,不管对方曾经使用了多么激烈的话语，小利仍然用自己说话（文字）的方式，正题正说，不隐不伏，不搅不缠，不哗不噱，而是坦坦荡荡，事与理俱存，给人一种透彻、一种清爽、一种阅读的舒服。我这样说，难免会造成缺少思想锋芒的错觉。其实，邢小利在历史和现实的某些话题的辩证中，内质是锋利见骨的，偶尔也会在文字里迸出诸如"下流无耻""勾当"一类贬斥变节投靠出卖灵魂的行为的词汇，更见血性。

小利的文字，似乎透见学者的气象。学者当然有各路学者，就文字形态而言，更显现着中国古典文化和语言的质地。我约略感知，小利读过许多古典，尤其是古典杂说一类，他的文字和论说的方式，就有了现代的白话文的一种颇为独到的语言姿态，又避免了某些食古而不能消化者的半文半白的蹩脚现象。

语言说到底是思想的载体。语言蕴藏着作家的思想，其分量最终定砣在这里。通过语言，感受到作家的体验、作家的情怀、作家的境界、作家的人格。小利的这种可以用直白概括的语言风貌，恰切而鲜明地展示着他的思想、人格、情怀、境界所形成的体验，独立不群的人生姿态。直白不是浅露。我联想到鲁迅"我的后院里有两棵树，一棵是枣树，另一棵也是枣树"的句子，顶直白了，然而内蕴的丰厚和深沉，怎么也咀嚼不尽。我在小利的语言里，隐隐感受的就是这样令人咂品久久的韵味。

## 五

去年春节刚过，我回到冷落多年的乡村老家，一个人住在白鹿原北坡下的小院里，头一个黎明到来时，我听见了几乎隔世的斑鸠的叫声，从窗玻璃上看到后屋屋脊上两只灰褐色的斑鸠，眼睛瞬间模糊了。之后某日晚上,我坐在火炉前读书,接到小利的电话,与我说一件什么事已经无记了。他告诉我他住在城南长安乡村的屋子里,我随口便说,君在城之南,我在城之东。说着时颇多一重异样的心理感觉,总之是与居住在城里的人那些通话截然不同了。他与我之间横亘着白鹿和少陵两道原,还有两条小河,似乎有某种地脉的牵连。许多年在一个机关院子里工作,在一幢住宅楼的同一个门洞里憩栖、出入,似乎都没有这个电话给我那种异样的心理感受。我因此而明朗了一点,居地的地理气象会影响人的心理秩序的,进而也影响人与人的感觉的。

在我印象里,小利在生活中是很善于与人相处的,总是一种不急不躁喜眉笑眼的温润的样子,我很钦佩他那样年龄的人能有如此好的修养。也因为年龄距离较大,多年来属于关系疏朗而缺乏亲近的那种。后来外出同行有一次夜谈,他很坦率地对我说,他有时候脾气是很大的,我一时无法相信。他举出例子来,我在领受他内刚的同时,更感动于他的坦诚。然而总体印象依然是涵养和温厚。随笔中写到一位有负于他的朋友躲避与他碰面,偶然撞见时他依旧宽容,读来令我感动,也印证了我的印象。

今年夏天,王旭烽从杭州打电话来说事,提到邢小利为她写序的事,很兴奋也很感动。她说,人民文学出版社要出她的中短篇专集,按套书体例要有序。她的朋友向她推荐邢小利,她没听说过这个名字。一万多字的序寄给她读后,便有了给我打电话时的溢于声音的激动,说这是一篇对她的作品分析得最准确的文章。随之又对我说,这样有学问的评论家为什么她竟不知道呢。我便开玩笑说,他还没学会炒卖自己。

邢小利写中短篇小说,写散文随笔,更见功夫的是文学评论,已出版多部专著。王旭烽的惊讶在我觉得毫不奇怪，正好例证着我上述文字对他做人做文的印象。

我写着有关邢小利的文字的时候，窗外是细雨滴滴，檐水跌落之声温柔而富于诗意。我在解读一部书稿，也在解读一个比我年轻许多的青年作家的心灵秩序，自己竟然很感动。我住在城东的原下依旧。邢小利还在城南长安的乡村和我一同聆听乡村秋雨檐水的跌落之声吗？我便祝福，天行健，君子当自强不息。

# 一九八〇年夏天的一顿午餐

## 一

一顿午餐,留下两个人半生的记忆。

这两个人,一个是作家刘恒,一个是我。

十一月中旬在北京召开的中国作家协会第七次全国代表大会期间,在堪称豪华的北京饭店的过厅里,我和刘恒碰见了相遇了,几年不见,他胖了,头发却稀疏了。心想着按他的年纪,头发不该这么稀,眼见的却稀了。对视的一瞬,都伸出手来握到一起。没有热烈的问候,也没有搂肩捶胸的亲昵举动,他似乎和我一样不善此举。刚握住手,他便说起那顿午餐,在我家乡的灞桥古镇上吃的那一碗羊肉泡馍。正说间,围过来几位作家朋友,刘恒着意强调是站在街道边上吃的。我说是的,一间门面的小饭馆容纳不下汹涌而来的食客,就站在饭馆门外的街道上吃饭,站着还是蹲着我记不清了……

这是一九八〇年夏天的事。

这年的春节刚刚过罢,我所供职的西安郊区随区划变更为雁塔、未央和灞桥三个区。我的具体单位郊区文化馆也分为三个。我选择了离家较近的灞桥区文化馆，为着关照依赖生产队生活的老婆孩子比较方便，还有自留地须得我播种和收割。刚刚设立的灞桥区缺少办公房舍，把文化馆暂且安排到距离区政府机关近十里远的灞桥古镇上。这儿有一家电影院，用木材和红瓦建构的放映大棚，据说是一九五八年"大跃进"年代兴建的文化娱乐设施，地上铺的青砖已经被川流不息的脚步踩得坑坑洼洼了，既可见久远的历程，更可见当地乡民观赏电影的盛况。放映棚后边，有一排又低又矮的土坯垒墙的平房，是电影放映人员工作和住宿兼用的房子，现在腾出一半来，给我等文化馆干部入住，同时也就挂出一块灞桥区文化馆的白底黑字的招牌。我得到一间小屋，一张办公桌、两把椅子和一块床板，都是公家配备的公物，一只做饭烧水的小火炉是自购的私家财物，烧煤是按统购物资每月的定量，到三里外的柳巷煤店去购买。我那时已官晋一级，兼着区文化局副局长，舍弃了区政府给文化局分配的稍好的办公室，选择了和文化馆干部搅和在一起。我喜欢古人折柳送别的这个千年老镇，一缕温情来自桥南头的高中母校，三年读书留下的美好记忆全都浮泛出来了；另一缕情思或者说情调，来自职业爱好，多年来舞文弄墨尽管还没弄出多大的响声，尽管生活习性生活方式和当地农民差了不多少，而文人的那些酸不酸甜不甜的情调却顽固地存在着。诸如早春到刚刚解冻的灞河长堤上漫步，看杨柳枝条上日渐萌生的黄色嫩芽，夏日傍晚把脚伸进水里看长河落日的灿烂归于模糊，深秋时节灞河滩里眼看着变得枯黄的杂草野花，每逢集日拥挤着推车挑担拉牛牵羊的男女乡民，大自然在这个古镇千百年来周而复始地演绎着绿了枯了暖了又冷了的景致。刚跨入二十世纪八十年代的古镇周边的乡民在这里聚集，呈现出从极"左"律令下刚刚获得喘息的农民脸上的轻松和脚下的急迫，我常常在牛马市场木材市场和小吃摊前沉迷……我觉得傍着灞河依着一堤柳绿的古镇灞桥，更切合我的生活习性和生存心理。

刘恒突然来了。是我在这个古镇落脚扎铺大约半年。一九八〇年正值酷暑三伏最难熬的季节，一个高过我半头的小伙子走进电影院后院的平房，找我，自我介绍是《北京文学》的编辑。我在让座和递茶的时候，心里已不单是感动，更有沉沉的负疚了。古镇灞桥通西安的十三路公交汽车，那时候是一小时一趟，我每逢到西安赶会或办事，在车上前胸后背都被挤拥得长吸粗吁；汽车在坑坑洼洼的沙石路上左避右躲，常常抵不上小伙子骑自行车的速度。这是唯一的公共交通设施，别无选择，出租车的名称还没有进入中国人的生活。刘恒肯定是冒着燥热乘坐西安到城郊的这班公共汽车来的，而且是从北京来的。我的那间宿办合用的屋子，配备两把椅子，超过两个来客我便坐在床沿上，把椅子让给客人，沙发在那时也是一个奢侈的名词。刘恒便坐在另一把椅子上，喝我递给他的粗茶。他说他来约稿。他似乎说他刚进《北京文学》做编辑不久。他说是老傅让他来找我的。说到老傅，我顿然觉得和近在咫尺的这位小伙子拉得更近了，距离和陌生顿然大部分化释了。

## 二

老傅是傅用霖，年龄和我不相上下，还不上四十，大家都习惯称老傅而很少直呼其名，多是一种敬重和信赖，他的谦和诚恳对熟人和生人都发生着这样潜在的心理影响。我和他相识在一九七六年那个在中国历史不会淡漠的春天。已经复刊出版的《人民文学》杂志约了八名业余作者给刊物写稿，我和老傅就有缘相识了。他不住编辑部安排的旅馆，我和他也就只见过两回面，分手后也没有书信来往。一九七八年秋天我从公社（乡镇）调到西安郊区文化馆，专注于阅读，既在提升扩展艺术视野，更在反省和涮涤极"左"的思想和极"左"的艺术概念，有整整三个月的时间，完全是自我把握的行为。到一九七九年春天，我感到一种表述的欲望强烈起来，便开始写小说，自然是短篇。正在这时候，我收到老傅的约稿信。这是一封在我的创作历程中不会泯灭的约稿信，在于它是第一封。

此前在西安的一次文学聚会上，《陕西日报》长我一辈的老编辑吕震岳当面约稿，我给了他一篇《信任》。这篇六千字的小说随之被《人民文学》转载（那时没有选刊，该杂志辟有转载专栏），到一九八〇年年初被评上第二届全国短篇小说奖。老吕是口头约稿。我正儿八经接到本省和外埠的第一封约稿信件，是老傅写给我的，是在中国文学刚刚复兴的新时期的背景下，也是在我刚刚拧开钢笔铺开稿纸的时候。我得到鼓舞，也获得自信，不是我投稿待审，而是有人向我约稿了，而且是《北京文学》杂志的编辑。对于从中学就喜欢写作喜欢投稿的我来说，这封约稿信是一个标志性的转折。我便给老傅寄去了短篇小说《徐家园三老汉》，很快便刊登了。这是新时期开始我写作并发表的第三个短篇小说。直到刘恒受他之嘱到灞桥来的时候，我和他再没见过面，却是一种老朋友的感觉了，通信甚至深过交手。

三

我和刘恒说了什么话，刘恒对我说了什么话，确已无从记忆。印象里是他话不多，也不似我后来接触过的北京人的口才天性。到中午饭时，我就领他去吃牛羊肉泡馍。这肯定是作为主人的我提议并得到他响应的。在电影院我的住所的马路对面,有镇上的供销社开办的一家国营食堂,有几样炒菜,我尝过,委实不敢恭维。再就是八分钱的素面条和一毛五的肉面条。我想有特点的地方风味饭食,在西安当数羊肉泡馍了。经济政策刚刚松动,我在镇上发现了头一副卖豆腐脑的挑担,也过了久违的豆腐脑口瘾;紧跟着就是这家牛羊肉泡馍馆开张,弥补或者说填充了古镇饮食许久许久的空缺。这家仅只一间门面的泡馍馆开张的炮声刚落,在古镇以及周围乡村引起的议论旷日持久,波及一切阶层所有职业的男女,肯定与疑惑的争论互不妥协。这是一九八〇年特有的社会性话题,牵涉两种制度和两条道路的议争。无论这种议争怎样持续,牛羊肉泡馍馆的生意却火爆异常,从早晨开门并拨旺昨夜封闭的火炉,直到天黑良久,食客不仅盈门,而且是排队编号。呼喊着号码让客人领饭的粗音大响,从早到晚响个不停。尤其是午饭时间,一间门面四五张桌子根本无法容纳汹涌而来的食客,门外的人行道和上一阶土台的马路边上,站着或蹲着的人,都抱着一只大号粗瓷白碗,吃着同一个师傅从同一只铁瓢里用羊肉汤烩煮出来的掰碎了的馍块。

  我领着刘恒走出文化馆所在的电影院的敞门,向西一拐就走到熙熙攘攘吃着喊着的一堆人跟前。我早已看惯也习惯了这壮观的又是奇特的聚吃景象,刘恒肯定是头一回驾临并亲眼所见,似不可想象也无所适从吧。我早已多回在这里站着吃或蹲着吃过,便按着看似杂乱无序里的程序做起,先交钱,再拿七成熟的烧饼,并领取一个标明顺序数码的牌号,自然要申明"普通"或"优质",有几毛钱的差价,有两块肉的质量差别。我招待远道而来的贵宾刘恒,自然是肉多汤肥的"优质"。那时候中国人还没有肥胖的恐惧,还没有减肥尿糖抽脂刮油等富贵症,还过着拿着肉票想挑肥膘肉还得托熟人走后门的光景。我便和刘恒蹲在街道边的人行道上,开始掰馍,我告诉他操作要领,馍块尽量小点,汤汁才能浸得透,味道才好。对于外来的朋友,我都会告知这些基本的掰馍要领,然而这需得耐心,尤其是初操此法者,手指别扭,掐也罢掰也罢往往很不熟练。刘恒大约耐着性子掰完了馍,由我交给掌勺的师傅。

我和刘恒就站在街道边上等待。我估计他此前没经过这种吃饭的阵势,此后大概也难得再温习一回,因为这景象后来在古镇灞桥也很快消失了,不是吃午餐的人减少了,而是如雨后春笋般接连开张的私营饭馆分解了食客,单是泡馍馆就有四五家可供食客比对和选择;反倒是那些刚刚扔下镰刀戴上小白帽的乡村少男少女,站在饭馆门口用七成秦腔三成京腔招徕笼络过往的食客。

## 四

几年之后,我有幸得到专业作家的资格,可以自主支配时间,也可以不再坐班上班,自我把握和斟酌一番,便决定撤出古镇灞桥,回归到灞河上游白鹿原下祖居的老屋,吃老婆擀的面条喝她熬烧的苞谷糁子,想吃一碗羊肉泡馍需得等到进城开会办事的机会。

住在乡下,应酬事少了,阅读的时间自然多了,在赠寄的一本杂志上,我发现了刘恒,有一种特别兴奋的感觉。随之又读到了《狗日的粮食》,我有一种抑压不住的心理冲动,一个成熟的禀赋独立的作家跃到中国文坛前沿了。每与本地文学朋友聊起文学动态,便说到《狗日的粮食》,也怀一份庆幸和得意,说到在灞桥街头站着或蹲着招待刘恒的那一碗泡馍,朋友听了不无惊诧和朗笑,玩笑说,你把一个大作家委屈了。我也隐隐感到,便盼着有一天能在西安最知名的百年名店"老孙家泡馍馆"招待一回,挽回小镇站吃的遗憾。这时候不仅公家有了列项的招待款,我个人的稿酬收入也水涨船高了,况且"老孙家"也得了刘华清题写的"天下第一碗"的真笔墨宝,店堂已是冬暖夏凉和细瓷雕花碗的现代化装备了,我在这儿招待过组团的兄弟省作家和单个来陕的作家朋友,却遗憾着刘恒。刘恒似乎不大走动,似乎除了一部一部引起不同凡响的作品之外,再没有其他逸事或作品之外的响动。我能获得的信息,都是他的作品所引发的话题。这样,刘恒在中国文坛的姿态,便在我心里形成了,让我无形中形成了敬重,不受年龄的限制。敬重不在年龄。

从一九八〇年夏天初识于我的灞桥,街道边的一顿午餐,成为我们二十多年深刻的记忆。这期间,我和刘恒有两三次相遇,每当见面握手,便说到街头的那顿午餐,一碗牛肉或羊肉泡馍。以我推想,随着经济快速发展,也随着作家腰包的不断填充,大餐小餐中餐西餐乃至豪华宴会,他和我都经历过了。在他,起码我没听见对某一顿大餐的感受;在我,即使吃过什么稀罕饭菜,稀罕过后也就不稀罕了。灞桥街头的这一顿牛羊肉泡馍,之所以让两个人经久不忘,我想在于这情景发生的年代——一九八〇年夏天,中国新的发展契机初露端倪时的一个标志性的年份,第一家私营饭馆在古镇灞桥张扬出来时的特有景观;另一因由在于这碗牛羊肉泡馍,标记着那个年月的我的消费水平,自参加工作十八年第一次涨薪,拿到四十五元月薪了,大约发表了十多篇小说,累计有一千多元的外快稿酬了,可以请本地和外埠的朋友吃一餐泡馍了;还有一点在于,蹲或站在街道上吃泡馍的这两个人,后来都成了有点名气的作家,一个在北京,一个还在关中。这似乎才是造成记忆不泯的关键,作家微妙的生活感受;此前此后我陪过老朋友新相识包括乡村亲邻等都吃过,过后统忘记了;唯有作家不会忘记，我记着，刘恒也记着。

    这回在北京饭店和刘恒握手，他开口便说起这顿牛羊肉泡馍午餐。笑罢，我突然想到，这顿街边的午餐已成为一种情结，也成为一种警示，在我千万别弄出摆显"贵族"的嗲来，当下这种发"贵族"的嗲气小成气候。那样一来，刘恒可能再不说一九八〇年夏天古镇灞桥的午餐，也不屑于和我握手了。

第六辑　活出一种人生姿态

## 喝茶记事

年轻时收入低微，常常为一家人衣食之大事犯愁，岂敢有品茶之类奢侈事。然而茶水毕竟还是喝过的，大多是别人礼让的，自然谈不上品牌品位和品种，人家泡什么茶就喝什么茶，红茶绿茶花茶，叶儿的末儿的坨儿的以及刀劈斧斫的砖茶，品位等级不仅不能讲究，其实自己根本就不懂，再说也没有品茶的兴趣。

认真地自己买茶叶喝茶，有两回。有一年闹胃病，吃什么东西胃里就冒酸水，大口大口清亮亮的酸水冒将出来，喷到床下和桌下，几乎可以作为洒水息尘之用。发展到胃里开始有隐痛，去看医生。医生轻描淡写地说吃苞谷面高粱面太多了。我心里反倒加重了负担。这些粗粮是按比例配给的，而且看不出有减少的任何可能，不吃苞谷高粱，又到哪里找好果子吃？医生给弄了一大包酵母片，又赠送了一剂良方：回去熬砖茶喝，暖暖胃。我的手在口袋里揣摸了许久，还是花大约三毛票买下二两，先试试。那砖茶名副其实，硬如砖头，用刀劈下碎片，搁火炉上熬煮，倒出来竟是如同中药的颜色。然而喝起来毕竟是茶味，只是后味有些苦涩。这是我第一回花钱买奢侈品，当作医病的药用的。

再就有点雷同,仍然是医用。到新时期之初,生活初得改善,可以不再以杂粮为主,我的身体又引出了截然相反的变化,内火太盛。好东西吃多了热量增加了消耗不完,便聚积而生为火。这是一位中医先生当时剖析病因的诊断词。那火一生成,轻则牙疼,重则小便不畅,且有灼烧似的刺痛。医生给开了一些下火的药丸,又赠我一剂良方:回去常喝点绿茶,绿茶下火。医生是个善解人意的好人,居然指点说:你就买"陕青"喝,很便宜。我很感谢医生,更欣赏"很便宜"这话,所以说他善解人意。初得温饱的我们家,这回真正让我奢侈了一回。我专程赶到西安最大的一家国营茶叶专卖店,把所有货架上的货柜里的茶叶整个参观了一遍,才知道中国出产这么多品种的茶叶,有的价格高得不可思议。最后在货柜的比较冷僻的位置找到了"陕青",有不同价目的三档,我还是很切温饱"初"得的实际,选了中间一档的,八毛一市两,先买半斤试试,花钱四元。绿茶"陕青"只用开水冲泡,无须费火费劲去熬去煎,而且关键是效果不错,内火得到医治,很少再犯。这回仍是把茶当药用,岂敢说品。

不久,陕南的朋友来西安,便捎给我一包两包茶叶,仅从包装上看,都比我买的"陕青"阔气排场得多。茶叶的形状差异十分明显,一条一条有如羽毛,冲水之后便蓬勃起来,绿茵茵一朵初芽的茶叶,水色金黄透亮;不说砖茶,先前的"陕青"也相形见绌了。再细一问,曰:"秦巴雾毫。"友人热情而又自豪地吹捧家乡陕南特产,说这茶叶论质标价已与传统权威茶"龙井"齐价,说陕南是中国茶叶开发最早的地区,唐代陆羽所写的中国第一部茶叶专著《茶经》开篇就说,"茶者,南方之嘉木也……巴山峡川生焉",巴山峡川即指陕南的秦巴山地和汉水流域。然几千年来,这里的茶叶生产仍然处于原始状态,更无名茶。"秦巴雾毫"的研制成功,结束了茶叶诞生母地无名茶的历史。我也较早地品尝了,真是与以往的所有茶味迥然不同。及至一九八九年九月十日在《人民日报》上读到作家王蓬的报告文学《巴山茶痴》,我才得知"秦巴雾毫"的创造者名叫蔡如桂。

他为陕西第一个名茶的诞生,几乎耗尽了整个青春和心血,包括牢狱之苦。读罢,我默然无语,直觉得心闷气憋,这蔡如桂便哽在心头吐也吐不出来了。

六七年后,我在汉中见到了蔡如桂,竟是一条壮汉,年过六旬,头发依然稠如乌鬓,走路雄壮威武,说话节奏极快,一身西装穿着却显不出挺括,倒像是一位管护茶园的农夫。早已喝过他培育的名茶,又从王蓬文章里了解了他的生命历程,所以一见便如故人。我说,你就那么简单地被弄进监狱去了?他淡淡地笑笑,就那么简单。我就觉得很无奈,把人简单随便地扔进监狱,扔者和被扔者之后都相安无事,除了无奈还能说什么。

现在我可以勉强地说进入品茶档次了,唯"秦巴雾毫"为最爱。在办公室在家中,在旅途在陌生的新地,捏一撮羽毛样的"秦巴雾毫"丢入茶杯,冲出淡淡的金色茶水,喝着品着,便有蔡如桂先生如影随形似的陪我聊天,由品茶而进入品读蔡如桂其人了。

蔡如桂,安徽人,安徽农业大学茶业系毕业后,分配到陕南秦岭和巴山里最偏僻最贫瘠的镇巴县,从二十几岁的小伙子到年届六旬的老汉,整整一生就在那个地方没有挪过一回窝儿,不是别人不给他挪,他压根儿就没有想过要挪窝儿。那窝里有茶园,是他安身立命的乐园。他终于把那些像晾晒柴草一样晾晒茶叶的农民教会炮制精品茶叶了,他自己也创造出"秦巴雾毫"这样的名茶了。然而就是这样一个痴情茶叶发展的难得的人才,却被一个副县长执意而又随便地扔进监狱。事因太简单,副县长在干部会上号召乡民毁林开荒,扩大粮食种植面积。作为县人民代表大会代表的蔡如桂提醒说,国家森林法已法定了,你说的那些地带是不能开荒的。就这么一句话,就这么一句纠正副县长违反国家森林法的话,他被这位副县长弄进监狱改造了近两年,在社会和民众的舆论压力下,才获释了。我总也不可理解,仅仅因为当众被伤了点面子的副县长,怎么会有如此大的毒劲,把一个为陕南茶叶事业奉献了毕生精力且卓有建树的人扔进监狱?

任何想在这个世界上成就一番事业的人,先天的智慧和后天的持之不懈的探求是必备的条件,吃苦与艰难,也是自不必说要经受的,非此就不会有重大发现和发明产生,这种精神准备也要十分充足。然而,蔡如桂怎么也不会想到,会因为一句维护国家庄严法律的话而坐牢。坐了牢了,在初春时节茶叶冒尖的关键时刻,他要去指导茶农采摘和科学炮制,误了季节就误了一年的茶叶。他三番五次口头申请又书面报告:我要去指导茶农采茶,可以派两个公安战士押解着我上山!我初读到这里便按捺不住心颤。后来许多年里,一边品着蔡如桂的茶叶,一边品读着他的行为和声音,成为医治我的懒惰和软弱的良方。

今年春天,新茶上市,蔡如桂以自己创办的茶叶公司老板的身份赶到西安,推销今年的第一茬新茶,也带给我两包,打开即有一股幽幽的香气扑面而来。他又送我一本《茗饮之道》的书籍,是专讲品茶之道的雅著。不读不知自己的浅陋,读罢才知品茶的传统和现代功夫的深奥,鉴定自己其实比早年把茶当药用的水准并无什么长进,充其量只够喝茶的一般概念,离"品"的档次尚远。然而品也罢,喝也罢,只要有"秦巴雾毫"这样的好茶和蔡如桂那样对事业的痴情相伴,我已知足了。

# 一个人的邮政代办点

每当和媒体记者或纯粹的朋友叙旧，对我当年蜗居乡下十年写作的生活形态多有兴趣，其中和外部世界的沟通方式是一个常被问到的话题，我便如实相告，主要依赖一条邮路，无论写信说事或投寄刚刚写成的小说稿，都是到一个邮政代办点去办理。这是一个仅有一人撑持业务的"邮局"，在我却铸成永久的记忆。

二十世纪八十年代初，我在获得专业创作的自以为人生的最佳境地的同时，便决定回归乡下祖居的老家，求得一个耳目清静的环境，却不是陶渊明式的避世隐居。我在这里可以坐下来潜心阅读业已解禁的世界名著；可以平心静气回嚼二十年乡村生活，形成新的作品；我几乎本能地关注着生活运动尤其是乡村世界的变化，自然缺少不得一份报纸，能否每天看到当日的地方报纸，成为一个小小的却也揪心的问题。多年来每天读报的积习已经成瘾，不读似乎就有一种缺失或亏欠。读报之所以成为一个问题，我居住的老家的地理环境的制约是根本原因。

我祖居的村子虽然距西安不过五十华里，却是一个被地理环境限制着的"死角"。村庄位于白鹿原北坡根下,再往北不过两三公里便是闻名古今的骊山南麓,形成一条狭窄的川道,其间自东往西流过一条被秦始皇曾祖改名的灞河(原名滋水)。直到二十世纪七十年代中期,才开通了一条沙石公路,我的祖居的村子是这条公路的终点,尽管十天半月也未必能驶来一辆汽车,但是乡民出行推车挑担骑自行车毕竟方便得多了。我回到这样环境的老屋里,首先想到如何能读到当天的报纸。得知这里的邮递员仍旧是我熟悉的那位姓史的乡党,便找到他商量。他做这方地域的邮递员已经多年了,仍然属于邮局聘用的农民工,未能获得邮局正式职工的资格。他负责我所在的这个乡镇东半部的十余个村庄的报纸和信件的投递业务,半边是白鹿原的北坡上的村庄,下边是坡根下一排小村庄,每天要上坡下川跑一圈儿,可以想见其辛苦。和他说明订报的意图,他笑着解释,东边三个村子没有一户报纸订户,只是在有重要信件时,他才骑车去某个村子。我当即明白,如果我要每天读到当日报纸,就意味着他必须比往常多跑五里路,仅仅是为了给我送一张报纸。我确实于心不忍,便和他商量了一个省事的办法,把我所订的报纸投送到他每天必经的村子的我的一位亲戚家,由我走读上中学的儿子放晚学时顺便捎回来。这样,每天傍晚儿子回家,正好是我停歇工作的时候,坐在祖居的小院里,借着尚未暗淡的天光,打开《参考消息》,看世界的这个和那个角落又发生了什么值得关注的大事和趣闻;还有贴近我生活的《西安晚报》,既有国家大事的新闻,更有城市和乡村的新鲜事和某些人的劣行。我曾在该报上读到一位农村女人首创家庭养鸡场的新闻报道,竟然兴奋不已,随之便搭乘汽车追到西安西边的户县,花了两天时间进行采访,先写了一篇报告文学发表在《西安晚报》,后又以其某些事迹演绎成八万字的中篇小说《四妹子》,这是我写农村体制改革最用心也最得意的一部小说。

每有或长或短的小说或散文写成，或者要投寄一封信，我便骑自行车赶到八华里远的邮政代办点。这个邮政代办点设在一所军事大学里。这所军事大学始建于二十世纪五十年代末，地址选在白鹿原北坡向里深凹的一个大豁口里，据说可以隐蔽空中侦察。军事大学于六十年代初开学，为了这所规模非凡的军事院校通邮的方便，邮政局便在校内设立了一个邮政代办点。这样，我生活的这方地域，破天荒地有了一个可以订阅报纸也可以寄信寄物的邮政机构，当地近十公里内的乡民跟着军校沾光了。我也是受益者之一。

邮政代办点设在军校大门内右侧的一排平房里，仅仅只占一间小平房。我把自行车撑在路边，便拿出要寄的稿件或信件，走到开着的窗口，便看见一张熟悉的面孔，不笑也不惊讶，却在眼神里显示出"你来了"的意象。我便先开口说我要办的事，如果是寄信，便说要几张邮票；如果是邮寄稿件，便把封好的信递给他，让他在桌旁的磅秤上称一下重量，然后在算盘上算出邮资的钱数，我交了钱，他撕下邮票给我。我用他摆在窗台上的糨糊贴好邮票，再把装着文稿的信封给他。他砸上有"挂号"字样的邮戳，仍然不说话，眉宇和眼神里显示出"办妥了"的意象，我也不便多嘴，点点头便告辞了。

我至今依然记得那张面孔，以及那脸上的表情。那张面孔的脸色微黄偏白，很洁净；眼睛不大也不小，永远是一种平和的神色；鼻梁不高不细更不歪，端正而庄重。他的形象和他的神态，完全专注于案头的工作，多余一句客套话都不说，更不会有东拉西扯的闲话乃至废话了。有一次交办完邮件离开他的窗口时突然想到，他是和我短言少语呢，还是对所有人都如此这般？我便侧立一旁抽烟观望。一位穿戴整齐的军校女学员走到窗口，手里拿着一个包扎规整的邮包送进窗口，肯定是称重量，然后看见她从窗口接过邮包，很认真地贴邮票，之后就把邮包再送进窗口，转身离开了。我大约只听见一两句简短的对话，是说多少邮资的话。一位同样年轻的男军人走到窗口，和那位女军人的过程如出一辙。接着看到一位穿戴不凡的中年女人走到窗口，从衣着打扮和走路的太过自信的姿势，我猜测这是一位军校高干的夫人（此军校属军级级别）。她走到窗口，却不寄邮任何东西（如需邮寄东西，肯定有通信员代办），只听她嗓门很响亮地向窗口内询问，只听见她的问话声，却听不到窗口里他的声音，约略可以听得出来，她给远方老家的邮件，怎么还没收到？需要多少日子才能到达××省××县××公社××村子？不会丢吧……从她离开窗口时的表情判断，得到的是肯定的可以放心的答复，咣当响着的皮鞋敲击水泥路面的声音也是欢愉的。我便跨上自行车走了……这人就是不爱说话。

约略记得一次例外，在我接过邮票往信封上抹糨糊再粘贴的时候，他却主动开口了："你前日在报上登了一篇文章？"我颇惊讶，他竟关注我的写作了，便毫不迟疑地以"噢"予以肯定。他接着又说了一句："昨日回局里参加政治学习，我听大家说的。"他没说邮局里的人如何说我这篇小说或散文，倒是我很想听的话题。他却闭口再不说了，也没说他看没看那篇文章。我尽管很想听文学圈外诸如邮局的读者对拙作的看法，看着他已没有再议此事的兴趣，我也压住了想问的话不再问。

在我蜗居乡下祖屋写作的十年里，每有或长或短的小说写成，便骑上自行车，骑过后来被车碾得坑坑洼洼的沙石公路，心情却是一种踊跃。每有一篇新作写成，无论是篇幅较大的中篇小说，抑或是短篇小说，乃至三两千字的散文，在送到邮政代办点的这八华里的路途中，都是一种踊跃着的心情。沙石公路上坑坑洼洼致成的连续性颠簸，不仅破坏不了踊跃的好心情，反倒激发着踊跃的连续性。乃至赶到熟悉的邮政代办点的窗口前，和那张熟悉的脸孔对面时，领会到那眼神里又现出"你又来了"的意象，我也不说一句客套话，只把邮件送进窗口，照前办理……我已记不清十年间经他的手寄出过多少文稿和信件，却可以肯定，那十年间的文稿和信件十有八九都是经他的手办理的，寄往本省和外省的编辑朋友。更准确也很难能的是，无论稿件或信件，从来没有丢失过。在二十世纪八十年代初到九十年代初，邮寄通信几乎是我唯一和外部世界交流的渠道，且不说乡村里不敢奢望电话，城市家庭也是稀罕物。邮政代办点的这位代办员，便成为我实现和外部世界沟通的最可靠的桥梁。

新的世纪刚刚到来，我又回到离别了七八年之久的原下的屋院，一个人住了两年。夜晚坐在院子里看从东原渐渐移向西原的月亮，早晨常常是被飞到屋檐或院中树梢上的鸟叫声唤醒，在我是一种在世界上任何地方都找不到的最踏实也最美好的感觉。写作的欲望潮起时，便在那间小书屋里铺开稿纸。每有或长或短的文章写成，依照七八年前的轻车熟路——轻便自如的自行车和大半生走得最多也最熟悉的家乡路——赶到距家八华里远的军校大门内的邮政代办点，依旧是那间门口墙上挂着绿色邮箱的平房，依旧是打开着的窗户下层的窗口，窗里桌后依旧坐着那位微黄偏白面孔的代办员，变化仅仅只是他的头顶出现了白色的头发，毕竟过去七八年了。他在看见我的一瞬，眉眼里现出一缕不易觉察却仍被我觉察到了的诧异的神色，问："你不是进城了吗？"我答："我又回来了。"之后再无话。我交办了寄件，点点头便告辞了。这两年时间里，我到这个一个人操作的邮政代办点的次数，比之前的那十年的频繁来去少得多了，我已有了手机，家里也安装了电话,无论公事或私事、急事或闲事,随时便用话机说清了,几乎不再使用写信的交流手段了,不写信也就不寄信了,只有写成新的文稿,必须赶到一个人操作着的这个邮政代办点的窗口前。我至今不会使用轻便快捷的电子文稿的传递方法,还依赖于原始的邮寄手写稿件的途径。

到了我重回乡下祖居屋院的第二年,记不清是哪个季节,我又一次骑自行车赶到那个熟悉的邮政代办点的窗口前,交办了要邮寄的稿件,刚转过身要离开的时候,窗口里的他说话了,让我等一下。我再转回身,就看见那张向来平静到不动声色的面孔,呈现着谦谦的微笑,对我说:"麻烦你办点事。"我自然欣然接受,等待他说事。他依旧是少见的谦谦的微笑,以平静而又达观的语气告诉我,他很快要退休。我不觉一愣,看不出这张呈现着中年人气色的脸,已经年上花甲了。我在发愣的一瞬,感到了心头的微微一震,顿生难舍的眷眷之情。我随之问:"你竟然要退休了?看去顶多五十岁。"他却不做辩解,依旧谦谦笑着告诉我,他的孩子知道他认识我,便买了我的两本书,让他再见我的时候给书上签名。他说他退休后就难得和我见面了。我自然应诺。他破例拉开那间平房的门板,让我进屋;他把我的两本书摆在桌子上,侍立一旁,让我坐在他的椅子上。我习惯用自己的钢笔,在那两本书上签下我的名字。这应该是我最用心最认真的签名之一。他连着说了两声感谢的话。我为认识和不认识的朋友和读者不知签过多少万册书了,却不敢接受他的感谢的话。我和他握手告别。他竟破例走出门来,在我推起自行车的时候,我又握住了他的手,有点不忍松开。

## 最初的晚餐

### ——《生命历程中的第一次》之一

想到这件难忘的事，忽然联想到《最后的晚餐》这幅名画的名字，不过对我来说，那一次难忘的晚餐不是最后的，而是最初的一次，这就是我平生第一次陪外国人共进的晚餐。

那时候我三十出头，在公社（即现今的乡政府）"学大寨"正学得忙活。有一天接到省文艺创作研究室（即省作协）的电话，通知我去参加接待一个日本文化访华团。接到电话的最初一瞬就愣住了，我的第一反应是我穿什么衣服呀！我便毫不犹豫地推辞，说我在乡村"学大寨"的工作多么多么忙。回答说接待人名单是省革委会定的，这是"政治任务"必须完成。这就意味着不许推辞更不许含糊。

我能进入那个接待作陪的名单，是因为我在《陕西文艺》（即《延河》）上刚刚发表过两个短篇小说，都是注释演绎"阶级斗争"这个"纲"的，而且是被认为演绎注释得不错。接待作陪的人员组成考虑到方方面面，大学革委会主任、革命演员、革命工程师等，我也算革命的工农兵业余作者。陕西最具影响的几位作家几棵大树都被整垮了，我怎么也清楚我是猴子称王地被列入……

最紧迫的事便是衣服问题。我身上穿的和包袱里包的外衣和衬衣，几乎找不到一件不打补丁的，连袜子也不例外。我那时工资三十九元，连我在内养活着一个五口之家，添一件新衣服大约两年才能做到。为接待外宾而添一件新衣造成家庭经济的失衡，太划不来了。我很快拿定主意：借。

借衣服的对象第一个便瞄中了李旭升。他和我同龄，个头高低身材粗细也都差不多。他的人样俊气且不论，平时穿戴比较讲究，我几乎没见过他衣帽邋遢的时候。他的衣服质料也总是高一档，应该说他的衣着代表着二十世纪七十年代中期我们那个公社地区的最高水平。"四清"运动时，工作组对他在经济问题上的怀疑首先是由他的穿着诱发的，不贪污公款怎么能穿这么阔气的衣服？我借了一件半新的上装和裤子，虽然有点褪色却很平整，大约是哔叽料吧，我已记不清了。衬衣没有借，我的衬衣上的补丁是看不见的。

我带着这一套行头回到驻队的村子。我的三个组员（工作组）经过一番认真的审查，还是觉得太旧了点，而且再三点示我这不是个人问题，是一个"政治影响"问题，影响国家声誉的问题……其中一位老大姐第二天从家里带来了她丈夫的一套黄呢军装，硬要我穿上试试。结果连她自己也失望地摇头了，因为那套属于将军或校官的黄呢军装整个把我装饰得面目全非了，或者是我的老百姓的涣散气性把这套军装搞得不伦不类了。我最后只选用了她丈夫的一双皮鞋，稍微小了点但可以凑合。

第二天中午搭郊区公共汽车进西安，先到作家协会等候指令。《陕西文艺》副主编贺抒玉见了，又是从头到脚地一番审视，和我的那三位工作组员英雄所见一致：太旧。我没好意思说透：就这旧衣服还是借来的。她也点示我不能马虎穿戴，这不是个人问题而是"国家影响政治影响"的大事。我从那时候直到现在都为这一点感动,大家都首先考虑国家面子。老贺随即从家里取来李若冰的蓝呢上衣,我换上以后倒很合身。老贺说很好,其他几位编辑都说好,说我整个儿都气派了。

接待作陪的事已经淡忘模糊了,外宾是些什么人也早已忘记,只记得有一位女作家,中年人,大约长我十余岁。我第一眼瞧见她首先看见的是那红嘴唇。她挨我坐着,我总是不由得看她的红嘴唇,那么红啊!我竟然暗暗替她操心,如果她单个走在街上,会不会被"红卫兵"逮住像剪烫发砍高跟鞋一样把她的红嘴唇给割了削了?

那顿晚餐散席之后我累极了,比"学大寨"拉车挑担还累。

现在,因为工作的关系我常常接待外宾并作陪吃饭,自然不再为一件衣服而惶惶奔走告借了;再说,国家的面子也不需要一个公民靠借来的衣服去撑持了;还有,我也不会为那位日本女作家的红嘴唇被削而操心担忧了,因为中国城市女人的红嘴唇已经灿若云霞红如海洋了。

## 饭事记趣

几位朋友聚餐,没有任何正经话题,全是随心所欲,即兴发挥,难免东拉西扯,却多为逗笑开心的生活趣事逸闻。记不得谁说到自己幼年时期经历的艰难生活,为争食半碗锅底铲下的锅巴,曾和长自己两岁的哥哥动手厮打。这种锅巴我也喜食,那是用很细的苞谷糁子熬烧稀饭时,大铁锅底留下的一层沉积糁子,被烙得金黄,用锅铲铲下来,多成卷儿状,味道甘美且不论,在"三年困难时期",一天三顿喝苞谷糁子的情状里,吃不上面条,更见不到馍,这种半干的锅巴则耐得住饥饿;父母把这种稀罕吃食全让给孩子,孩子多的家庭,会分给每人半勺,或轮流吃……

由此引发出我有关吃饭的记忆,便凑热闹说了两三件有关吃饭的事,朋友们甚觉有趣,有人便说,你不妨把这些逸事写出来,挺有点意思。这话倒让我记住了,而且又触发出几则吃饭的事。我想,人一生要吃多少顿饭,吃过也就忘了;而吃过几年乃至几十年的几顿饭难以忘记,这几顿饭就在人生行程中留下印痕;这种多属饥饿年代的有关吃饭的事,会让今天以营养成分调配吃食的读者感到好笑,也不顾忌了，索性让大家笑一回，何妨……

确凿记得是一九六七年五月末的事。这是"文革"派性闹得最疯狂的时月。我供职的公社（即乡镇）农业中学早已停止上课，学生虽然也搞成两派造反组织，却在本公社社区无甚影响，多数学生早回家了。七八个教师也是去留自便，常来的人没有谁夸奖你坚守岗位，常常不来的人也没有谁计较你失职。到了五月末，"靠边站"（即罢官）的校长突然挺身而出，通知所有教师返校，他要安排学校收割麦子的事。农业中学属社办公助性质，学校搞勤工俭学，在学校西南边的荒坡上开荒种地，播种了几亩麦子，还栽下不少果树。这方坡地在白鹿原西头的北坡上，紧依着汉文帝的倚坡而建的陵墓，史称灞陵，因坡根下流淌的灞河得名，白鹿原由此也称灞陵原。灞陵的坡形，东西两边有着几处基本对称的凸出和凹进的地形，活脱如张翅飞翔的凤凰，灞陵的民间名称为凤凰嘴。就在凤凰嘴的东侧，有农业中学师生开荒播种的麦田。这方地域向阳，又因坡高缺水，麦子便早熟了。校长尽管作为当权派被冷置着，却操心已经基本黄熟的麦子，着急了。

且不说这七八位教师怎样汗流浃背地收割麦子，再翻沟过梁人背车拉运送麦子，以及人做畜生拽着碌碡碾打麦子，单说开镰之日的第一顿饭。教师们聚集在离灶房最近的一座教室里，炊事员老头把刚刚蒸熟的馍端到教室里，当众揭去大蒸笼里的垫布，一片冒着热气的白花花的馍晾现出来。校长宣布：大家割麦运麦要出大力气，这馍就随便咥（吃）。这个主意是我拿的，如果违反粮食政策被追查的话，我负责，处罚就处罚我，与大家无关。校长话音刚落，教师们便动手掂起纯麦子面馍咥起来，就着咸菜，喝着稀米汤。我也不甘落后，早掂来一个馍咬下去了，竟顾不得吃咸菜，白面馍本身香味的巨大诱惑，让我心无他顾，三下五除二就把一个馍吞咽下去了。大家几乎腾不出嘴来说话，自顾自地吞咬咀嚼着馍，教室里一片静寂，咀嚼馍块的或轻或重的吧唧声便突显出来。大约在大家吃到八九成饱的时候，才有人说起笑话，是以某位先生吞咬馍块的怪异表情为由头，随即引发笑声和互相调侃的轻松气氛。多少有点"文革"派别不同"政见"的隐性纠葛，在猛吃狂咥的放浪形骸的欢愉氛围里，暂且忘却了。

有人突然提议，各人自报咥了几个馍，并解释其意图，既不收粮票也不收钱纯属白咥，所以希望如实招来咥了几个。说完，此兄把眼光盯住了我，哈哈着命令：你先报！

我顺口报出：七个。

似乎稍有惊讶之音，却不强烈。随之一个个都报出数来，却没有一个超过我的，连持平的也一个没有，只有一个人报了六个。多数人都报了五个，男教师只有一个人吃得最少，四个。两个女教师都说吃了三个。我当了一回冠军，平生仅此一回。参加过几次篮球、乒乓球和象棋赛事，从来没拿过冠军；一顿咥七个馍的纪录，在农业中学教师的范围内未曾被人打破，我自己后来也未能再刷新。

饭后便提着镰刀到凤凰嘴东侧的坡地上割麦子。我感觉到胃里很撑，也很沉。那时候的馍都习惯以二两为规格，再加一碗稀米汤，我的胃里至少装着两三斤重的食物，馍的计量标准的二两，是指干面粉，和水蒸成馍，不会少于四两。当我挥动镰刀割麦子的时候，感觉到了难受，也就伴之而生悔意，吃得太多了。这种因为贪吃而发生的身体负担以及后悔情绪，在我却是久违了的别一番感慨。许多年来，吃饭已经形成习惯，就是抑制住饥饿便罢手也闭口，很少有吃到一满饱的机遇。每月三十斤粮食定量，我通常是以三四四来分配一天三顿伙食的数量的，计量单位是两。这样的配额，连半饱似乎都勉强，自我感觉就是仅仅"压住了饥饿"。尽管这样，三十斤粮票仍然维持不到月底,便从家里蹭来吃食弥补亏空……

我现在的工作点有餐厅,在我看到吃剩的大半个馍和小半碗干面条或米饭被倒入垃圾桶的时候,常常会泛出曾经咥过七个馍的往事来。且不说可惜了粮食这种陈年老话,我也不无庆幸,中国人不仅告别了如我四十多年前丑陋的食量和吃相,而且可以随意扔掉吃剩的馍、米饭和面条,连眼皮也不会眨一眨。

大约是我被抽调到公社协助工作的第二年冬天,我跟一位领导到白鹿原北坡上的一个村子去驻队,还有当地驻军(军校)的一位教员和一个战士,四个人组成一个工作组,单项任务是重建生产大队一级的党组织——党支部。"文革"把各级党委和基层党支部全部搁浅了,现在要恢复重建。这个村子派性比较复杂,更深层的渊源是三大姓氏的由来已久的积怨。如何化解矛盾,争取在上级规定的时限内,完成党支部重建的任务,说来话长,不是本文的主旨,这里只说一件轻松有趣的一顿饭的事。

下乡驻队在我已经成为习惯性工作,且不说公社机关对干部下乡纪律的严格规范,单就常识而言,到农民家吃派饭不能有任何要求,农民日常吃什么,也就给我等下乡干部吃什么。其实许多人家在轮到为下乡干部管饭的一天,总要比自家平时的饭食做得更好一点,他们平时多吃汤水面条,给干部做一碗干面条;平时他们多以苞谷面做馍,给干部吃的馍里,总要掺进一些麦子面粉。这是当地传统习俗,不能慢待客人。每遇到这种优待饭食,我便对主人说,下顿不要这样了,却收效甚微。这回下乡搞建党支部的这个村子,地理环境缺水,每遇干旱便难保收成,村民的粮食多数吃不到新粮下来,我们工作组的几位干部也就更自觉地接受粗食淡饭了。

关中乡村自古一天三顿饭,与别的地区无差异,差异在吃饭的时间。农民天明便起身下地干活，二十世纪五十年代中期农业合作化之前的个体经营时期是这样，农业合作化集体经营时期依旧遵循着这种生产和生活秩序，干活大约到九点十点（冬夏差别）回家吃早饭，午饭大约在两三点钟，晚饭就是天黑收工以后才吃的。我和工作组的人也是入乡随俗，改变了在公社机关早晨起来先吃早点之后才上班的习惯。这一顿记忆颇深的饭是一顿早饭。

我们四人分成两组，主要考虑农民家庭一次管四个人吃饭负担太重，我和领导为一组，从村子西头到东头一家接一家往过吃；两位军人为一组，从村子东头到西头一家接一家往过吃。无论吃得好吃得差，我们从来不议论，其实没有谁规定不许议论吃食的好坏，也没有人提醒，却都闭口不提，似乎是一种忌讳。那天早晨到早饭时，一位穿戴整齐的青年来叫我吃饭，干净整洁的中山装，浓密油黑的头发梳理得很整齐，谦和的笑容里显示着彬彬有礼，截然区别于农民，尽管难以判断其职业，却可以肯定是一位吃商品粮挣工资的公家人。在靠挣工分生活的绝大多数农民家庭中，谁家有一个能有固定月工资收入的公家人，就意味着这户人家在普遍贫穷的村民中优裕的经济地位。我和我的领导——工作组组长，跟这位公家人去他家吃早饭。

一个老式方桌，周围摆着条凳，我和组长坐下，陪坐也陪吃的就是这位公家人。组长说，让家里人一起来吃嘛！公家人说，你不用管，他们吃他们的。组长也不再勉强。我却有点敏感，大约是为我们做了好吃食，却不多，只供我和组长以及公家人吃，其他人包括他的父母和姐妹兄弟都不上桌了，是为着节省。这种情况遇见过不止一户人家，也确实令我吃着不自在。公家人先端来一大碟酸菜和一盘红苕，又端来两大碗苞谷糁稀饭，继之又为自己也端来一碗稀饭，热情地招呼我和组长，吃！快吃！天冷得很，小心饭凉了。我先喝稀饭，稀饭稀到筷子上挂不住苞谷糁。我再吃红苕，全是如同未剥皮的花生那样大的堪称袖珍红苕。吃红苕一般要剥去薄皮，这小红苕捏在指间，尤为难剥，我索性连皮吃了。这些未发育长成的小红苕，内里多丝，那丝如同纤维，韧性很强，咀嚼不碎，又不好意思吐出，我便囫囵咽下了。我吃饭的心情有点不好。我家也在农村，每个村子都种植红苕，因为红苕产量大，可以充饥，在困难时期的农村，每个生产队都扩大了红苕种植面积，家家都挖着一口储存红苕的地窖，从初冬一直可以吃到来年初夏即将接上新麦。乡民说，一年到头，红苕坐庄。更有说得损的话，红苕是救命的爷。生产队大量种植多产的红苕，不仅成为村民锅里碗里的主食，红苕的叶子可以窝制酸菜，红苕的蔓和根是喂猪的上佳饲料。我在公家人餐桌上所吃的袖珍红苕，其实是红苕根上不值得采揪的舍弃物，通常都是和根蔓一起晒干粉碎后喂猪的。我猜想这些袖珍红苕的来路，是从生产队分配给他家作饲料用的红苕根上摘下的，或是从挖过红苕的地里捡拾的遗弃物。可见这是一个很节俭的人家。公家人一直陪着组长和我吃饭，不断地招呼我们吃饱吃好。直到我们放下筷子说吃好了，他仍然礼让我和组长再吃几个红苕。

出了公家人的大门来到了村巷，组长说要到老支书家说事，我便跟着他走，谁也不说这顿早饭吃得如何，已成习惯。走进老支书家的大门，迎面看见他正跷着腿坐在方桌旁，捉着一根烟袋抽旱烟，走近了又看到尚未收拾的碗筷和菜碟，还有一盘馍。未等组长开口说事，老支书抢先问：吃好了没？我和组长异口同声说，吃好了。老支书很惊讶地说，哎呀，算你俩有福。我能听出他话里的异味，却仍然说，好着哩好着哩。他哈哈一笑，说，自解放到现在，来到村上的干部，在这家管饭时，谁也甭想吃一顿好饭。组长也笑着说，好着哩。老支书说，不好你也不说不好——你有纪律哩。老支书说，曾经在某年有某个下乡干部在这户人家吃派饭，喝的是挂不上筷子的稀溜溜苞谷糁子，还没有馍，干部喝了一肚子稀汤，不到午饭就饿得撑持不住，跑到他家来，二话不说就伸手在装馍的笼子里抓馍吃。他说他曾经提醒过这户人家的主人，却不奏效，后来便不让他家给外来干部管饭，人家还不依。老支书解释说，干部吃派饭交钱又交粮票，仍怕村民吃亏，生产队给管饭的人家再发一份补贴粮，少则每天一斤，多则二斤，会有余头的，所以村民一般都争着给下乡干部管饭。说到这儿，老支书又问：有馍吃没有？我觉得既不好说没有，也不宜说谎说有，比我老到的组长笑着把话题转移开来，说起工作的事项。老支书还不尽兴，继续说，这户人家在村子里是日子过得相对矮傺的，家里大人都不少挣工分，又特别节俭，尤其是有一位挣钱的公家人，"文革"发生前的大学毕业生，月工资听说在六十块上下……组长再次把话题岔开。老支书末了还说，这是这家人的家风，我说了你俩就不见怪了。要是肚子饿了耐不到晌午饭，就到我这儿来拿馍……午饭和晚饭依旧，无须赘述。

顺便说一下这位老支书。这是一九四九年后乡村里发展的最早一批中共党员，历任乡村各种干部和支部书记，刚刚进入中年，俗称老支书。老字不指年龄，而是指任期比较长久，"四清"运动整得死去活来，却没有任何问题，最后仍为支部书记。"四清"运动结束不到一年，"文革"又开火了，他又被当作"走资派"打倒了。这个人性格中有一种天然的幽默智慧，面对灾难善于自我解脱，便是自己调侃自己："四清"运动把我打倒了，又把我拽起来；我还没站稳哩，"文革"又把我日倒了……组长心里有数，这个村子的支部书记非他莫属，关键是化解派性，做好党员和群众工作……喝一顿太稀的稀饭吃一些过碎的红苕，算什么了不得的事嘛。

粉碎"四人帮"之后第二年，刚过完春节上班不久，我被公社派到一个生产大队（村子）去驻队，任务单纯，调查一个在"四清"运动中被打倒开除党籍的前支部书记的案情。调查小组由三人组成，我被任命为组长，另两位组员都是公社党委从农村临时抽调参与这项工作的，一位是一个村子的现任党支部书记，男性，比我长几岁，另一位是回乡高中毕业生，年龄虽小，有一定文字能力，是做笔录等文字工作不可或缺的人手。这个临时组成的专案小组，是受上级（市和区）的指示做出的，对"四清"运动中被整被打倒被处分的大批干部选几个对象，重新调查其案情，作为试点。这件事非同小可，我们三人小组刚刚入驻那个村子，便惹起一片风声，纷传陈某人要给"四清"中被打倒的某某人翻案了。任谁都能想到这村那寨"四清"中受到打击和处治的干部对这件事的关切之情。

就我亲历的二十世纪六十年代农村的风风雨雨而言，一直留有一种也许是偏颇的印象，"四清"运动对集体所有制时期的乡村社会的破坏程度，不仅前所未有，甚至超过后来的"文革"。"文革"的矛盾焦点主要指向公社以上的政府机关，农村里村村都有造反队，首当其冲的自然是生产大队的党支部和大队长，而主管生产决定春播秋收和粮食分配多寡的却是生产小队，造反派一般瞧不上生产队长那个太小的官位。野心大点的造反派先夺公社的党政大权，野心更大的造反派头子再夺区或县以至市和省的大权，绝大多数男女社员依旧干农活儿挣工分过日子。"四清"运动之前，对乡村社会破坏最厉害的是"大跃进"吃大锅饭，直接导致"三年困难时期"民不聊生的惨景。然而经过中央及时而又务实的政策调整和纠正，农业生产很快得到恢复，到二十世纪六十年代中期，多数生产队基本解决了吃饭问题，呈现出毛泽东此时写的一首词里所说的"莺歌燕舞"的气氛。然而，好景不长，莺尚未歌到尽情处，燕亦未舞到尽兴时，"四清"运动由试点到全面很快推开，大兵团的人马浩浩荡荡进驻到大大小小的村庄，生产大队和生产队包括会计出纳在内的干部全部被推上被斗席。历时半年的"四清"运动结束，生产大队和生产队的主要干部至少十有七八都被整下台去，撤职不算最重的处罚，更有被开除党籍，还有被经济退赔时连房子也折价抵账的惨事，且有人自杀。我后来看到了更为严重的后遗症，许多村子的生产遭到难以弥补的破坏和损失，这个时期被打倒被处罚的干部，尤其是生产大队的书记和大队长，多是从解放初锻炼成长起来的一批主宰农业合作社的优秀骨干，能力弱或品行差的人早淘汰了。"四清"运动的最后结局，用农民的一句话概括，把那些好干部"一竿子全扫光了"。农村比不得国家机关和工厂企业，可以调换领导干部，而一个村子要成长一个主要的树得起威望的领导干部，确非易事。我所看到的事实是，许多村子在"四清"后安排的新干部，因为能力或品行太差难以胜任而自动辞职；有的不甘辞职却指挥不灵，村子里的各项工作和生产搞得一团糟。这种局面不是一年两年所能改变，说遗患无穷似不过分。我到这个村子来复查那位被开除党籍的原支部书记的案情，在我确是一种踊跃心态。

这位复查对象，原是本公社的一位先进典型人物，到"四清"运动发生之前，他早已是在本区和西安市都挂了号的模范干部。我做乡村民办教师那几年，已闻知他的大名，却难得接触，不料在他被打倒十余年后，由我来复查他的案情。我也明白，对此人案情的复查，是上级抓的一个"点"，不仅关涉他一个人的命运，更关涉无以计数的"四清"运动中被处治的"四不清"干部的命运，我不仅踊跃，更为谨慎。正是在这次长达两三个月的驻队时月里，我吃了一顿至今难忘的饭。

在公社工作已有十个年头，每个村子都吃过派饭，无论吃得好或差的饭，吃过也都忘记了，我可以自信的是，我从来没有弹嫌过谁家的饭不好吃，倒是对有些特别照顾而做的好饭，我提醒主人不要为我浪费白面。记得有一次吃派饭，竹篮里盛着香气弥散的纯白面锅盔，男主人陪我吃饭，女主人和孩子却不闪面，我也不在意，关中风俗多见如此，自然属男尊女卑的封建遗风。喝完一碗稀饭，还想再喝半碗，陪我的男主人要去为我舀饭，我二话不说便自己闯入灶房去了，眼前的景象令我吃惊：女主人和两个未成年的孩子在灶房里围着一个小桌吃饭，手里拿着纯苞谷面的馍。我的心里就撞了一下，我舀了半碗苞谷糁子稀饭出了灶房，便把装着白面锅盔的竹篮再端进灶房，让两个孩子吃锅盔。两个孩子瞅着白面锅盔，又瞅着他们母亲，又瞅着跟脚进来的他们父亲的脸，却仍然不伸手抓锅盔。无论男主人和女主人怎样礼让，我已坚决拒绝再吃锅盔，甚至影响了我的食欲。我小时候亲身经历过这种完全类同的情景，轮到我家给下乡的某位干部管饭，也是由父亲陪干部吃专门待客的好饭，只有在干部吃罢告辞之后，我才得以分享剩下的白面锅盔或馍。似乎不完全是好面子的事，是说不清从哪朝哪代传留下来的乡风民俗，在越是穷困的生活里，总要尽力让客人吃得好一点儿……我说此事似有自我表扬之嫌。其实，不单是干部自律，还有我小时候的那种隐秘的记忆，却在这一户人家里重现了，竟有某种触碰的痛感。

又到乡村早饭时辰，一位中年男人来叫我们吃饭。进村不少日子了，这位男人却显得陌生。他家在村子东头，没有围墙也就没有门楼，敞院里坐西向东两间厦房，台阶上放着镢头铁锨等几样常用的农具。进得厦房，男主人招呼我们三人坐下，是三只粗陋不堪的小木凳，没有小饭桌，一碟自家窝制的酸菜和一碟辣椒摆在脚地上。我在坐下前，或者说踏进厦屋门的一瞬，便颇感惊讶：家徒四壁，一览无余，厦屋北头是连接着锅灶的土炕，西墙根有一个用砖块垫着的破损的木柜，再不见一样家具。锅台有一块案板，上边摆着几个碗和擀杖。男主人从操勺的女主人手里接过舀满稀饭的大碗，再一一端给我们三人，然后自己也端着碗在一边陪吃，坐在一块破砖头上。我把稀饭碗搁在不太平整的脚地上，先掂起馍就着酸菜吃，心里却在猜想，这家人怎么把光景过得如此恓惶？这是一个以蔬菜种植为主业的生产大队，绝大多数土地都是有机井保证灌溉的平地，种植着各种时令蔬菜，定点供应西安的某家蔬菜公司，尽管属于统购统销的计划经营，收入远非那些以粮食和棉花为主业的生产队所可比拟。粮棉队几十个村子，工分值高不过五六毛钱，差劲的许多村子仅只一两毛；而几个以蔬菜种植为主业的村子，工分值最低也不下一块，况且，这些蔬菜生产队由国家供应至少半年的粮食，不愁碗里的稀稠和有无。那些相对贫穷的粮棉生产队的女孩，托亲靠友多想嫁到优裕的蔬菜生产队。这户人家的惨淡光景，是我们进入这个村子近月以来最令人惊讶的一户。我一时想不明白，他们夫妻二人不残不呆，看模样也不会是偷懒怕干活的人，只要出工干活，就有工分，就会分红，怎么弄得这样一幅穷光景？我便和他拉家常，问一句，他说一句，或者只说半句，后半句没说出来就不再说了。从木木的神情上判断，他不仅不善言语，确凿属于木讷短语的人，但这并不影响出工干活挣工分。我想问他的身体状况，刚开了口，他不回答，突然转过身，把端着小碗蹲在我和他之间的小儿子抱离开去，我看见小家伙蹲过的地方留下一摊稀屎。我不便再看，男主人的一个举动却把我惊住了，他顺手从墙根下抓过两只破旧的布鞋，从两边刮擦到中间，把那一摊稀屎刮到鞋里，三两步跨出屋门，扔到院子里去了。我瞥了一眼，用鞋刮过的地方还留着一些稀屎，刮在鞋上的稀屎滴溜在脚地上。主人的这种举动是少见也少有的，一般家庭里多有小孩随地拉屎的事发生，大人通常用一把灶灰掩盖，再用铁锨铲除，很干净的。这个木讷的男主人此时才想到用灰撒到残留的屎摊上……我已经感觉到胃里有反应了，隐隐有点恶心。我端起碗，把剩下的半碗苞谷糁子稀饭喝了下去，企图把胃里的恶心压住，似乎收效甚微。我当即采取断然措施，让那两位同伙消停吃，我已吃饱先走一步。

走出厦屋门，很快便走进村子中间的主街道，胃里有了更激烈的响动，我越是用心压制，响动反而越是厉害，走到一个堆积牲畜粪的很大的粪堆旁，便爆发出声音很大的呕吐。刚刚吃下的一个馍和一碗苞谷糁子稀饭，全部倾泻出来。我擦了嘴，警惕地往四周看了一圈，倒是没有人，我才放心地走回房东家的住处。待那两位组员回来，见面问我怎么吃得那么少，我含糊其词地岔开了话题，更没有提呕吐的事。我担心由此事演绎出陈某吃不惯贫下中农的饭食，这可是感情甚至上纲为立场的大问题。

空着肚子工作到午饭时间，我们三人一起到那户人家去吃午饭，熟路熟门又是熟人，仍然是坐在小木凳上，盛辣子的小碟和盛盐和醋的小碗仍摆在脚地上，是纯粹的白面做成的汤面条，我连着吃了两碗，感觉到一种满足。出门的时候，似乎胃里又有隐隐的响动，我和两位组员说笑话，企图把注意力岔开，把胃里的不好反应抑压下去。在走到村中那个粪堆旁，胃里一阵天翻地覆的搅动，哇啦一声又倾泻而出，把两位同行的组员吓得一愣，忙问怎么回事。我谎称胃出了点毛病。待我定睛一看，正是早饭后呕吐的那块地方，早晨呕吐的残痕仍在。回到住处，两位组员担心我空着肚子耐不到晚饭。我说胃里空一空也有好处。关中农村的晚饭都是天黑时吃，两位组员提醒我该吃晚饭了。我推辞不用，并说胃需要再空一空。他俩不信。近月来三人一起吃饭，没发现我的胃有什么毛病嘛。连着追问之下，我便说了缘由，担心吃了晚饭再吐可受不了。他们便张罗如何解决我的晚餐，想到离此村不过三四里地有一家工厂，厂里有一家小门面的营业食堂，他自告奋勇要去为我买两个烧饼，我坚决制止了。我怕由此惹出事来，说陈某人吃不下贫下中农的饭，吃了呕吐，到食堂里买饭吃。资产阶级作风和感情的帽子谁戴得起？我不仅坚决制止了他去买烧饼的举动，而且提醒他们两个人坚守秘密，不许把我两次呕吐的事道及外人。我开玩笑说，空着肚子再熬一夜不算什么问题，我已经有"三年困难时期"饿肚子的扛饿功夫了……

让我始料不及的好事接着发生了。公社一位和我年龄相仿的干部突然登门，说是周六放假回家顺路来看我。我这时才想到周末，为了赶规定时间办完此案调查，我们自觉放弃了休假。朋友闲聊间，一位组员向这位朋友说了我饿肚子的事。这位朋友不由分说，便拽着我到他家去。他家和我驻队的村子是邻村，不过两里路。我们三人装作到他家走闲的样子，进门便由他给老婆下令做饭。来不及发酵面团，用死面烙了一张饼子，我吃得确如狼吞虎咽。饭毕，大家约定，不向外人道及老陈吃饭的事，以免造成挑食的不好影响……

调查那位被打倒的"四不清"干部的案情如期完成。这位被冤枉了十余年的老支书被宣布平反，恢复党籍。此后不过两三年，"四清"被整被处分的干部几乎全部平反了。我其实在做了那项调查之后的第二年夏天，调离了工作过十余年的家乡，到西安南郊的文化馆工作。我已感知到文艺复兴的令人鼓舞的气氛，创作的欲望潮涨起来了。

许多年后，和那两位组员以及那位公社干部偶然相遇，便说我的吃饭的故经……

二十世纪九十年代中期,受邀第一次访问美国,在耶鲁和哈佛有两次文学创作讲座,算得上正经事,其余时间便是游山逛景了。一个神秘了大半生的美国,在自东往西的车轮加脚步的匆匆一览里,自然说不上深或透的了解,神秘的帷幕却还是扯去了。姑且不说观后感,只说一顿难忘的晚餐。

这顿饭是一位姓杨的女士邀请的,我没有推辞,概出于她和陕西关中一种非同寻常的亲情渊源。此前一年或两年,她到西安时曾得以谋面,她说到来西安的意图时,且不说我惊诧之类的夸张的话,确凿是万万料想不到的。她说她是来寻根,更是拜祖。初听这些话时我毫不惊讶,开放之后已有多年,台湾同乡以及海外华人回来的人络绎不绝,在我已司空见惯。然而,杨女士说明她寻的祖宗时,我当下竟惊讶得回不上话来。她所寻的祖宗,竟然是隋朝开国皇帝杨坚。杨坚是五岳之一的华山脚下华阴县人,早已了无踪迹,墓葬在关中西府的扶风县。她虽然没有看到有关始祖杨坚的蛛丝马迹,却也未见多少遗憾,心里早有预料,着重在想感知作为皇帝祖宗曾经生活的一方地域的地脉天象。同在华山脚下的华阴县五方乡,却有为杨坚开创隋朝立下汗马功劳的文武全才的杨素将军的坟墓。杨素不仅善于统军打仗,且是一位诗人,隋朝建立后被隋文帝杨坚封为赤泉侯。然而,杨素和杨坚虽都姓杨,却无血缘宗族脉络,杨素的祖宗上溯到西汉时代的杨喜,曾被汉高祖刘邦封为大将军。五方乡的杨素氏族,现存十八座坟墓。这些有关杨姓两家的简况,是我后来获知的。我更惊讶杨女士的乡土情结,从隋朝到现在多少年了,他们一代一代祖传着关中华阴这个"根";单是她自己,从台湾岛再到美国,成为美籍华人,却终于实现了到皇帝祖宗诞生的华山脚下走一回的夙愿了。

我按时赴约，是一家中餐馆。我看一眼已经到齐的人，竟然全部都是女性，多为中年，自然都是华人。她先介绍我之后，便一一介绍由她约来的朋友，几乎全是从台湾岛到美国定居的文化人，多数都出版过散文、小说和诗歌集子，只是名声尚不及我认识的於梨华。都是喜欢写作的人，气氛很快便轻松活跃起来，有人说到她喜欢大陆某作家的作品，有人说到她结识的大陆某位作家，自然也免不了说到她们读《白鹿原》的事。在轻松的气氛里，不觉间过去了近两个小时，饭早已吃完了。在散席前发生的一幕，让我不仅出乎预料，而且惊诧了。

杨女士说了句"那就到这儿"意思的话，在座的女士们，有的翻手提包，有的掏口袋，把一张张美元掏出来放到自己面前的桌面上，杨女士自己也不例外地掏出钱来。我在短暂的发愣的一瞬间便明白了，这顿饭是由进餐者分摊其花费的，也就赶紧掏自己的口袋。杨女士坐在我右边，压住了我往桌子上放钱的手，笑说：你是我们大家请来的客人，你绝不能。我据理辩解的几句话还没说完，她打断说，在大陆你可能不习惯这样分摊餐费的方式，在这儿（美国）却是通常的事儿，大家想聚会了，或是接待一位朋友，都是这样做的，唯有被请的客人不能付款，这种分摊餐费的方式，说明你是大家的朋友……

我在回到住处后，心里仍不能淡忘每位进餐者纷纷掏钱包的情景。除了杨女士说的"你是大家的朋友"之外，我又想到她们可能没有报销的途径。她是一个民间文艺团体的主事人，没有公款，她的会员可能只交象征性的一点儿会费，只能做公务性的开销，更多的却是显示对自己参与的这个文艺团体的尊重。我没有问她，仅是我的猜想。

这种猜想又一次得到了验证，是随后在另一家华文文化团体搞过一次创作讲座，讲完后听众就散去了，留下十来个团体的骨干人物，和我共进午餐。就在讲座大厅旁边的一个小屋子和通道上，十来个男女朋友纷纷拎来自己的提袋，从里面掏出早已备好的菜和面包，每人都带着盒装的菜，都是在自己家里做好带来的，几乎没有重样儿，一齐摆到桌子上，任由各人挑拣品尝，不时爆出某男或某女大声的惊叫，说某种菜太好吃了，虽不无夸张，却酿成一种即使高档餐馆也难得的融和气氛。我被重点照顾，让我尝一口这种菜，再尝那种菜……我很自然想到，这个文化团体同样没有经费来源，要搞什么活动而避免不了共餐，便是这种办法……回去的路上，我和同行的朋友说，还是这样好。

平生吃过多少回饭，粗粮野菜也罢，鱿鱼海参也罢，多不记得了。上述几顿饭却总也难以忘记，如实写来，供有兴趣阅读的读者一哂。

## 白墙无字

熟悉的或初识的朋友到我的工作点来，看着屋子里不挂一纸的光光净净的墙壁，常有好奇者问，你号称文人，墙上却不见墨痕。有的甚至佯装慨叹，真可谓家徒四壁呀！我也不做解释，只说是习惯使然。近日因写有关斋号的短文，引发了这个话题。

自进入社会开始工作直到今天，不觉间竟有五十个年头了，无论换过多少单位的办公室，或是乡下和城里的住宅，还有现在的工作点的房子里，除了几样简单的办公和生活用具，四面墙壁从来都不曾挂一方纸页。想来似乎还不是有意为之，纯粹属于一种无意识的习性驱使下的习惯。二十世纪六十年代初，高考名落孙山回到原下老家，应聘为本村初级小学的民办教师，同时开始了写作的自修，心诚且意专，很想把当下的心境表述出来，按中国人的传统方式，用毛笔书写一方古人或今人为学的精辟语录置于书桌前的墙壁上，以便时时警示。然而犹豫再三而没有去做，却又于心不甘，最后选择了一个变通的方式，找了一二指宽的硬质纸，把自己喜欢的"不问收获，但问耕耘"的格言写上，贴在墙壁和书桌的接触处，外人进屋不大留意这个小小角落，我在桌前坐着读书或写字时，抬头便会看见这个自己信奉的警句，添一分踏实。由此事开端直到今天的五十年间，无论工作环境和职业发生过多少次变化，所有住过的屋子都不曾张贴一纸笔墨，真可谓积习难改。

确有一次破例的事。那是在"文革"初起时，和"语录"热同时潮起的种种向毛主席表忠心的社会风气，不胜枚举。其中之一是家家都敬奉一尊毛泽东的石膏塑像，或贴一张标准照，连农民家里都普及了，作为公社农业中学教师的我也不甘落伍，在办公桌上敬奉着一尊毛泽东的半身石膏塑像。大约是中学教师都会写字的方便，大家不约而同都用红纸抄写了一段毛主席语录，贴在办公桌前的墙上。我也趁热写了一张，因为办公桌对着窗户，不能张贴，便贴在卧床上边的墙上，每天早晨醒来睁开眼睛，第一个看到的目击物，就是当时通用的词汇——"最高指示"；每晚上床落枕时最后看到的物象，自然还是这幅写着毛泽东语录的红纸；每天出出进进这间两个人合居的宿办合一的房间，便会看到它，已经不是"吾日三省吾身"，而是几十次省身警示了。遗憾的是时过境迁太久太远，敲着脑袋也想不起来那句话的内容了。

新时期伊始，我迁居到古人折柳送别的灞河岸边的灞桥古镇上，有了一间一人独占的办公室，正热衷于刚刚兴起的农村改革题材的写作，墙上仍然不贴一纸。正当灞河岸边的柳絮如雪花漫天飘飞的某一天后响，我敬仰的大诗人戈壁舟一行四五人不期而至，我屋子里的椅子都不够用了，着急处从隔壁同志房子借来安顿稀客坐下。戈老先生一行趁着关中绝美的春色出游，看过秦始皇兵马俑，接着在广袤的田野踏青，又在杨贵妃洗浴的临潼温泉净了身，回城时路过灞桥，便乘余兴来到我供职的文化馆。记得他的兴致甚高，满口地道的川腔不时引发大家的笑声，随意所说的话题我已无记，使我完全意料不及的是，他突然从提袋里抽出一幅装裱精美的书法作品来。展开之后，是他挥洒的自己的语录，自然是颇富哲理的诗性话语，他的同行和我的同志纷纷赞赏他的诗句和他的书法，我却更为惊奇他在书法作品上竟然写着赠送给我的字样，可见他在起程之前就确定了要到我的住处。热心的同志找来钉子，当即挂在我的墙上，每天都可以欣赏他的个性化笔墨和个性化独到语言。大约不足一年，我又搬家另住，却把戈老的赠书存入书柜，墙上又依旧是四壁皆空。此后的三十多年间，我的乡下和城市的几处工作室，再没有贴挂过一张纸，有朋友赠送书画作品，欣赏之后便存入书柜；更没有自己题写座右铭之类的兴趣了。

想来大约是幼年所受的影响，那是父亲的行为规范。记不清我说了什么轻狂的话，随后父亲在一个恰当的时间对我说，不要先说话后做事，要先做事后说话；想做的事做成了，还可以不说话。他未做解释，我后来约略能够理解说与做的关系，先说要做的事如果做成了做好了，自然再好不过；如果说了要做的事（尤其是大事）而做不成功，就会造成吹牛（当地人说谝大嘴）的负面印象；一个人特别是年轻人，如果总是发生说大话而又总是做不到的事，谁也就不在乎你说的话了，可信度就在乡民中丧失了。如果更有某个说着好话而做着鬼事的人，乡民对其归结有一句俗话，嘴上念佛哩，心里哐活哩。哐活是当地方言，多指干坏事，是对某人心口不一的形象化写照。

这种幼年所接受的行为规范，竟然成为一种难以改易的习性，且不说说和做的语言和行为的先后，后来竟形成墙上不贴不挂自己欣赏的做人做事的格言警句，多少还有一点隐蔽着的心理，其实是为自己留着一条后路。格言警句贴在墙上，任谁都能看到，而自己一旦违反，且不说别人会如何做出挂羊头卖狗肉的不屑表情，自己的尴尬也难以平复。想做的事和自己认可的行为准则，努力去做努力追寻就可以了，万一实现不了或发生错失，自己总结自我反省，也可以避免吹牛和言行不一的尴尬……我的墙壁依旧空白着。

## 接通地脉

约略记得那是麦收后抢时播种玉米的最紧火的时节，年轻的村长捎着铁锨走进我的院子，高挽到膝盖的裤管下是沾着泥水的赤脚。我让座，他不坐，连肩头的铁锨也不放下来，一副急不可待的架势，倒是不拒绝我递给他的一支烟。他说，你去把场塄下那二分地种上苞谷，到时候娃们也有嫩苞谷穗儿吃嘛！

我一时竟然很感动，却有点犹豫。我在两年前调入省作协当上专业作家，妻子和孩子的户籍也随之从乡村转入城市，刚刚分到手且收获过一料麦子的责任田，又统统交回村委会重新分配给其他村民了。专业作家对我至关重要的含义，就是可以由我支配自己的时间和生命行程了。几乎就在那一年，我索性决定从城镇回归乡村老家。我在祖居的屋院里读中国新时期文学一浪高过一浪的小说，读着刚刚翻译过来的陌生的世界名著，也写着我的小说，是一个不再依赖土地丰歉生存着的乡村人了。村里的乡亲有人送来一把春天的头一茬韭菜、几个刚刚孕肥的嫩苞谷穗子、一篮沾着湿土的红苕，常常引发我内心的微妙感慨，过去我曾拿着这些东西送给西安城里的朋友，现在我自己反倒成为接受者了。我在接过一把韭菜一篮红苕几个嫩苞谷穗子的时候，分明意识到我和这块土地依存的关系割断了，尽管还住在祖居的老屋里，尽管出出进进还踩踏着这方土地，却无法改变心底那一缕隐隐的空虚的发生。我对村长好心好意的提议之所以犹疑不定，是因为我已无资格耕种哪怕巴掌大一块的土地了。

村长显然早已揣透了我的顾虑，解释说，村口场塄下这一畛子地，猪拱鸡刨，你交回的那二分地分给谁谁都不要，这几年都荒着，你种点苞谷谁也没意见……说罢转身出门去了。

我便种上了苞谷。这二分地在村子东头的场塄下。当年的新一茬的蒿草正长到旺盛时，比我还高出半头。我丢剥了长袖衣和长裤，握一把磨得锋利的草镰，把蒿草齐摆摆砍掉割尽，再用镢头把庞大的根系一一刨挖出来。因为天旱土壤干硬，也因为几年荒芜土质板结，牛拽的犁铧开掘不动，只能用双刺镢头开挖，再把大块硬土敲碎，点种下苞谷种子。大约整整干了三天，案头正在写作的小说或散文全部撇下，连钢笔也没有扭开，手掌上的血泡儿用纱布缠了几层，仍有血丝渗出来。又过了几天，于夕阳沉落西原的傍晚，我在湿漉漉的地皮上看见一根根刚冒出来的嫩黄的旋管状的苞谷苗子时，心底发生了好一阵响动。我坐在被太阳晒得温热的土塄上，感觉到与脚下这块被许多祖宗耕种过的土地的地脉接通了，我周身的血脉似乎顿然间都畅流起来了。

我在这二分地里间苗定苗，锄草施肥。三伏的大旱时节，村长便安排村民开动抽水机灌溉，轮到我的地头的时候，我便脱了鞋子，用铁锨挖开灌渠的口子把水放进地里，双脚踩着沁人肌肤的井水，让每一株苞谷都浇灌得足饱。眼瞅着苞谷拔节了，冒出天花和红缨来，绿色的苞谷穗子日渐肥大起来，剥开一条缝儿，已经孕出白色的一排排颗粒，用指甲轻轻掐一下，牛奶似的稠汁迸溅到我脸上。我掰下一篮，剥去绿色的皮壳，等待周末从寄宿中学回家的女儿，那是作为一个父亲最温馨的等待时刻。

我后来在这二分地里种过洋芋（土豆），收获的果实堆在屋角，有亲友来家，便作为礼物相送。也种过白菜和萝卜，不知是技术不得要领，还是种子不好，那白菜只长菜叶不包心，只能窝泡酸菜；萝卜又瓷又硬，熬煮勉强可食，生吃很不是滋味。只有栽种大葱大获成功，许是我勤于松土，那葱长得又粗又高，葱白尤其多，做料子菜自不必说，剥了皮生吃也很香甜，我常常是一口馍一口生葱吃得酣畅淋漓。我在务这二分地里的庄稼和蔬菜的劳动中，渐渐稀少了到河堤散步的习惯，或者说替代了。我在一天的阅读或写作之后，傍晚时分习惯到灞河边上散步，活动一下在桌椅间窝蜷了一天的腰和腿。河堤内侧的滩地里是汗流浃背忙于做事的男人和女人，河堤外侧的沙滩上是割草放羊的孩子，我往往在那种环境里感到不自在，很难生出古典和现代才子们赏山阅水的情致来。现在，当我在那二分地里为苞谷除草或为大葱培壅黄土的时候，满脸汗水满手土屑，猛不防会有一个我能闻声辨人的人发出的声音："还是把式喀！"然后就在地头坐下来，或者他抽我递给他的雪茄，或者我抽他的旱烟，然后说他儿子或女儿遇着什么难事了，须得我去帮忙交涉，我比他的"面子"大哇……我往往在那种时刻，比之在河堤上散步时的感觉稍好。

这几年间，大概是我写作生涯中最出活的一段时光，无论是中篇《蓝袍先生》《四妹子》《地窖》等，以及许多短篇小说，还有费时四年的长篇《白鹿原》，我在书案上追逐着一个个男女的心灵，屏气凝神专注无杂，然后于傍晚到二分地里来挥锨把锄，再把那些缠绕在我心中的蓝袍先生四妹子白嘉轩田小娥鹿子霖黑娃们彻底排除出去，赢得心底和脑际的清爽。只有专注的体力劳作,成为我排解那些正在刻意描写的人物的有效举措之一,才能保证晚上平静入眠,也就保证了第二天清晨能进入有效的写作。这真是一种无意间找到的调节方式,对我却完全实用。无论在书桌的稿纸上涂抹,无论在二分地里务弄苞谷蔬菜,这种调节方式的科学性能有几何?对我却是实用而又实惠的方式。我尽管朝夕都生活在南原(白鹿原)的北坡根下,却从来没有陶渊明采菊时的悠然,白嘉轩们的欢乐和痛苦同样折腾得我彻夜失眠,小娥被阿公鹿三从背后捅进削标利刃时回头的一声惨叫,令我眼前一黑、钢笔颤抖……我在二分地的苞谷苗间大葱行间重归沉静。

记不清是哪一年了,陕北榆林一位青年诗人送我一小袋扁豆,这是夏天喝稀饭的好作料。因为产量太低,扁豆在关中地区早都绝种了。我倍加珍惜的一个缘由,是我生在三伏,又缺奶,母亲用白面熬煮的扁豆喂活了我。直到我的孩子已经念大学的时候,母亲往往面对牛奶面包而引发出扁豆救命的老话。我在重新品尝救命的扁豆稀饭之后,留下一部分种子,当年秋天种到我的二分地里,长出苗儿来,年龄在中年以下的农民竟不认识是何物。扁豆长得很好,绿茵茵罩满地皮,常常引来许多村民围观。扁豆比麦子早熟,在大麦成熟小麦硬粒的时候成熟了。我准备近日收割,自然跃跃,慷慨地答应过几个村民讨要种子的事。不料,当我提着镰刀走到二分地头,扁豆秧子竟然一株都不见了。我愣在那里,半天回不过神来。肯定是昨晚被谁偷割了。我其实也没有生多大的气,只是有点怨气,怨这人做得太过,该当给我留下一小块,我好留得种子。

那是至今依旧令我向往而无法回归的年月和光景。

# 何谓良师

大概是七十年代末的最后一年的初夏,关中平原正勃发着一年四季里最迷人的景致,复苏的中国文学界亦如这自然界的景致一样撩拨着新老作家们的创造欲望。那时候,我去刚刚恢复不久的陕西作家协会参加一个什么会议,认识了吕震岳先生,直到今年春天我去他的灵堂前点燃一炷紫香,无论如何都抑制不住涌流的泪水了。

那次会议即将结束时,吕震岳来到我住的房子。"你是陈忠实吧?"问过我的名字又自报家门,"我是吕震岳,陕报文艺部的。"我便让座倒水,尤其是对一位年长于我的头发已显得稀疏的老编辑,因为头次见面,愈是礼仪敬重。他坐下后没有寒暄和客套,直接谈明来意,约我给陕报文艺版写篇小说:"你以前的几篇小说我看过,很不错,有柳青味儿。"我便应诺下来。他又叮嘱说:"一版顶多只能装下七千字,你不要超过这个数就行。"说罢就告辞了,干脆利索。

我那时候的心态刚刚调整过来。三年前的一九七六年春天,刚刚恢复的《人民文学》约我到北京参加一个写作笔会,我写了一篇适应当时反"走资派"的小说在该刊物上发表了,引起较多反响。随着

"四人帮"的倒台和在一切领域里的拨乱反正,我在社会政治领域里的巨大欢欣与在写作上的失挫,形成剧烈的心理冲突,直到一九七八年的冬天,仍然陷入在真实的又不想被人原谅的羞愧之中。记得我当时正在灞河河堤的会战工程中领工,我和指挥部的同志住在河岸边土崖下的一座孤零零的瓦房里,生着大火炉睡着麦秸铺。正是在被春汛严逼压迫着的紧张的施工过程中,我先后读到了两篇记忆犹新的短篇小说,先是发表在《人民文学》上的陕西青年作家莫伸的《窗口》,后是被后来公论作为新时期文艺复兴潮声的刘心武的《班主任》。莫伸比我年轻许多而刘心武和我同龄,然而都是崭露头角的文学新人,都是从刚刚解冻的文坛土壤里蹿出来的惹人眼目的新苗。我读着这些优美的小说不由得联想到自己的失挫,更深地陷入羞愧之中,便把全部激情都转移到我所指挥着的河堤工程上。

直到这个工程完工的一九七八年秋天,我便调入西安郊区文化馆。我再三地审视自己判断自己,还是决定离开基层行政部门转入文化单位,去读书去反省以便皈依文学。郊区文化馆在小寨,有两处办公用房,一处在小寨俱乐部的小楼里,住着大多数文化干部和文化领导,另一处是"文化大革命"前的老文化馆所在地,全部是平房,已破落残损,有三四位干部挑着好点的房子住着,院中荒草尽兴地繁衍着。我便选了东南角一间空房,把一卷铺盖卸下来,掉下来的半张顶棚的苇箔经民工重新搭吊上去,残留在墙上的黑墨标语被我用报纸糊住了……我便坐下来读书。窗外是农民的菜地,生长着日见膨大的白菜,白菜地的畦梁上插长着绿头萝卜,也是日渐粗壮着。我从早读到晚,或借或买,图书馆里获得解禁的小说和刚刚翻译出版的国外的即使获过诺贝尔奖对我们却陌生的大家名作,一概抱来阅读。目的只有一点,用真正的文学来驱逐来荡涤我的艺术感受中的非文学因素。

"四人帮"可笑的"三突出"创作原则因为太离谱姑且不论,十七年里极左的文学创作的理论和思想,都不是真正意义上的属于文学自己的因素,是强加以至强奸文学的非文学因素。对于非文学因素的荡除和真正的纯文学因素的萌生,对写作者来说,用行政命令是不行的,只有用阅读真正的文学作品来荡除,假李逵只能靠真李逵来逼其消遁。

我的自我审视和自我选择在我的感受里是正确的。阅读使我进入了真正的五彩缤纷的小说世界,非文学的因素基本被廓清了,我才觉得我正临门属于真实的文学的殿堂。信心也恢复了,羞愧的心理得到了调整,创作的欲望便冲动起来。直至今天,我依然难忘一九七八年的那个自虐式的阅读和反省的冬天,每每经过翠华路看见历史博物馆的漂亮建筑群,我便想到我曾居住过的那间房子和窗外的菜地,但现在都荡然无影了。一九七九年春节过后,我在那间小房子里重新开始写作小说了。正是在我刚刚涌起新的创作激情里,我遇见了吕震岳,他向我约稿。

我十分珍惜吕震岳的约稿,同样是那个羞愧心理的继续。那篇反"走资派"小说所产生的对我的看法,仍然是我的神经最敏感的因素,因而对那些依然还约我稿的编辑,更多的是一种被信赖被理解的感遇之恩了。由是,便想着应该尽力写好一篇小说送上,不致使这位初次见面的长兄失望。然而正在构思中的一篇小说篇幅较大,原计划给《人民文学》的,不怕长,便想着写完这个短篇之后,接着为陕报老吕再写,七千字是一个不能突破的限制。这时候,接到吕震岳一封信,信皮和信纸上的字,都是用毛笔写的,字很大,虽称不得作为装饰和卖钱的书法,却绝对可以称作功夫老到的文人的毛笔字。内容是问询稿子写得怎样了,一月过去了怎么没有见寄稿给他。我读罢便改变主意,把即将动笔要写的原想给《人民文学》的这个短篇给老吕,关键是怎样把原构思的较大的篇幅压缩到七千字以内。如果就结构而言，这个短篇是我的短篇小说中最费过思量的一篇，及至语言，容不得一句虚词冗言，甚至一边写着一边码着纸页计算着字数。写完时，正好七千字，我松了一口气，且不说内容和表现力，字数首先合乎老吕的要求了。这就是《信任》。

稿子写成心里又有点不踏实，主要是内容。这篇小说写一位挨整受冤的农村基层干部，以博大的胸襟和真诚的态度对待过去整他的"冤家仇人"，矛盾甚至很尖锐。写成后我又有点踌躇，当时正是伤痕文学如苦水怒潮般汹涌，控诉祸国殃民的"四人帮"，社会生活中亦是平反冤假错案刚刚激起社会各阶层强烈反应的普遍性情绪，围绕着"四清"运动的矛盾，农村社会的新的矛盾和社会心理也很尖锐和复杂。这篇小说以这样的人物出现，会不会引起误解？我一时拿不定主意，就带着稿子去找老朋友张月赓，让他给看看，以较为客观的眼光给我把握一下。

张月赓还住在西安晚报社的两层简易居室里，一大间屋子没有隔间，既是卧室也是书房又兼着会客用。部队作家丁树荣已先在座，见面自然都很高兴。我说了事由，便拿出刚刚写完的稿子，二人连续着读了，对我申明的担心以为是多余。丁树荣很热情，说他和老吕很熟悉，正好还要去找老吕，可以替我捎带上稿子。我就把稿子交给丁树荣，夹没夹一纸给老吕的短笺已经忘记了。我第二天就下乡参加夏收劳动去了。

从把稿件交给丁树荣那天起，恰好一周时间，《信任》便在《陕西日报》的文艺版面上刊出了，时间是一九七九年六月三日。这是我自有投稿生涯以来发表得最快的一篇作品。我听到了我周围的熟识的行政干部的议论，尚不敢完全轻信，以为可能有更多的鼓励的因素。

又过了大约不足半月，我刚刚从乡下参加夏收劳动归来，又接到吕震岳一封信，意思说作品发表后引起普遍反响，已收到不少读者来信，让我到报社去看看那些读者来信的评说。

我心里便有点按捺不住，骑上自行车绕大雁塔那条路奔东大街的陕报去了。似乎是一种潜意识，我尤其看重读者的反应，想听听文学圈以外的各个阶层各种职业的读者的评说，直到今天依然是这种心理。这应该是我第二次和吕震岳见面，老吕对我似乎已经是老早的熟人一样随意了。记得我见他第一面留下的最深刻的印象，便是他说话的高嗓子大调门。这回在他的编辑桌旁，不仅依然这样说话，笑声同样是高腔大声，用畅快用爽朗这些词来形容似乎总不到位。他的情绪很兴奋，完全是一种编发了一篇引起普遍反响的稿子的由衷的快慰。他一边给我述说着丁树荣怎样捎稿给他，他读后的感觉和抓紧处理稿子以促使其尽快见报；一边用右手频频做着手势。我是深深地被感染被感动了的。一个职业编辑，一位长我起码十岁的老兄，毫不掩饰他的兴奋之情，像年轻人一样手舞足蹈着高声叙说着哈哈大笑着，给我一种赤诚热心而不无天真的强烈印象，他随之把一摞读者来信取出来交给我，感慨地说，看看，刚发表十来天，来了多少信说这个作品。

我一封一封读着那些从全省各地发往报社的信，禁不住眼热欲泪。不完全因为他们对我的一篇小说说了怎样的好话，更多的是我太需要他们对我的"信任"了。因为那篇写反"走资派"的小说造成的不良影响，我企图以新的创作来挽回，挽回那些可能弃我而去的读者，重新建立我和读者的真诚的信赖。那一封一封热情洋溢的信向我证明了最基本的这一点，正是我最心虚着企望充实的一点。然而其中有一封信，以不屑的口气评说《信任》，更以不屑的口气讥讽着我，说我在"文化大革命"期间写过适应时风的小说，现在又倒过来写什么《信任》，等等。我以为他说的是基本客观的事实，他肯定读过我过去写的几篇以阶级斗争为主调的短篇小说。不屑的讥讽的口吻不是批评的关键，亦可促使我更进一步做人生和文学的反省。这些信后来由老吕选发了三篇，在《作者·读者·编者》专栏里，我也看到了。有趣的是十五六年后，我躲在渭南一家招待所里写几篇应急的短文，有天晚上宾馆（招待所）经理来和我聊天，说那三篇被选发的读者来信中，有一篇是他写的。他写那篇读后感式的信的时候，正在渭南地区所辖属的一个县的水利局工作，接近基层农村，强烈地感觉到，因为几十年阶级斗争扩大化给许多无辜的群众和优秀的基层干部造成的伤害，在实施平反冤假错案的过程中，又出现了新的矛盾和对立，甚至出现简单的个人之间的报复行为。他对这篇小说里的主人公对待同类矛盾的襟怀十分感动，以为是化解阶级斗争造成的人为矛盾的有远见的途径，忍不住便写了那封信。其实，他平素只是喜欢读书看报，并不搞写作，后来几经工作调动，现在已是这家宾馆的经理了……听来真是令人感慨系之。

　　至今依然记忆犹新的是，由丁树荣把稿子捎给老吕之后，我就到西安北郊的一个生产队参加夏收劳动去了，按当时干部下乡的习惯，自行车后架上捆绑着被褥卷儿，车头上的网袋里装着洗漱用具。大约十天或半月的下乡期满回到郊区文化馆里，《信任》已经发表多日，我在紧如救火的夏收劳动中尚不得知。回到馆里之后才看到发表《信任》的版面，"信任"两字是某个书法家的手书，有两幅描绘小说情节的素描画作为插图，十分简洁又十分有气魄，看着看着就觉得眼热。这是我第一次在《陕西日报》文艺副刊上发表作品，但不是处女作，此前已经有为数不少的小说散文在杂志和报纸副刊上发表，按说不应该有太多太强的新鲜感。我不由自主地"眼热"，来自当时的心态和更远时空的习作道路的艰难。当时的心态已如本文开头所叙的反省和调整，这篇小说的发表无疑给我以最真实的也是最迫切需要的自信。更深层的感慨发自此前十八年给《陕西日报》的一次投稿。

一九六一年，正是后来被习惯称作"三年困难时期"最困难的那一年，我正在读高中二年级，无法化解的饥饿折磨着几乎所有人，尤其是正处于生理生长最活跃的中学生。市教育局为保护处于这个不幸年代的学生，采取了非常措施，取消晚自习自然也就取消一切作业，实行"劳逸结合"来对付饥饿，老师只需完成课堂授课而不再批改作业，学生只需接受老师的讲授而不再去做任何课目的作业题，消耗热量的体育课干脆废除不上了。我突然发现空闲的时候太多了，空闲得令人反而不习惯起来，自然就把课余的时间和精力全都用到阅读和写作这个爱好上头来。我和我的同样爱着文学的朋友常志文，找到了一个既省钱又能读到新书的办法。每天晚饭后，我俩悄悄溜出学校后门，抄田间近路步行到距学校十余华里的纺织城商场，直奔书店。靠在装满各种书籍的书架立柱上，抽出昨天正在读着的那本书继续读下去，直到大约九点或九点半钟商场统一关门，我再最后看一眼正在阅读着的页码，合上书装进书架然后离开书店。那时候没有"微笑服务"，更没有礼宾小姐站在门口躬身欢语"欢迎光临"的礼仪，却不拒绝如我一类无钱买书的人连续阅读自己感兴趣的书。我和我的朋友便从来时的小路再走回灞河岸边的这所由孙蔚如先生创办的中学，我俩关于阅读心得的交流一直继续到校门口才收住。上床睡觉以前，先喝一大碗盐水哄自己入眠，因为饥饿早已搅得肠胃疯狂起来。在往来二十余华里的疾步运动中，本来就没有吃饱的晚饭早已被消化光光了。这样的课余活动的运动量和对热量的损耗，可能远远超出了做作业和一周只有两节的体育课。

同样在这一段没有功课压力的轻松日子里，我和常志文、陈鑫玉三位文学爱好者组织起来一个文学社。苦于喜欢文学而总是找不到创作的门路，文学社就被命名为"摸门小组"。仅这个名字就可以看出我们当时对于创作的心境和情态，不无猴急和彷徨。成立文学社的同时决定创办文学墙报，名字定为"新芽"，不无才露尖尖一角的小荷的含意。这是一个纯文学的墙报，不是那种为纪念各种重大节日所办的壁报。"新芽"发表小说、散文和诗歌，必须是文学社成员自己创作的，当然也欢迎同学投稿。

创刊号上，刊登了我的一篇散文《夜归》。陈鑫玉鼓动我把这篇散文投给报刊，我缺乏勇气，终未敢把它投出。我的朋友却把它另写下来，寄给了《陕西日报》文艺部。大约不到一月时间，鑫玉某天从家里来就兴奋地告诉我，说报社来信了，他兴奋激动的表情，自然传递给我某种希望，某种侥幸混合着的急切心理。信的内容是肯定了这篇散文的长处，也指出了缺陷，关键词是让我修改一下，尽快寄去。我到此刻才真正地激动起来，似乎真的就要"摸"到那个神圣而又神秘的"门"了。我很快做了修改，又寄出去了，此后便开始了急切而又痛苦的等待。等待来信通知一个几乎让人不敢奢望的消息。等待中天天到学校的阅报栏去看《陕西日报》，自然是发表文艺作品的第三版。这是我创作生涯中发生的关于投稿的第一次等待，第一次感受那种企望和失望交织着的急切和焦灼的心情。奇迹终于没有出现，我在随之到来的高考的紧张准备中把此种情绪排挤开去。

结束高中学业，高考名落孙山，我在最初的别无选择的痛苦中回到家乡，被公社选拔为民办老师，这才真正开始了我的业余文学创作。次年春天，我重新把《夜归》做了修改，再次投给《陕西日报》，不久又来了信，肯定了长处也提示了不足，仍然让我修改后再寄去。我又一次陷入期待的焦灼之中。久久的等待中，我终于忍耐不住，借着学校到西安举办什么活动的机会，找到了社址设在东大街的《陕西日报》。我在报社门口踌躇着趑摸着，想不出进入报社文艺部该怎么开口的措辞，自卑和羞怯的浓雾挥斥不开。我终于硬着头皮走了进去，看见文艺部的几张办公桌前坐着几位编辑，我朝门口那一位发出了问询。关于我的这篇散文，均不在在座的编辑手里，便推测肯定在一位已经下乡锻炼的编辑手中，可他大约需要半年才能结束劳动锻炼。那位好心的编辑很诚恳地暗示我，凡是能发的稿子，肯定会交代给编辑部的。既然没有交代我的那篇散文，肯定是发表不了的了。这次投稿和第二次修改又失败了，我走出《陕西日报》深长的院庭甬道时，直接的感觉是，那个"门"还遥不知其所在，任何轻易"摸"到的侥幸心理自然云散了，反倒轻松了，当然不可排解自卑。我至今无法判断当时在座的编辑之中有无吕震岳，因为我除了和那位同样不知姓名的编辑说话之外，几乎不敢乱瞅乱看别人。我站在陕西日报社门口，回望一眼那拱形的门楼和匆匆忙忙进进出出大门的人，还是免不了自惭形秽的自卑。这是我平生第一次走进一家报社的大门，目的是问询自己投递的一篇习作，留下的记忆难以泯灭。在我被老吕邀请到他的办公室去看读者来信的时候，我心里涌起的便是十几年前头回进入时的复杂心理的记忆。我和老吕聊起这件事，老吕哈哈大笑着说他毫无记忆，那时候出出进进文艺部的各路业余作者太多了。我至今也无法弄清那位两次写信鼓励我修改后再投的编辑是谁，他每次写信都不署姓名，只缀着文艺部的落款。直到一九六五年春天，我把这篇散文打破原先框架，重新构思重新写作，名字改为《夜过流沙沟》，只是没有勇气投给"省报"而改投"市报"，不久就在《西安晚报》文艺副刊上发出了。这是我的变成铅字见诸报刊的第一篇习作，历经四年,两次修改,一次重写,五次投寄,始得发表。我在感激《西安晚报》那位发表它的编辑的同时,也感激《陕西日报》那位两次给我写信鼓励我修改的不知其名的编辑。在这篇散文漫长的修改过程中,我在"摸门",或者叫作最初的探索;在从事这个容不得任何侥幸的事业的起始阶段,这篇处女作的修改和发表的漫长过程,实际上是我进行文学基本功练习的一个缩影。我和老吕聊起这件事,除了艰苦跋涉的感慨之外,还有一种心理补偿的欲望,我想那位给我两次写信的编辑最好能在此刻在这个办公室出现,我会向他致以最真诚的问候和感谢。他的那两封信,是我写稿投稿生涯中第一次收到的报刊编辑的信。老吕也感慨着。

七月号的《人民文学》转载《信任》。那时候,《小说月报》等一类选刊还没有创办,《人民文学》辟有转载各地刊物优秀作品的专栏,每期一两篇。

八十年代的头一个春天到来时,《人民文学》编辑向前给我写来一封信,告知《信任》已获一九七九年度全国优秀短篇小说奖。那时候的评奖采用的是读者投票的方法,计票的结果一出来,前二十名便被确定下来。我当即将此事告知了吕震岳,他和我一样高兴。现在回想起来,无论是我,无论是他,当时似乎没有把这个获奖看成有什么太了不得的。倒是后来愈来愈觉得这种全国性评奖真是了不得的。一是这种奖项被看作一种标志,评职称升工资等等都成为一个硬件;二是这种评奖的竞争愈来愈趋激烈,单就每年一次的短篇小说评奖,已经取缔了读者投票的方法,改由评委投票,非文学因素影响评奖的事时有传闻。我并非超脱文坛,亦非淡泊名利。我从来不说淡泊名利的话。我至今以为,文坛本身就是一个名利场,淡泊不了的,除非你离开。问题的实质在于以什么手段去提高"知名度"和获取"利",唯一可靠的途径只能是拿出自己独特感受的作品来，即以文学的因素实现文学创造的目的，任何非文学的因素都是无法奏到长久之效的。一个不足七千字的短篇获奖，不可能决定我未来创作的发展，未来的路才刚刚开始。我对自己未来的创作发展不仅没有十分的自信，甚至依然有着自卑的惶惑。因为任何一位能被我们记住的作家，都不是凭一个小小的短篇而铸就自己的文学成就、证明自己的文学才能的，这是文学史的 ABC。作为职业编辑的吕震岳，更有丰富的经历和经验，早看多了作家创作发展的种种，所以更多地仍然是说着"多读多思索"的鼓励我的实话。颁奖的通知到来时，我的心里丝毫未动，我的农民夫人突发心脏病月余，我须陪她去医院看病，便请假缺席了。

作为新时期文艺复兴的第一项全国文学奖——短篇小说奖，这是第二届评奖，发奖仪式很隆重，我在报纸上看到了消息。之后某一天，我用自行车带着病情稍轻的夫人从城里看病回来，走到距家尚有七八华里的一个村子，迎面停下一辆小汽车，走出《陕西日报》的文艺评论家肖云儒来。他们开车到了我的村子扑了空，折回来时碰到了。他说报社文艺部领导很重视《信任》获奖，作为报纸副刊的作品能在全国获奖尚不多见，约我写一篇获奖感言的短文，老吕因身体不适而委托他来。我后来写成了一篇《我信服柳青三个学校的主张》的创作谈，这是我从事写作以来第一次写谈创作的文章。

这一年，《陕西日报》文艺部发起了"农村题材小说征文"，老吕给我写来一封信，鼓励我应征。我已经从原郊区文化馆分配到灞桥区文化局，被提拔为文化局副局长，兼文化馆副馆长。为了能避免琐细的事务性干扰，我住在灞桥镇的文化馆里，潜心读书写作。接到老吕的信，我写了短篇小说《第一刀》，不需叮咛便明白七千字的版面极限。这篇小说同样得到老吕的欣赏，以一周的最快速度见报。此后，又收到了一批读者来信，选发了三篇。这是写农村刚刚实行责任制出现的家庭矛盾和父子两代心理冲突的小说，引起读者的普遍关注是可以理解的。尽管在征文结束后被评了最高等级奖，我自己心里亦很清醒，生动活泼有余，深层挖掘不到位，然而关于农村经济改革的思考却由此篇引发，发展到我的第一个中篇小说《初夏》的最后完成。

一九八二年我的第一本小说集子《乡村》出版，在我赠送书籍的名单上自然不可或缺老吕。这本集子里有他鼓励催促下写成的三篇小说，且是在我创作发展的关键时期有着特殊意义的作品。这年冬天，我调到省作协专业创作组。在取得对时间的完全支配权之后，我的直接感觉是走到了我的人生的理想境界：专业创作。我几乎同时决定，干脆回归老家，彻底清静下来，去读书，去回嚼二十年里在乡村基层工作的生活积蓄，去写属于自己的小说。尤其是读书，需要弥补未能接受大学中文系专修的知识亏空和心理空虚，需要见识中外大家名著所创造的艺术大观，更深一步进入真正的艺术世界，揣摩真正的文学的本来内蕴，以彻底排除非文学因素和出于各种用意强加给文学的额外负载，接近再接近真正的文学的本义。我记得我到陕报去和老吕说了归乡的打算，他仍然高调门感叹着好好好，真诚地说，写作靠热闹是不行的，得拿出好货来。

回到祖居的老屋，反而有一个不长的适应期。偶尔有文学朋友和约稿的编辑找到村子里，都是我十分愉快的事，包括传来许多文坛最新的消息和趣闻。偶尔收到老吕的信，仍然是老文化人的个性明显的毛笔字，或问讯或约稿，读来十分温馨。中篇小说《初夏》在《当代》发表以后，接到老吕一封长信，说他对这篇小说特别喜欢，不完全是因为《第一刀》的缘由；到这篇中篇获《当代》文学奖时，我告诉了他这个消息，老吕像小孩一样拍着简易沙发的扶手大声慨叹起来，似乎验证了他的阅读感觉。他说他在什么报纸上看到《当代》的广告目录，专意到邮局的报刊门市部买来了杂志，读完便给我写了那封长信。乃至一九八六年上海文艺出版社出版我的以《初夏》冠名的第一个中篇小说集子，我拿到书后，从乡下赶到西安，找到老吕家里。其时他已退休，住在炭市街的平房住宅里。我送上这本集子，他翻着看着，说这本集子里收编的几个中篇大都读过了。他告诉我，凡是他在什么杂志上发现我的作品就一定要读，凡是他听说我在哪里发了什么小说就自己找来读。他坦率地说着对那些小说的感觉，好的和遗憾的诸多方面，已经远远不是《信任》或《第一刀》经他发表时的交谈深度了。这一次，是我更深地理解老吕这个人的重要接触。我真切地被这位老兄感动了。他已经退休，已经不再为报纸副刊和我打交道了，他关注我的作品和我写作的发展，至少是出于一种纯粹的关于一个与他打过交道的作者的关注，仅仅只是这个作者的作品他曾经喜欢过付出过心血，仅仅只是这个作者本人他比较喜欢，仅仅只是他希望自己喜欢的这个作者的创作更健康地发展。这就够了，这就足够我这个经他扶助的作者体会人世间那种被赞美着的真诚了；足够我再重新理解作为中国文学各类职业编辑的良苦用心了，任何时候要是还没有忘记这一点，我便相信自己的尾巴会紧紧夹住；足够我理解作为个人劳动标志很明显的创作，其实还有更丰富的社会的催人奋斗的那种力量。告别老吕，重新回到祖居的家园，《初夏》这本书也就划归明日的黄花。我必须以新的艺术形态给老吕这样的职业文学编辑一个见面时可以再聊的话题，包括更多的还喜欢着我的小说的读者。真正的文学意义上的友谊给我的就是这种冲击力。

听说老吕病了时，我很震惊，找到他的新居里，是在一个夏天的晚上。我已得知他得了一种今天的医疗水平很难治愈的病，便约了精于摄影的郑文华去拍一张合影。我们相交整整二十年来，竟然没有拍过一张合照，我不在乎这种照相，他也不在乎这种形式的东西，二十年里我们多次见面却没有谁想到照一张合影。我到邻近的水果店铺里买了水果，也应是第一次。二十年里我多次去过他供职的编辑部和他的家里，从来没带过一件礼物，一盒烟一瓶酒都没有过。那个时期里似乎不兴这一套，我也没有这种意识，似乎拿着这种东西会使他和我都尴尬的。他现在病了是个病人，按我的心理和习惯，看望病人带上水果是礼仪成俗的。

他坐在一辆轮椅上，因为病痛所致的骨头损害，不能坐太软的沙发。他说他出医院好久了，病情稳定。他比以往消瘦了，脸色尚好，仍有既往的红色，表面看不出太多的重病的疲倦和忧郁。他说话依然是朗朗的高调门大嗓子，几乎与我以往的印象没有任何变化和差异，也许是强性子的他自然显现的刚强。我和他聊了他的病情，他却更多地问我现在的工作和写作，不无惋惜之意，甚至启发我赶快离开西安，重新找一个地方去读书去写作。他那么感慨着对我的深层理解，写到这程度太不容易了，再浪费时间就损失太大了云云。我无言以对，也不想对他说出我的苦恼。如他一样的感慨我已从许多朋友口里听到，然而我不想让他再为我担这一份心。我尽量以轻松的话题和他交谈，包括回忆我们以往的趣事，他便大声愉快地笑起来。我给他留下我出版不久的五卷本《文集》，他问《白鹿原》收编在内没有。我说主要的作品全都收录了。他说他早已读过《白鹿原》，不断地感慨着从他编《信任》到《白鹿原》的阅读感觉。临到我出门时，他仍然鼓励我，什么都可以看轻、看淡，再弄出两本书来，弄到这程度太不容易了……

我收到老吕一封信，看小小信封上那很大的行书毛笔字就熟知了。打开信封，夹着他的一页短笺和一块报纸的剪贴文章，是他发表在《陕西日报》的一篇关于《白鹿原》的短论。我的心头一沉，读了短信再读短论，沉默许久都不知道该做什么。他已到骨癌晚期，忍受着怎样的痛苦，仍然还要写这样的短论，仍然还要对《白鹿原》一书获茅盾文学奖的事说他的看法和意见。其时，关于这本书和这个奖的热闹早已过去，我已不再接受关于这个话题的媒体采访。《白鹿原》一书自出版以来的五年时间里，我看到过许多评论家、作家、记者和读者的或长或短的评论文章，说长道短在我已经于心不惊平静听取了，然而老吕的这篇短文一下子把我推入情感的波涛之中，无论如何我都不能把它看作是一篇"评论"……这是我收到的老吕的最后一封信，那功夫老到笔力遒劲的毛笔字啊！

今年春天，我接到老吕家属的电话，是哽咽着的女声报告的噩耗。当晚我赶到老吕家里，只能面对一幅围裹着黑纱的相片了。我站在灵桌前腿就颤抖起来了，看着照片上那昂昂的朗朗的面容，泪水一下子涌流出来，想叫一声老吕也终于哽塞得叫不出声。他的夫人告诉我，他把我送他的那套《文集》，一直在桌子上用书夹夹着，而没有塞进他的书架，直到他去世。我又一次涌出泪水，却说不出任何话来。

走在夜晚的东大街，五彩的霓虹灯光是这座古城的新的姿容。天上似乎落着细雨，我木然地走着。我的小说中那个被我赞美也被我批判着的白嘉轩的生命感叹竟从我的心里涌出来了：世上最好的一个文学编辑谢世了！

（此文系忆我的责任编辑吕震岳）

# 何谓益友

一

我终于拿定主意要给何启治写信了。

那时的电话没有现在这样便当,通信的习惯性手段依赖书信。我之所以把给何启治写信的事作为文章的开头,确是因为这封信在我所有的信件往来中太富于记忆的分量了,一封期待了四年而终于可以落笔书写的信,我将第一次正式向他报告长篇小说《白鹿原》写成的消息。

这部书稿是农历一九九一年腊月二十五写完最后一句话的。我只告诉给我的夫人和孩子,同时嘱咐她们暂且守口,不宜张扬。我不想公开这个消息不是出于神秘感,仅仅只是一时还不能确定该不该把这部书稿拿出来投出去。这部小说的正式稿接近完成的一九九一年的冬天,我对社会关于文学的要求和对文学作品的探索中所触及的某些方面的承受力没有肯定的把握。如果不是作品的艺术缺陷而是触及的某些方面不能承受,我便决定把它封存起来,待社会对文学的承受力增强到可以接受这个作品时,再投出书稿也不迟;我甚至把这个时间设想得较长,在我之后由孩子去做这件事;如果仅仅只是因为艺术能力所造成的缺陷而不能出版,我毫不犹豫地对夫人说,我就去养鸡。道理很简单,都五十岁了,长篇小说写出来还不够出版资格,我宁愿舍弃专业作家这个名分而只作为一种业余文学爱好。无论会是哪一种结局,都不会影响我继续写完这部作品的情绪和进程,作为一件历时四年写作的长篇,必须画上最后一个标点符号才算了结,心情依旧是沉静如初的。

一九九二年年初,我在清晨的广播新闻中听到了邓小平南行的讲话摘录。思想要再解放一点,胆子要再大一点,等等。我在怦然心动的同时,就决定这个长篇小说稿子一旦完成,便立即投出去,一天也没有必要延误和搁置。道理太简单了,社会对于具体到一部小说的承受力必然会随着两个"一点"迅速强大起来。关键只是自己这部小说的艺术能力的问题了,这是需要检验的,首先是编辑。我便想到何启治,自然想到他供职的人民文学出版社。人民文学出版社是文艺类书籍出版系统的高门楼,想着这一层还真有点心怯,"店大欺客"与否且不说,无论如何还是充不起要进大店的雄壮之气来。然而想到一直关注着这部书稿的老朋友何启治,让他先看看,听他的第一印象和意见,那是令人最放心的事。

春节过后,我便坐下来复阅刚刚写完的《白》书书稿,做最后的文字审定,这个过程比写作过程轻松得多了。大约到公历二月末,我决定给何启治写信,报告长篇完成的消息,征求由我送稿或由他派人来取稿的意见。如果能派人来,时间安排到三月下旬。按照我的复阅进度,三月下旬的时限是宽绰富余的。信中唯一可能会使老何感到意外的提示性请求,是希望他能派文学观念比较新的编辑来取稿看稿,这是我对自己在这部小说中的全部投入的一种护佑心理，生怕某个依旧"左"的教条的嘴巴一口给唾死了。

信发走之后，我才确切意识到《白鹿原》这书稿要进人民文学出版社这幢高门楼了。

## 二

几乎在爱好文学并盲目阅读文学作品的同时，就知道了北京有一家专门出版文艺书籍的出版社叫人民文学出版社，这是从我阅读过的中外文学书籍的书脊上和扉页上反复加深印象的，高门楼的感觉就是从少年时代形成的。随着人生阅历和文学生活的丰富，这种感觉愈来愈深刻，对于一个业余作者来说，这个高门楼无异于文学天宇的圣殿，几乎连在那里出书的梦都不敢做。就在这种没有奢望反而平静切实的心境下，某一日，何启治走到我的面前来了，标着人民文学出版社的牌子。

这件事的记忆是深刻的，因为太出乎意外而显得强烈。一九七三年隆冬季节，西安奇冷。我到西安郊区区委去开会，什么内容已经毫无记忆了。会议结束散场时，一位陌生人拦住了我，操着不大标准的普通话（以电台播音员为标准），声音浑厚，在他自我介绍之前，我已知道这是一位外来客了。在我周围工作和相交的上司、同辈和工作对象之中，主要是关中东部口音口语，其次是永远都令人怀疑患了伤风感冒而鼻塞不通说话鼻音很重的陕北人，那些从天南海北到西安来工作的外乡人久而久之也入乡随俗出一种怪腔怪调的关中话来，我已耳熟能详。这个找我的人一开口，我就嗅出了外来人的气味，他说他叫何启治，从北京来，从北京的人民文学出版社来，找我谈事。我便依我的习惯叫他老何。以后的二十多年里，我一直叫他老何，没有改口。

我和老何的谈话地点，就在郊区区委所在地小寨的街角。他代表刚刚恢复出版工作的人民文学出版社来西安组稿，从同样是刚刚恢复工作的陕西作家协会（此时称陕西省文艺创作研究室，以示与旧文艺体制的区别）创办的《陕西文艺》（即原《延河》）编辑部得到推荐才来找我的。他已读过我在《陕西文艺》发表的一篇短篇小说《接班以后》，认为这个短篇具备了一个长篇小说的架势或者说基础，可以写成一部二十万字左右的长篇小说。我站在小寨的街道旁，完全是一种茫然，且不用吓了一跳这样的夸张性习惯用语。我在刚刚复刊的原《延河》今《陕西文艺》双月刊第三期上发表的两万字的短篇小说《接班以后》，是我平生发表的第一篇小说，也是我自初中二年级起迷恋文学以来的第一次重要跨越（且不在这里反省这篇小说的时代性图解概念），鼓舞着的同时，也惶惶着是否还能写出并发表第二、第三篇，根本没有动过长篇小说写作的念头，这不是伪饰的自谦而是个性的制约。我便给老何解释这几乎是老虎吃天的事。老何却耐心地给我鼓励，说这篇小说已具备扩展为长篇的基础，依我在农村长期工作的生活积累而言完全可以做成。最后不惜抬出他正在辅导的两位在延安插队的知青已写成一部长篇小说的先例给我佐证。我首先很感动，不单是老何说话的内容，还有他的口吻和神色，在我感到真诚的同时也感到了基本的信赖，即使写不成长篇小说，做一个文学朋友也挺好，应该是我文学生涯以来认识的第一个北京人。二十多年过去，我们已经相聚相见过许多回，世界已经翻天覆地，文学也已地覆天翻，每一次见面，或北京或西安或此外的城市，都继续着在小寨街头的那种坦诚和真挚，延续着也加深着那份信赖。

我违心地答应"可以考虑一下"，然后就分手回我工作的西安东郊的乡村去了。老何回到北京不久就来了信，信写得很长，仍然是鼓励长篇小说写作的内容，把在小寨街头的谈话以更富于条理化的文字表述出来，从立意、构架和生活素材等方面对我的思路进行开启。我几乎再也搜寻不出推辞的理由，然而却丝毫也动不了要写长篇小说的心思。我把长篇小说的写作看得太艰难了，肯定是我长期阅读长篇小说所造成的心理感受。我常常在阅读那些优秀的长篇小说时一回又一回地感叹，这个作家长着一颗怎么样的脑袋，怎么会写出让人意料不到的故事和几乎可以触摸的人物！好在这时候上级突然通知我去南泥湾"五七"干校劳动锻炼改造，我便以此为由而推卸了这个不可胜任的压力。我去陕北的南泥湾干校之后，老何来信说他也被抽调到西藏去工作，时限为三年，然而仍然继续着动员鼓励我写长篇小说的工作。随着他在西藏新的工作的投入，来信中关于西藏的生活和工作占据了主要内容，长篇小说写作的话题也还在说，却仅仅只是提及一下而已。这是一九七四年的春天和夏天，"批林批孔"运动又卷起新的阶级斗争的旋涡……这次长篇小说写作的事就这样化解了。我因此而结识了一位朋友老何。

### 三

老何再一次到西安来组稿，大约是刚刚交上八十年代的夏天，我从文化馆所在的灞桥古镇赶到西安，在西安饭庄——"双十二事变"中招待过周恩来的百年老店——招待老何吃一顿饭。那时候尚不兴公款请客吃饭。我刚刚开始收入稿费（千字十元），大有陈奂生进城的那份高涨的心情，况且是从小寨街头一别七八年之后的第一次共餐。我要了西安饭庄的看家菜葫芦鸡，老何直说好吃。多年以来的几次相见相聚中，老何总会突然歪过头问我："那年你在西安请我吃的那个鸡真不错，叫什么鸡？"

他是为创刊不久的《当代》来组稿的。我仍然畏怯这个高门楼里跃出的为文坛瞩目的《当代》，不敢轻易投寄稿件。直到我从短篇小说转入中篇小说的第一部《初夏》写成，才斗胆寄给老何。这个中篇小说是我的写作生涯中最艰难的一部，历经三年多时间，修改重写四次，才得以在一九八四年的《当代》刊出。我曾在一篇短文中回味过这个至为重要的过程："在这个过程中，令人感佩的是《当代》的编辑，尤其是老朋友何启治所显示出来的巨大耐心和令人难以叙说的热诚。他和他们的工作的意义不单是为《当代》组织了一部稿子，而是促使一个作者完成了习作过程中的一次跨越，得到了属于自己的一次至为重要的艺术体验，拯救了一个苦苦探索的业余作者的艺术生命。"我说以上这些话是真诚的，更是真实的。《初夏》历经三年时间的四次修改和重写，始得以发表，不仅是鼓舞，最基本的收益是锻炼了我驾驭较大规模、较多人物和多重线索的能力，完成了从较为单纯的短篇小说的结构到中篇小说结构形式的过渡。此后我连续写作的几部或大或小的中篇小说，不论得失如何，仅就各自结构的驾驭而言，感到自如得多了，写作过程也顺利得多了。正是从自身写作的这个意义上，我是十分钦敬老何这位良师益友的。

《初夏》之后，我正热衷于中篇小说各种结构形式的探索，老何在一次见面中问我，有长篇写作的考虑没有。我很直率地回答，没有。这是实话实说。由他的突然发问，我立即想起十多年前第一次见面在小寨街头的那一幕，心里竟是一种负压感，天哪！他还没有忘记长篇小说的事。他却轻松地说，你什么时候打算写长篇的话，记住给我就是了。

再后来的一次会面，他又问到长篇小说写作的事。我觉得对他若要保密，是一种有违良知的事，尽管按着我的性情是很难为的事情。我便告诉他，有想法，仅仅只是个想法，正在想着准备着，离实际操作尚远。我那时候确实正在做着《白鹿原》的先期准备，查阅县志、党史、文史资料，在西安郊县做社会调查，研读有关关中历史的书籍，同时酝酿构思着《白鹿原》。我随即叮嘱他两点：不要告诉别人，不要催问。我知道我的这部长篇小说不会在"短促突击"中完成，初步计划实际写作时间为三年。我希望在这三年里沉心静气地做这件大活，而不要在人们的议论，哪怕是好朋友的关心中写作，更不要说编辑的催逼了。过多的谈论过分关心的问询以及进度的催问，都会给我心理造成紊乱造成压力，影响写作的心境。按着我的性情，畏怯张扬，如同农家妇女蒸馍馍，未熟透之前是切忌揭开锅盖的。

然而还是有压力产生。我已经透露给老何了，况且是在构思阶段，便觉得很不踏实，如果最终写不成呢，如果最终下了一个"软蛋"又怎样面对期待已久的老朋友呢！甚至产生过这样的疑问：按照我当时的写作的状况，中短篇小说虽已出版过几本书，然而没有一篇作品产生过轰动性效应，我清醒地知道自己的分量和位置，而老何为什么要盯着我的尚在构思中的长篇小说呢？如他这样资深的职业编辑，难道不知面对名家之外的作者所难以避免的约稿易而退稿尴尬的情景吗？因为我在构思中的《白鹿原》没有向他提及任何一句具体的东西，我自己尚在极大的不自信无把握之中。直到今天，我仍然不得其解，老何约稿的依据是什么？

后来的几年里，证明着老何守约如禁。每有一位人民文学出版社的编辑到西安组稿，都要带来老何的问候，进门握手时先申明，老何让我来看看你，只是问个好，没有催的意思，老何再三叮嘱我不要催促陈忠实。我常常握着他们的手说不出一句话。直到一九九一年的初春时节，老何领一班人马到西安来，以分片的形式庆祝人民文学出版社建社四十周年，在西安与新老作家朋友聚会。这个时候，《白鹿原》书稿已经完成三分之二，计划年底写完。见面时老何仍然恪守约律，淡淡地说，我没有催的意思，你按你的计划写，写完给我打个招呼就行了，我让人来取稿。我也仍然紧关口舌，没有道及年底可以完稿的计划，只应诺着写完就报告。

这一年的夏天，先后有两家大出版社向我邀约长篇小说稿，一位是在艰难的情况下给我出过中篇小说集子《初夏》的上海文艺出版社的老张，我忍着心向她坦诚地解释老何有话在先，无论作品戍色如何，我得守信。另一位是作家出版社的老朱，她到西安来组稿，听人说我正在写一部长篇，我同样以与老何有约在先须守友道为由辞谢了。我坚守着与老何的约定，发端自十七八年前小寨街头的初识，那次使我着实吓住了的长篇小说写作的提议，现在才得以实施，时间虽然长了点，却切合我的实际。

直到一九九一年末写完全部书稿，直到春节过后的一九九二年早春的某天晚上，可以确定《白鹿原》手稿复阅修饰完成的时间以后，我终于决定给老何写信报告《白鹿原》完全脱稿的消息了，忐忑不安地要奔文学书籍出版界的高门楼了。

## 四

老何很快复过信来，他将安排两位同志于三月二十五日左右到西安。果然，三月二十四日下午，作协机关办公室把电话打到我所在地区的灞陵乡政府，由一位顺道回家的干部传话给我，让我于二十五日早八时许到火车站接北京来客。

给我捎信传话的乡上干部刚出门，村子里的保健医生搀着我母亲走进门来，说我母亲的血压已经高过二百以上，必须躺下。母亲躺下后就站不起来了，半边身子麻木僵硬了，就发生在我注视着的眼皮底下。医生很快为她挂上了用以降血压的输液瓶儿。我的头都木了，北京来客此时可能刚刚乘着火车开出京城。真是凑巧了，傍晚时分还有夕阳霞光，天黑以后却骤然一场大雪。我几乎一夜未曾合眼，守护着母亲，看着院子里的雪逐渐加厚到足可盈尺。离天明大约还有一个小时，我请来一位村人照看母亲，就踏着积雪上路了。大雪真好，从我家大门口起始，走过两个村庄和村庄之间的原野，我给处女的雪原和村巷踩出第一溜脚印。我赶上了第一班远郊公共汽车，进入作协大院时尚未到上班的钟点。我要了一辆公车赶到西安火车站，等候许久，高门楼里来的尊贵的高贤均、洪清波终于走出车站来，时间大约八时。

高贤均和悦随意，一见面就不存在陌生和隔膜，笑起来很迷人的。洪清波更年轻，却戴着一副厚厚的眼镜，不大说话，笑起来有一缕拘谨的羞涩，显得更加迷人。我当时想，从高门楼里出来的人怎么到了地方省份还会有拘谨的羞怯？我把他们安排到招待所，由他们自己去找饭吃找风景玩，就匆匆赶回乡下去了，只说还有两章没有"通"完，没有告诉他们还有突然躺倒吊着药瓶的母亲。我当时家分两地，夫人和孩子住在城里，我住在乡下老屋写我的书稿，母亲是过春节时从城里回到乡下，尚未回城却病倒了。这样，我一边守护着母亲监视着吊在空中的药液的降速，一边在隔壁书房审阅最后两三章手稿的文字，想到高、洪两位朋友正住在西安等着拿稿子，我第一次感到了心理紧促和压迫，这是《白》书从起头到完成四年以来从未有过的催逼感。

过了两天,我一早赶到西安,包里装着这部书稿。在远郊公共汽车上,我一直抱着这摞书稿,一种紧张中的平静和平静里的紧张。我一路上都在斟酌着把这摞书稿交给高、洪时该怎么说话才合适,既希望他们能认真审读,又不想给他们造成压力,所以以不提任何写作的构想和写作的艰难为好。这样,在作家协会招待所的客房里,我只是把书稿从兜里取出来交给他们,竟然连一句话也说不出来,那时突然涌到嘴边一句话,我连生命都交给你们了,最后关头还是压到喉咙以下而没有说出,却憋得几乎涌出泪来。其实基于一种自己对文学的理解,只需让编辑去看书稿而无须阐释。下午,我又匆匆赶回乡下老家照看母亲,连请高、洪两位新结识的朋友品尝一下葫芦鸡的机缘也没有,至今尚以为憾事。

我由此时开始进入一种完全的闲适状态。我不读任何小说,有了平生里从未发生过的、拒绝以至逆反阅读现代文学书籍的奇怪的心理状态。却突然想读古典诗词,我把塞在书架里多年未动过的《词综》抽出来,品赏那些古色古香的墨痕之中的韵味而惊叹不已。按常规我把《白》书书稿的审阅过程设想得较长,初审、复审和终审,一部近五十万字的书稿走完这个轮番审阅的过程,少说也得两月以上,因为编辑们不可能只看这一部书稿,他们要开会要接待四面八方的来访者还要处理家务事。在他们统一结论之前,估计很难给我一个具体的说法。所以,我就在少有的闲静中等待,品赏一个个诗词大家的妙句。出乎意料的是,在高、洪拿着书稿离开西安之后的第二十天,我接到了高贤均的来信。我匆匆读完信后"嗷嗷"叫了三声就跌倒在沙发上,把在他面前交稿时没有流出的眼泪倾泻出来了。

这是一封足以使我癫狂的信。信中说了他和洪清波从西安到成都再回北京的旅程中相继读完了书稿,回到北京的当天就给我写信。他俩阅读的兴奋使我感到了期待的效果，他俩共同的评价使我战栗。我由此而又一次检验了自己的个性，很快便沉静下来，进入一种前所未有的舒缓静谧之中。我也才发现此前二十多天的闲适之表象下隐藏着等待判决的紧张和恐惧，只是明知那个结果尚遥远而已。这个超出预料的判决词式的信件的提前到来，就把深层心理的恐惧和紧张彻底化释了。我的全部用心都被高、洪理解了，六年以来的所有努力都是合理的，还有什么事情能使人感到创作这种劳动之后的幸福呢！随后对唐诗宋词的品赏才真正进入一种轻松自悦的心理状态。

老何随后来信了，可以想象的兴奋和喜悦，为此他等待了几近二十年，从一九七三年冬天小寨街头的鼓励鼓动到一九九二年春天他在北京给我写《白》书的审阅意见，对于他来说是太长了点，对于我来说，起码没有使这位益友失望，我们的友谊便不言而喻。随后便是如何处理书稿的种种琐细的事，我都由他去处理，我完全信赖高门楼里的这一帮编辑了。

## 五

《白鹿原》先在《当代》分两期连载，之后由人民文学出版社出书，中央人民广播电台和西安人民广播电台差不多同时连播，在读者和文学界迅即引起反响，这在我几乎是猝不及防的。书稿写完时，我当然也有一种自我估计，如若能够面世，肯定不会是悄无声息的，会有反应的。然而反应如此之迅速如此之强烈，我是始料不及的；尤其是社会各个阶层，非文学圈子的读者的强烈反响，让我第一次如此深刻地感受到读者才是文学作品存活的土壤。

一九九三年八月，《白》书在京召开的研讨会，也是我平生所经历的最感动的一次会议。会后某天晚上,老何和高贤均找到我住的宾馆,主动与我商议修改原先的出书合同的事。按原先的出书合同,千字三十元,是九十年代初人民文学出版社执行的最高稿酬标准了。按这个标准算下来,近五十万字的书稿可得稿酬约一万五千元,这是从签订合同时便一目了然的计算,我也很兴奋一次可以拿到万元以上的大宗稿酬而进入万元户的行列了。现在,何与高给我在算另一笔账,如若用版税计酬,我将可以多得三四千元。《白》按计划经济的征订数目近一万五千册,这在一九九三年的新华书店发行征订中已是令人鼓舞的大数了。按百分之十的版税和近十三元的书价算下来,比原合同的稿酬可以多得三千多元吧。他们已经对比核算过了,考虑到我花六年时间写这一本书,能多得就争取多得一点吧。我尚未用版税方式拿过稿酬,问了半天才算明白了其中的好处,自然是乐意的。然而更令我感动的是他们替我所做的谋算,以至于如此细心。作为一本书的作者,面对这样体贴入微的编辑,说什么感谢之类的话都显得多余而俗套。

在《白》行世之后的几年里,有一些认真的或不甚认真的批评文字,无论我无论老何、老高或人文社的其他编辑,尚都能持一种平和的心态,这是文坛上再正常不过的事。然而有一种批评却涉及作品的存活,即"历史倾向性"问题,我从听到时就把这种意见看成是误读。在被误读误解的几年里,涉及《白鹿原》的评论和几种评奖,都发生过一些不大不小的麻烦。在这些过程中,老何、老高们坚守着自己对《白鹿原》的观点,当我事后了解某些情况时,真是感慨而又感佩,甚至因为《白鹿原》给他们添麻烦而负疚,反倒劝慰他们。他们均表示,此种事已经不属和我的友谊或照顾关系的庸俗做法,而是涉及关于文学本身的重大话题。

大约是一九九七年酷暑时月，某天晚上老何打来电话，告诉我一个消息，说陈涌对某位理论家坦言，《白鹿原》不存在"历史倾向性"问题，这个看法已经在文学圈子里流传开来。我听了有一种清风透胸的爽适之感，关于"历史倾向性"问题的释疑解误，最终还是有陈涌这样德高望重的文学理论家坦率直言。老何便由此预测，茅盾文学奖的评奖可能因此而有了希望可寄。约在此前半年，我和他在京见面时，老何还在为我做宽慰性的工作。说茅盾文学奖评奖的可能性不大，对《白鹿原》而言评不评此奖意义不大，有读者和文学界的认可就足够了。我也基本是这样的心态，评奖是一码事，而"历史倾向性"问题是另一码事。我和他在评奖这件事上仍然保持着一种平常心理。现在，陈涌的话对《白鹿原》评茅盾奖可能出现的转机仅只是一种猜估，对我来说解除"历史倾向性"问题的疑虑和误读才是最切实际的。我也忍不住激动起来，评奖与否且不管，有陈涌这句话就行了。有人说过程不必计较，关键是看结果。在《白鹿原》终于评上茅盾文学奖这个结果出来以后，我恰恰感动的是那个过程。尤其在误读持续的几年时间里，人民文学出版社的老何老高小洪等一群坚守着文学意义的编辑，才构成了那个使我难以磨灭的动人的过程。至此，这个高门楼在我的感觉里融入了亲切温暖的感觉。

高门楼的人民文学出版社，凭着一帮如老何老高小洪这样的文学圣徒撑着，才撑起一个国家的文学出版大业的门面，看似对一个如我的作者的一部长篇小说的过程，透见的却是一种文学圣徒的精神。作为一个自以为文学神圣的作者，我结识老何老高小洪们，是自以为荣幸也以为骄傲的。

（此文系忆我的责任编辑何启治）

## 陷入与沉浸

我至今依旧清楚无误地记着,《延河》是我平生最早闻名的第一种文学杂志。这是五十年前的事了。五十年前的一个大雪初霁的早晨,我和同学正在操场上扫雪,语文老师站在身后叫我,让我到语文教研室去。我开始有点忐忑,此前曾因为他对我的一篇作文的评语闹过别扭,所以心存戒备。走出扫雪的人窝,老师把一只胳膊搭到我的肩膀上,这个超常超级亲昵的动作,顿然化释了我的小心眼里的芥蒂,却也被骤然潮起的受宠惊慌得不知所措。

到了一楼的语文教研室。刚进门,我的语文老师车老师以玩笑的口吻宣布:"二两壶来了。"教研室里五六位男女教师哄笑起来。我有点手足无措。"二两壶"是我在作文本上写的一篇小说里的一个人物的绰号。我的语文老师车老师把我领到他的办公桌前,颇动情地告诉我,西安市教育系统搞中学生作文比赛,每个学校推荐两篇作文,我的这篇小说被选中了。末了,他很诚恳地说,除了参评,他还要把这篇小说投稿给《延河》。他告诉我两点,如果能发表,会有稿费的,他显然知道我因家庭经济不支而休学的事。他说投稿由他来抄写,

"你的字写得不行"。我由此知道了《延河》。这是初中二年级第一学期的一个大雪的早晨。

《延河》又是我掏钱购买的第一种文学杂志。这也是近五十年的事了。一九五九年春天,我得知柳青的《创业史》将在《延河》连载,竟然有一种按捺不住的兴奋和期待,自然属于对一位著名作家的膜拜,更多的因素是出于某种揭秘式的好奇心理。我已经听说柳青在终南山下的长安农村深入生活的事。我常常站在学校大门外刚刚返青的麦地边上,眺望白云凝然的终南山峰,柳青无疑是世界上离我最近的一位作家,不过几十华里的距离吧。他的笔下将会使关中乡村呈现怎样一种风貌?这无疑是我所能读到的第一部描写我脚下这块土地的小说,新鲜新奇的神秘感几乎是无法抑制的。

我读书到初中三年级,转学到了离家较近的西安东郊刚刚兴起的纺织工业基地,通称纺织城,学校设在大片住宅楼东边一片开阔的高地上,校门口便是庄稼地。我仍然继续着背馍上学的生活,硬是把家里给的买咸菜的零钱省下来攒起来,到纺织城邮局去买一本当月出版的《延河》。记得《创业史》在《延河》连载的第一期,书名为《稻地风波》,有通栏长幅插图作为衬底,是诗情画意的稻田畦埂和灌渠上一排排迎风摆动的白杨树,远处的背景是淡墨涂描的终南群峰。看到这幅题头画儿,我印证的却是我家门前灞河川道的自然景致,从未见过有什么画儿让我感到如此逼近的真实和亲切。同样,我读着作为《稻地风波》(即《创业史》)引子的《题记》时的完全沉迷,也是此前读任何小说都未曾发生过的逼近的真实和真切,且不说艺术成就的评价,我一个初三学生也难得估价这部作品的分量,而真实和真切的阅读感受却是比任何世界名著都强烈。

这样,我每月头上最操心也最兴奋的事,就是捏着积攒下来的两毛钱走进邮局，买一本新出的《延河》，无异一个最开心的节日。我在《延河》上认识了诸多当时中国最活跃的作家和诗人，直到许多年后，才在一些文学集会上得以和他们握手言欢，其实早已心仪着崇敬着乃至羡慕着了。

像茹志鹃的《百合花》，吴强的《红日》选章，王汶石的许多短篇，不仅在文学史上占有举足轻重的位置，更在普通读者中享有盛誉。尤其是茹志鹃和吴强的两篇（部）佳作，据说辗转过好几家编辑部都被退稿，均不是作品的水平问题，而是作品情调或写法有什么问题。《延河》敢于拍板发表，不单是胆子大小的事，恰是对文学创作艺术本体的尊重和坚守，以及由此而拥有的自信和神圣。

《延河》已成为大家名作云集的一方艺术天地。我在喜欢它的同时，也产生了畏怯心理，可望而不可即的文学高地。此后十余年的业余创作时日里，我一次也没有往《延河》编辑部里投过稿。我的自我把握是尚不够格，《延河》在我心里业已形成的那个高格。尽管我已经在西安的报纸上发表了七八篇散文。直到一九七二年的冬天，徐剑铭把我的一篇散文推荐给编辑路萌、董得理，我才走进了《延河》的门槛。

这年接到徐剑铭一封信，告诉我一个重要消息，"文化大革命"中被砸烂的陕西作家协会（当时称中国作家协会西安分会）恢复工作，为避"四旧复辟"之嫌，改为陕西省文艺创作研究室。出于同样的顾虑，即将复刊的《延河》也改名为《陕西文艺》。徐剑铭还告诉我，他刚刚参加过由《陕西文艺》召集的一次西安地区业余作者座谈会，希望大家给刊物写稿，并推荐工人农民解放军（工农兵）新作者。那时候，许多著名作家被打倒，有的未被"解放"，有的虽被"解放"了，仍心存余悸，无法进入创作，刊物主要靠业余的"工农兵"作者写稿。徐剑铭在"文革"前已是西安地区卓有影响的工人身份的诗人。他说他向董得理、路萌等编辑推荐了我,两人均表示毫不知晓。他说他同时推荐了我刊登在《郊区文艺》上的一篇散文《水库情深》,而且由他剪贴下来送到编辑部。我很感动。这种热心和无私给我以永远动人的记忆。

大约是一九七一年"林彪叛逃事件"之后,极左到无以复加的"文革"有所收敛,政策也有所调整,体现在文艺界,开始恢复文艺机构和文艺创作。我所在的西安郊区,由文化馆召集本区内的业余文学作者开会,创办了《郊区文艺》自编自印的文学刊物。我和郊区一帮喜欢创作的朋友兴奋不已,写作热情不必说了,而且到印刷厂里亲自做校对。我的散文《水库情深》就刊登在《郊区文艺》创刊号上。我尚不知身居城区的剑铭竟然看到了这本内部交流刊物,而且力荐给即将创刊的《陕西文艺》(即《延河》)。

时隔不久,接到《陕西文艺》编辑部的一封信,内装我的散文《水库情深》,是发在《郊区文艺》上的剪贴样稿,在边角上用红笔修改勾画了一片红色。我当时刚刚从村子里下乡回到公社机关,看了附信,得知此稿将在《陕西文艺》创刊号发表,下乡一天的劳累烟飞云散了,饥肠辘辘的感觉也消失了,兴奋得令人慌乱的情绪,竟使我无法坐下来阅读修改的文字。直到晚饭后,我才能静下心来把这篇习作再读一遍,尤其是那些用红笔修改的字句,细细嚼磨,反复推敲,求得启示。

之后两三天,我借着到郊区开会进城之机,顺便送去了修改稿。陕西省文艺创作研究室和《陕西文艺》编辑部,在东木头市那条巷子里。怀着诚惶诚恐却也兴奋的心情走进院子,问到一间屋子,便看见了董得理和路萌,说过几句很诚恳的见面话之后,董得理离开了,由路萌和我谈稿子。我这时才得知，用红笔勾画修改过习作的人，就是和我当面坐着的这个名叫路萌的编辑。他很客气。他很和悦。他很谦逊。他长得细皮嫩脸，文质彬彬又热情洋溢。他最像个文人……我进了早就仰慕着的《延河》的大门了。

一九七三年春天，我到位于纺织城的西安郊区党校参加为期一月的"学习班"。我在公社机关工作已经五年，对关中乡村生活和农民世界开始有初步了解。我的工作，除了参加会议，多是跑在或住在生产队里，很少有相对安定和清闲的日子，这次长达一个月的有规律的作息时间的日子，对我来说简直称得上享受了。就是在这期间，我利用早起的时间，或是晚上看电影的机会，躲开大厅通铺的人，写成了我平生的第一个短篇小说《接班以后》，中学作文本上的小说除外。这篇小说从字数上来说具有突破的意义，接近两万字，是我结构故事完成人物的一次自我突破。我记不清是用信寄到《陕西文艺》编辑部，抑或是亲自送去的，只记得时隔不久，便收到董得理用很富功力的毛笔字写下的长信，对这篇小说完全肯定，多有赞美的评语，而且似乎说到编辑们传阅过程中的热烈反应，信末约我到编辑部交换一些细节处理的意见。我同样利用到城里开会的机会，第二次走进东木头市《陕西文艺》编辑部的大门。这回是董得理和我谈稿，我似乎能觉察到他在刊物编辑部负有重要责任。他很兴奋，完全是对他喜欢的一篇小说由衷的兴致。他也很严谨，对小说的细部包括不恰当的字词都谈到了。他又很坦率，谈到真正的文学和当时流行的"假大空"文艺的区别，我更感动他的胆识和真诚，第一次谈话就敢说对"假大空"类文艺的不恭之词。

这篇小说在《陕西文艺》第三期上发出来了。我看到题头上配着一幅神采飞扬的人物肖像画儿，是现在的西安国画院院长王西京的作品。王西京当年供职《西安日报》美术编辑,已经崭露出画画儿的头角。小说发表后产生了广泛影响。编辑部把这期杂志送给柳青。关于柳青对《接》的反应,我却是从《西安日报》文艺编辑张月赓那里得到的。老张告诉我,和他同在一个部门的编辑张长仓,是柳青的追慕者,也是很得柳青信赖的年轻人。张长仓看到了柳青对《接》修改的手迹,并拿回家让张月赓看。我在张月赓家看到了柳青对《接》文第一节的修改本,多是对不大准确的字词的修改,也划掉删去了一些多余的赘词废话,差不多每一行文字里都有修改圈画的笔迹墨痕。我和老张逐个斟酌掂量那些被修改的字句,接受和感悟到的是一位卓越作家的精神气象,还有他的独有的文字表述的气韵,追求生动、准确、形象的文字的"死不休"的精神令我震惊。这应该是老师对学生的一次作文辅导,铸成我永久的记忆。今天想来颇感遗憾的是,那时候没有复印设备,这本经柳青修改的刊物,在我看过之后就被张长仓收回了,据为珍藏。

新创刊的《陕西文艺》,很快聚拢起一批青年作家。不过,那时候没有谁敢自称作家,也没有他称作家,他称和自称都是作者,常常还要在作者名字之前标明社会身份,如工人作者、农民作者、解放军作者等等,自然是为区别于"文艺黑线",表明"工农兵"占据了文艺阵地。邹志安、京夫、路遥、贾平凹、李凤杰、韩起、徐岳、王晓新、王蓬、谷溪、李天芳、晓雷、闻频、申晓等,先后都在《陕西文艺》上崭露头角,进行了最初的文学操练,到"四人帮"垮台,这些人呼啸着呐喊着跃出,一个个都成为荒寂十年后的文坛上耀眼的新星,形成中国文坛令人瞩目的陕西青年作家群。一九八一年,中国作协选定湖南和陕西,作为新时期中国南北两个形成作家群体的省份交流经验,陕西乡党阎纲受《文艺报》委托回陕调研,我参加了座谈会。湖南青年作家到陕访问，陕西青年作家却未能按时回访，原因是我等家住农村，夏收需回家割麦碾场。我仍然觉得，改为《陕西文艺》的《延河》不过三四年，上有极左的政治和文艺政策铺天盖地，包括我等业余青年作者受到束缚局限的同时，也受到"三突出"的不同程度的影响，然而有一批深谙艺术规律的编辑，如董得理、王丕祥、路萌、贺抒玉本身又是作家，他们实践着教导着也暗示给这些作者的是文学创作的本真。在《陕西文艺》存在的三四年里，我写作发表过三篇短篇小说，也是我写作生涯里的前三篇小说，一九七三年发《接班以后》，一九七四年发《高家兄弟》，一九七五年发《公社书记》，一年一篇。这些作品的主题和思想，都在阐释阶级斗争这个当时社会的"纲"，我在新时期之初就开始反省，不仅在认识和理解社会发展的思想理论上进行反思，也对文学写作本身不断加深理解和反思。然而，最初的写作实践让我锻炼了语言文字，锻炼了直接从生活掘取素材的能力，也演练了结构和驾驭较大篇幅小说的基本功，这三篇小说都在两万字上下，单是结构对我来说都是一种突破。

还有一点至今值得总结，就是我对作家这种劳动的理解。我后来把我对文学的偏爱和对创作的坚持，归结为一根对文字敏感的神经，以此作为对神秘的天分说的物质化解释。是这根与生俱来的对文字敏感的神经，决定着一个人从少小年纪就对文字发生偏爱，发生兴奋性的敏感，与书香门第以及奶奶的动人的歌谣无关，或者说这些书香家庭或会唱歌谣的奶奶，只对具备那根神经的人才发生影响，才起促进促成的作用。在二十世纪七十年代我写作上述那几篇作品的时候，实际是我对文学创作最失望的时候，自然是"文革"对前辈作家的残害造成的。我当时已谋得最基层的一个干部岗位，几乎不再想以写作为生的事，更不再做作家梦了。写作当不了饭吃，尽管发了几篇颇有反响的小说,董得理奖励给我的是一摞又一摞稿纸。我回到公社几乎只字不提写作的事,发了我小说的刊物压在桌斗里,从来不让公社机关任何人看见,怕给领导和同志造成不务正业不操心"学大寨"本职工作的恶劣印象。事实上,这三篇小说都不是在公社大院里写成的。《接》在党校学习期间抽空写成。《高》又是在南泥湾"五七"干校劳动锻炼的半年时间里写成,为此我自己买了一盏玻璃罩煤油灯,待同一窑洞的另三位干部躺下睡着,干校统一关灯之后,我才点燃自备的油灯读书和写作。读的是《创业史》,翻来覆去读;写成了《高》文。《公》则是被文化馆抽调出去工作时间的副产品。那个时候不仅没有稿酬,还有一根极左的棒子悬在天灵盖上,朋友、家人问我我也自问,为啥还要写作?我就自身的心理感觉回答:过瘾。这个"过瘾论"是我的最真实感受,也是最直白的表述。有如烟瘾,一年写一篇小说,有幸发表了,再得到编辑几句夸奖和读者的呼应,那个"瘾"就过得很舒适。许多年后,创作有了发展,对创作这种劳动的理解也有了新的层面的体验,也才明白那个"瘾"原是敏感文字的那根神经致成的。当年把写作当作"过瘾"的时候,只是体验和享受一种生命能量释放过程里的快乐和自信,后来发生的名和利的薄了厚了多了寡了是根本料想不到的。

新时期伊始,《延河》又恢复了。这自然不单是一个名字的改写,而是中国社会发展过程中一个重要的历史性转折,包括文学艺术,属于文学自身的精神和规律,重新得以接续、传承和发展。新时期恢复的《延河》,我发表的第一篇小说是短篇《南北寨》,此后每年大约都要发表一篇或两篇小说,统共发过多少篇已经记不清了,是我发表小说最多的一种文学杂志,却是确定无疑的。

到二十世纪八十年代初,我调进陕西作协专业创作组,以我自己的审视和把握,索性回到祖居的老家,其中最主要的原因是集中思想和注意力,充分利用中年后的后半生读书和写作。每隔十天半月,我就会来作协,开会或买煤买粮,只安着一张桌子一张床的两室的房子,我往往懒得开锁进门。开会办事的间隙,我都滞留转悠在编辑部的小院里,和老编辑聊天,更和年轻的或同龄的朋友天上地下乱扯胡诌,往往获得一些新鲜的信息和文坛动态,得到启迪。印象最深的是王观胜的兼着卧室的办公室,常是畅所欲言十分放纵的场所,路遥似乎是常客。聊到开心时,王观胜会打开立柜的木扇,取出某位作者进贡的高级咖啡,赐尝每人一杯,满屋子飘荡着令人陶醉的香气儿,路遥们的谈锋就会更幽然睿智。直到我告辞出门准备回乡下时,观胜送出门时才撂出一句:"给咱得空再弄一篇(小说)。"文学的氛围,朋友的坦诚无忌和咖啡清茶的香味弥漫在记忆里。还有李星那半间凌乱不整的办公室,常是我聆听文学新潮的气象站。

　　人生苦短,生命有限。创办《延河》的陕西第一代作家和编辑,有的年事已高,有的已经谢世。接替的一茬一茬主编和编辑,也一茬接一茬卸任。无论开创《延河》的先辈,无论接任又卸任的同辈,他们崇高的文学理想实践在《延河》里,他们各自独立的创造精神体现在《延河》上,他们为一代一代作家的成长和发展默默地躬耕在《延河》这块土地里。我以自己一个作家的真诚,向胡采们董得理们致敬。我向卸任的白描们、徐岳们和徐子心们致以真诚的问候,你们为《延河》的发展付出的智慧和心血,作为一个受益的同代作家的我,也铭记着。我更满怀信心寄望于新任主编常智奇们,《延河》将成为陕西新一代作家发展壮大的沃土和福地。

(此文系《延河》创刊五十年感怀)